ANNE-MARIE VILLEFRANCHE

Schule der Nymphen

Buch

Nach einigen aufregenden Jahren in der Schweiz kehrt die schöne sinnliche Joanna Bartholomew im Jahre 1910 als Erzieherin in ihre Heimat England zurück. Die 23-Jährige tritt eine Stelle in einem angesehenen Pensionat für junge Damen im Süden der Insel an. Die temperamentvolle Joanna ist zunächst bedrückt über die unterkühlte Stimmung, die in den altehrwürdigen Mauern herrscht. Doch dann entdeckt sie eines Tages ein solch köstliches Geheimnis, dass das Feuer ihrer Leidenschaft durch nichts mehr zu löschen ist…

Autorin

Anne-Marie Villefranche kam zu Beginn des letzten Jahrhunderts als Tochter wohlhabender Eltern in Paris zur Welt. Als junge Frau erlebte sie in den zwanziger Jahren das rauschhafte Gesellschaftsleben der französischen Hauptstadt. 1928 heiratete sie den englischen Diplomaten Richard Warwick und unternahm an seiner Seite ausgedehnte Reisen an die schönsten Orte der Welt. Nach Villefranches Tod, 1980, stieß der Nachlassverwalter bei der Durchsicht ihrer persönlichen Unterlagen auf eine beeindruckende Sammlung intimer Geschichten, denen offensichtlich eigene erotische Abenteuer und Erlebnisse aus ihrem Bekanntenkreis zu Grunde liegen. »Schule der Nymphen« entstand aus einem erst vor kurzem wiederentdeckten Manuskript.

Im Taschenbuch bereits lieferbar:

Der Liebesapfel. Roman (35027) – Die Venusblüte. Roman (55271) – Die Purpurrose. Roman (41082) – Die Venusblüte/Die Zaubermuschel. 2 Romane in einem Band (13180)

ANNE-MARIE VILLEFRANCHE

Schule der Nymphen

Roman

Deutsch von
Claudia Müller

BLANVALET

Titel der Originalausgabe: »Spanking Girls«

Umwelthinweis:
Alle bedruckten Materialien dieses Taschenbuches
sind chlorfrei und umweltschonend.

Blanvalet Taschenbücher erscheinen im
Goldmann Verlag, einem Unternehmen der
Verlagsgruppe Random House.

Deutsche Erstveröffentlichung August 2003

Published by Arrangement with International Scripts Ltd.
Dieses Werk wurde vermittelt durch die Literarische Agentur
Thomas Schlück GmbH, 30827 Garbsen.
Umschlaggestaltung: Design Team München
Umschlagillustration: Artothek/Willi
Satz: Uhl + Massopust, Aalen
Druck: Elsnerdruck, Berlin
Verlagsnummer: 35919
Redaktion: Ilse Wagner
UH · Herstellung: Heidrun Nawrot
Made in Germany
ISBN 3-442-35919-8
www. blanvalet-verlag.de

1 3 5 7 9 10 8 6 4 2

1

Zwei junge, unartige Damen

Miss Joanna Bartholomew war dreiundzwanzig, als sie ihre Stelle als Lehrerin am Mädchenpensionat in Genf aufgab. Das war im Jahr 1910. Sie fuhr mit dem Zug quer durch Frankreich und setzte mit dem Dampfschiff über den Kanal, um in England ihre neue Stelle in St. Winifrith anzutreten, einer Höheren Töchterschule für junge Damen von Adel.

Joanna war eine hübsche Frau mit dunkelblondem Haar und einer Figur wie eine Sanduhr. Sie unterrichtete Französisch und Deutsch in St. Winifrith, Sprachen, die sie fließend beherrschte. Es galt als wichtig für junge Damen von Stand, dass sie sich bei ihren Einkaufsreisen nach Paris und bei ihren Bäderaufenthalten in Deutschland in diesen Sprachen unterhalten konnten.

St. Winifrith lag in Oxfordshire, in einem großen, schönen Gebäude, das ursprünglich der Landsitz einer adeligen Familie gewesen war. Als der neunte Baronet starb, erbte sein Sohn, ein junger Mann von lockerem Lebenswandel, Titel und Besitz. Er galt schon lange als zügellos – ein verlässliches Gerücht besagte, dass er bereits im Alter von dreizehn Jahren sein erstes Hausmädchen verführt hatte.

Als er sechzehn war, hatte er eine neue Verwendung

für das Billardzimmer entdeckt. Er verbrachte die Winternachmittage dort nicht mit Queue und Elfenbeinkugeln, sondern mit einer endlosen Reihe von Dienstmädchen, die jeweils auf dem grünen Flanell auf dem Rücken lagen – das Kleid bis zum Kinn hochgeschoben. Andere Räume in Haus und Garten dienten ähnlichen Zwecken – das Labyrinth im Park, zum Beispiel, war der Schauplatz für eines der Lieblingsspiele des jungen Herrn: Er zog zwei oder drei Dorfmädchen nackt aus und jagte sie dann über die gewundenen Pfade, und wenn er sie gefangen hatte, bestieg er sie rasch.

Mit achtzehn dehnte er sein Betätigungsfeld aus. Weder Jungfrauen noch verheiratete Damen waren vor seinen Verführungskünsten und seiner Flinkheit sicher. Als er schließlich den Titel erbte, galt er in der ganzen Grafschaft als Ausbund an Lüsternheit und Verderbtheit. Der Pfarrer weigerte sich, mit ihm zu sprechen, und wetterte bei Gelegenheit sogar von der Kanzel herunter gegen ihn. Ortsansässige Großgrundbesitzer und andere Gentlemen erklärten, man solle ihn mit der Reitgerte auspeitschen, aber keine dieser missbilligenden Äußerungen hielt die Damenwelt davon ab, seine Nähe zu suchen.

Schließlich wurden seine Gewohnheiten zu skandalös für die anständige Gesellschaft. Man ignorierte den jungen Baronet, und gehörnte Ehemänner und Väter stießen blutige Drohungen gegen ihn aus. Nachdem er zwei Mal mit knapper Mühe ihren Anschlägen auf sein Leben entkommen war, zog er ins Ausland, nach Paris, wo niemand nach den privaten Vergnügungen eines Gentlemans fragte, solange er dafür bezahlen konnte.

In dieser Stadt nun entdeckte unser junger Baronet

zum ersten Mal die Freuden der Orgie. In dem großen, luxuriösen Haus, das er gemietet hatte, feierte er wochenlang Feste, bei denen ein Dutzend oder sogar noch mehr wunderschöne nackte Frauen Champagner tranken und sich mit ihm auf den Seidendiwanen oder den teuren Teppichen wälzten, bis er mit allen geschlafen hatte. Dieses üppige Lasterleben jedoch überstieg sein Einkommen, und eines Tages stand sein Landsitz zum Verkauf, damit er sich weiterhin seine französischen Damen und seine erstklassigen Huren leisten konnte.

Als Joanna das Gebäude im palladischen Stil das erste Mal sah, fand sie es äußerst geeignet für die Erziehung junger Damen. Glücklicherweise ahnte sie nichts von seiner beklagenswerten Geschichte, sonst wäre sie entsetzt gewesen – ihrer Meinung nach war es schmachvoll für junge Frauen, schon einmal mit Männern in Berührung gekommen zu sein. Hätte sie von der missbräuchlichen Nutzung des Billardzimmers und der anderen Räume erfahren, ganz zu schweigen vom Labyrinth und dem Rosengarten, wäre sie auf der Stelle geflüchtet.

In ihrer seligen Unwissenheit jedoch richtete sie sich bald in der alltäglichen Routine von St. Winifrith ein. Das Lehrpersonal bestand nur aus Frauen, alles andere wäre undenkbar gewesen. Angenehm war, dass es sich dabei nur um junge Frauen handelte. Selbst die Älteste war kaum über dreißig, und auch die Direktorin war noch keine vierzig. Freundlich wurde Joanna in diesem Kreis aufgenommen.

Eines Tages jedoch – ungefähr zwei Wochen nach dem Beginn von Joannas erstem Unterrichtsjahr in St. Winifrith, an einem sonnigen Tag im September – änderten sich die Dinge dramatisch. Joanna stand am Erkerfenster ihres Zimmers und bewunderte den Ausblick auf den Park. Es war kurz nach dem Mittagessen, und der Unterricht sollte gleich wieder beginnen. Sie dachte gerade, wie wunderschön doch die Umgebung war, als ihr Blick auf zwei Mädchen fiel, die Arm in Arm auf das Haus zuschlenderten. Beide trugen breitkrempige Strohhüte, damit ihnen die Sonne nicht ins Gesicht schien.

Die Mädchen traten zu einer Bank auf der Rasenfläche, die um eine Eiche herum gebaut worden war, setzten sich hin und zogen sich züchtig die Röcke über die Knie. Hinter dem Vorhang verborgen, beobachtete Joanna, wie sie sich küssten und umarmten. Es war ein langer, inniger Kuss – ein Kuss, der mehr versprach –, und eines der Mädchen streichelte dabei die kleinen Brüste des anderen Mädchens durch die weiße Sommerbluse.

Wie reizend, dachte Joanna lächelnd, *eine richtige Schulmädchenverliebtheit – Küsse, Berührungen, Hoffnungen und Erwartungen. Das erinnert mich an meine eigene Schulzeit. Die rothaarige Penelope Tredwether war meine erste Liebe, und sie hat mir beigebracht, mir selber Lust zu verschaffen, indem ich mit meiner Muschi spielte.*

In diesem Moment griff das Mädchen, dessen Brüste gestreichelt wurden, nach der Hand ihrer Freundin und legte sie zwischen ihre Schenkel.

Sie bekommt Gefühle, dachte Joanna. *Wie schön, dass alles noch genauso ist wie damals bei mir in Genf, als ich mit meiner lieben Freundin Madeleine am See spazieren gegangen bin. Dort haben wir uns ein einsames Plätzchen gesucht, uns geküsst und umarmt, und dann unsere Blusen aufgeknöpft und einander die Brüste gestreichelt.*

Und die beiden Mädchen auf der Bank waren sicher

in der Lage, sich ebenso viel Lust zu verschaffen. Joanna war zwar erst seit knapp drei Wochen in St. Winifrith, aber sie hatte sich die meisten Namen und Gesichter schon eingeprägt. Das Mädchen, deren Hand auf der Muschi ihrer Freundin lag, war Clarice Pomfrey-Keble, ein dunkelhaariger Wildfang. Da das Gesicht des anderen Mädchens abgewendet war, konnte Joanna sie nicht erkennen, aber ihr Gesichtsausdruck war sicher lustvoll.

Sie haben zu Mittag gegessen, und jetzt wollen sie sich ein wenig erregen, bevor sie sich nachmittags wieder ins Klassenzimmer begeben, dachte Joanna. *Ich hätte selber Lust dazu, aber ich habe keine Freundin, die mich streicheln kann. Ob Clarice wohl dieses Mädchen so lange befingern darf, bis sie kommt?*

Diese Gedanken und der Anblick, der sich ihr bot, erregten Joanna so sehr, dass sie selbst Hand an sich legte und sich durch den Rock zu reiben begann. Sie war einfach gekleidet und trug eine hochgeschlossene weiße Rüschenbluse mit langen Ärmeln und einen dunkelblauen Rock, der in der Taille von einem weichen, schwarzen Ledergürtel umschlossen war.

Joanna spürte, wie es zwischen ihren Schenkeln heiß und feucht wurde – ihre Knie begannen zu zittern. *Das ist immer ein köstlicher Augenblick,* dachte sie, *wenn mir die Knie weich werden. Diese winzigen Wellen der Lust, die sich von meinen Schenkeln bis hin zu meinen Brustspitzen ausbreiten, das sind Augenblicke der Lust, die man sooft wie möglich wiederholen sollte.*

Ohne den Blick von den beiden Mädchen zu wenden, öffnete Joanna ihren Gürtel und ließ ihre Hand in den Rockbund gleiten. Flach legte sie die Handfläche auf ihren warmen Bauch. *Es ist wirklich an der Zeit, dass ich endlich eine Freundin hier in St. Winifrith finde,* sagte sie sich, während sie mit den Fingerspitzen die vertraute Weichheit ihrer Schamlippen erforschte. *Ich vermisse die liebe Madeleine so sehr – wir haben uns in Genf doch fast jeden Tag Lust verschafft.*

In der Erinnerung daran lächelte sie. Nachts im Bett in ihrem Schweizer Internat – wessen Bett, das war eine andere Frage – hatten sie und Madeleine sich ungezwungen aneinander erfreut. Nacht für Nacht hatten sie andere Möglichkeiten der Massage ausprobiert. Sie schlüpften aus ihren rüschenverzierten Nachthemden, pressten die heißen Körper aneinander und wanden sich in Ekstase – bis sie schließlich befriedigt in den Armen der anderen einschliefen.

Ihre Erinnerungen hatten Joanna aufs Äußerste erregt. Sie schob ihren Mittelfinger zwischen ihre Schamlippen und streichelte sich langsam. Ehrlich gesagt hatte sie neben Madeleine auch noch zahlreiche andere Freundinnen in der Schule am Genfer See gehabt. Da war Ulrika von Elmsdorf, eine stramme Achtzehnjährige aus Berlin, mit strohblonden Haaren und großen, runden Titten. Trudi Altberger aus Luxemburg, eine braunhaarige junge Schönheit, war zu jeder Tages- und Nachtzeit bereit, mit Joanna zu spielen.

Eines Samstagabends rieb Trudi Joanna acht Mal hintereinander zum Höhepunkt, und am nächsten Abend verlangte sie das Gleiche von Joanna. Eine weitere besondere Freundin war eine junge Schweizer Dame namens Margot Dubois. Sie hatte die schönsten Brüste, die Joanna jemals gesehen hatte. Es war eine Freude, mit ihnen zu spielen, sie zu berühren, sie zu küssen und zu lecken – aber in den Frühlingsferien vergaß sich Margot und ließ diese wunderschönen Titten von einem Mann anfassen. Sie gestand Joanna alles, als sie wieder in die Schule kam.

Was hast du diesen verdammten Mann noch alles tun lassen?, wollte Joanna von ihr wissen. *Durfte er dir das Kleid hochschieben und seinen Finger in deine Möse stecken? Bist du nass geworden? Hast du dich auf den Rücken gelegt, und durfte er dir sein Ding hineinstoßen? Erzähl es mir, Margot!*

Sie war sehr erleichtert, als Margot ihr versicherte, sie habe die ganze Zeit über die Beine zusammengepresst und sei immer noch Jungfrau, wenn auch nicht mehr gänzlich unberührt.

Joanna war so sehr in ihre glücklichen Erinnerungen versunken, dass sie nicht hörte, wie die Tür zu ihrem Zimmer aufging und jemand den Raum betrat. Erst als sich ein üppiger Körper von hinten an sie drückte und zwei weiche Arme sie umschlangen, merkte sie, dass sie nicht mehr alleine war. Joanna stieg Rosenduft in die Nase, und sie wusste sofort, wer die andere Frau war.

»Du bist es, Beatrice«, sagte sie. »Dein Parfüm verrät dich.«

Statt einer Antwort kitzelten warme Lippen Joannas rechtes Ohr, und zarte Frauenhände umschlossen ihre Brüste und drückten sie sanft. Kundige Fingerspitzen glitten zu den knospenden Brustwarzen unter der Bluse und umkreisten sie, bis sie hart wurden.

»Das kommt gänzlich unerwartet«, sagte Joanna leichthin.

Beatrice Skiffingdale schwieg und ließ ihre Hand in Joannas Rockbund gleiten.

Dann murmelte sie: »Oh, du meine Güte, deshalb

hast du nicht gemerkt, dass ich ins Zimmer gekommen bin.«

Miss Skiffingdale brachte den jungen Damen in St. Winifrith die Kunst der Unterhaltung und des belanglosen Gesprächs bei – eine notwendige Fähigkeit für ihren Platz in der Gesellschaft. Sie war eine dunkelhaarige Frau von fast dreißig Jahren, groß und von angenehmer Erscheinung. Zwar war sie nicht eigentlich schön zu nennen, aber ihr Teint war frisch und rosig.

Als Joanna sie kennen gelernt hatte, hatte sie sich gefragt, ob Miss Skiffingdale wohl überall so frisch und rosig sein mochte. Ihre großen Brüste waren bestimmt köstlich zu küssen und zu lecken. Und ihr Bauch – ob er wohl ähnlich straff und fest wie ihre Wangen war?

Und ihre runden, strammen Hinterbacken – waren auch sie rosig wie ihr Gesicht? Es musste schön sein, sie zu streicheln – und vielleicht sanft hineinzubeißen. Diese Gedanken jedoch behielt Joanna wohlweislich für sich. Sie kannte die anderen Frauen noch nicht gut genug, um ihre privaten Empfindungen mit ihnen zu teilen.

»Siehst du die beiden Mädchen dort unter dem Baum?«, sagte Joanna. »Sie haben mich erregt.«

Beatrice legte ihre Hand über Joannas und drückte sie fest gegen ihre Muschi. Einen flüchtigen Moment lang wunderte sich Joanna, woher Beatrice auf einmal die Kühnheit nahm, jemanden zu berühren, den sie erst so kurz kannte. Aber was spielte das schon für eine Rolle bei so einem erfreulichen Gefühl? Eben noch war Joanna schmerzlich bewusst gewesen, dass sie keine Freundin hatte, mit der sie ihre Lust teilen konnte, und jetzt war da auf einmal eine bereitwillige Gespielin.

»O ja, ich sehe sie«, kicherte Beatrice, »sie liebkosen einander, und du hast dich gestreichelt, während du ihnen zugesehen hast. Offenbar bin ich gerade rechtzeitig gekommen.«

»Rechtzeitig, um mich davon abzuhalten?«, fragte Joanna und stieß ihren Mittelfinger tiefer in ihre Pussy.

»Nein, gerade rechtzeitig, um dich zum Höhepunkt zu bringen«, erwiderte Beatrice. »Geteilte Freuden sind besser als einsame Freuden.«

Joanna hätte sich am liebsten umgedreht und ihre neue Freundin geküsst, aber Beatrice hielt sie so fest, dass sie sich nicht bewegen konnte.

»Bleib so«, befahl sie Joanna und presste sich von hinten an sie. »Wir wollen doch mal sehen, wie weit unsere beiden Mädchen dort unten gehen – wenn ich sie richtig erkenne, dann bis zum Äußersten.«

»Ich glaube, das Mädchen links ist Clarice Pomfrey-Keble«, sagte Joanna. »Wer mag wohl die andere sein?«

»Das ist Stella Proyle«, erwiderte Beatrice. »Ist das nicht ein reizender Anblick – zwei warme junge Brötchen, die gleichzeitig gestreichelt werden? Stell dir vor, du hättest ebenfalls die Hände unter ihren Röcken und würdest zwei zarte junge Mösen liebkosen. Würde dir das gefallen?«

Joanna zog ihre Hand aus ihrem Höschen und ließ Beatrice ihre Pussy streicheln.

»Ich habe nicht erwartet, dich hier so vorzufinden, während du zwei junge Damen bei dem beobachtest, was man normalerweise nur im Verborgenen tut. Lernt man das in Schweizer Internaten?«

»Diese beiden Mädchen, die einander streicheln, sind das erste Zeichen echter Freundschaft, das ich seit meiner Ankunft hier gesehen habe«, erwiderte Joanna. »Es hat mich bezaubert, und ich konnte mich nicht von dem Anblick lösen.«

»Dass du hier noch keine Freundin gefunden hast, kannst du niemandem außer dir selbst zum Vorwurf machen«, erklärte ihr Beatrice. »Einige von uns hier in St. Winifrith möchten dich gerne besser kennen lernen – ich könnte dir auf Anhieb fünf oder sechs nennen, die jetzt gerne an meiner Stelle wären.«

»Sollen wir Freundinnen sein, Beatrice?«, fragte Joanna neckend. »Sollen wir lange Spaziergänge machen und über den Stundenplan sprechen oder wo wir die Sommerferien verbringen wollen?«

»Die interessantesten Dinge hier stehen nicht auf dem Stundenplan«, erwiderte Beatrice. »Du bist seit Beginn des Schuljahres hier und hast dich von uns fern gehalten. Warum?«

»Ich bin von Natur aus schüchtern«, sagte Joanna lächelnd. »Ich warte gerne ab, was passiert. Vielleicht hatte ich mich ja auch nur noch nicht entschieden, mit wem ich gerne spielen möchte. Jetzt allerdings ist diese Frage beantwortet.«

»Hier ist das hässliche Gerücht in Umlauf, du würdest deine Beine nur für Männer breit machen«, flüsterte Beatrice. »Wir haben im Lehrerzimmer ein paarmal darüber gesprochen.«

»Das ist eine üble, gemeine Lüge«, sagte Joanna entsetzt. »Wer ist denn für diese Diffamierung verantwortlich? Ich werde ihr das Passende darauf erwidern!«

»Ich wusste sofort, dass das nicht stimmt«, entgegnete Beatrice schmunzelnd. »Ich habe dich von Anfang an verteidigt und habe immer wieder gesagt, du seiest viel zu schön und zu klug, um dich mit Männern einzulassen. Deshalb haben die anderen mich auch vorgeschickt, um in Erfahrung zu bringen, warum du dich abseits hältst.«

Joanna lehnte sich an Beatrice, während diese mit erfahrenen Fingern ihre Schamlippen knetete.

»Mache ich wirklich so einen Eindruck?«, fragte sie. »Die Wirklichkeit sieht anders aus. Seit meinem ersten Tag in St. Winifrith befinde ich mich in einem Zustand ständiger Erregung. Ich weiß nicht, warum, aber meine Muschi ist dauernd feucht – nachts wache ich regelmäßig auf und muss mich selber streicheln, bevor ich wieder einschlafen kann.«

»Wir spielen alle mit uns selber in unseren Betten«, erwiderte Beatrice leise. »Und natürlich auch miteinander.«

»Aber ich bin die ganze Zeit über feucht und bereit«, erwiderte Joanna.

»Das geht uns allen so. Wahrscheinlich liegt es daran, dass wir Tag für Tag von reizenden jungen Mädchen umgeben sind. Ihr Anblick erregt uns alle.«

»Meinst du?«

»Ich weiß, dass es so ist. Auch ich bin warm und nass zwischen den Beinen und nicht nur, weil ich mit dir spiele – mir geht es ständig so.« Aber auch Beatrice ahnte nichts davon, dass die sexuellen Ausschweifungen des Baronets die Atmosphäre des Hauses mit permanenter Erregung erfüllten.

Joanna seufzte und bebte, während Beatrice ihre Muschi sanft und rhythmisch streichelte und Wellen der Lust durch ihren Bauch jagte.

»Oh, schau, dort unter dem Baum«, keuchte sie. »Sie blicken hierher. Clarice und Stella haben uns gesehen.«

»Ja, vermutlich«, pflichtete Beatrice ihr bei. »Sie lächeln uns zu.«

Sie drückte sich so fest an Joanna, dass ihr runder Bauch wie ein Kissen an Joannas Hintern lag.

»Sie wissen, was wir tun«, stöhnte Joanna. »Sie können uns sehen … sie beobachten uns.«

»Sie können überhaupt nichts sehen«, widersprach Beatrice leise. »Meine Hand ist doch unter deinem Rock. Sie können nur vermuten, was wir hier tun, aber was kümmert uns das? Schließlich haben sie ja gerade dasselbe gemacht. Und schau mal, Clarice lehnt sich gegen den Baum. Sie sieht ganz schlaff und glücklich aus, so als ob sie gerade gekommen wäre. Was meinst du?«

»Zweifellos.« Joanna seufzte.

»Jetzt ist Stella an der Reihe.« Beatrice bewegte ihre Finger flink zwischen Joannas Schenkeln. »Pass auf, ob sie anfängt zu zittern.«

Sie packte Joanna fester um die Taille und brachte ihre neue Freundin mit geübten Fingern zum Höhepunkt.

»Ich finde es sehr befriedigend«, verkündete Beatrice triumphierend, »dass du stöhnst und bebst und schluchzt. Ich höre diese Geräusche gerne und finde es immer enttäuschend, wenn jemand so leise kommt.«

»Oh, oh, oh«, keuchte Joanna und wand sich vor Lust.

»Imogen Ethridge ist immer so schweigsam beim Höhepunkt«, fuhr Beatrice fort. »Wenn du willst, erzähle ich dir mal davon.«

»Du magst es also am liebsten, wenn deine Opfer stöhnen und schluchzen«, fragte Joanna befriedigt, als die Wellen der Erregung abebbten.

»Gefällt es dir denn, mein Opfer zu sein, Joanna? Ja, ich liebe es, wenn jemand einen deutlich spürbaren

Orgasmus hat – ich will den Beweis dafür, dass die Lust wie ein Erdbeben in ihrem Bauch ausbricht. Ihre Nippel sollen sich deutlich unter der Kleidung abzeichnen. Ich kann es nicht ausstehen, wenn jemand nur leise seufzt und zweimal erschauert.«

Langsam zog sie die Hand aus Joannas Höschen und rieb ihre Wange am Hinterkopf der Freundin. Dann umschlang sie sie mit beiden Armen und drückte sie fest an sich.

Joanna richtete ihre Kleidung und setzte sich auf die breite, niedrige Fensterbank. Beatrice hockte sich so neben sie, dass sie die beiden Mädchen im Park im Auge behielt.

»Es war nett von dir, dass du zu mir gekommen bist. Vielen Dank«, sagte Joanna lächelnd. »Ich habe viel von dir gelernt.«

»Ich hoffe, du hast vor allem gelernt, dass sich deine Kolleginnen gerne mit dir anfreunden möchten.« Beatrice erwiderte ihr Lächeln. »Soll ich allen erzählen, dass du gar nicht so unnahbar bist?«

»Ja, bitte.« Joanna seufzte. »Am liebsten möchte ich jeden Tag gestreichelt werden, und wenn nicht genügend Frauen zu mir kommen, werde ich eben meine eigene Wahl treffen.«

»Abgesehen davon, dass ich dir unsere Freundschaft anbiete«, sagte Beatrice, »habe ich auch eine offizielle Nachricht für dich.«

»Von wem?«

»Von Miss Wentworthy. Sie hat mich gebeten, dir mitzuteilen, dass du sie Samstag früh zum Bahnhof begleiten musst, weil ein neues Mädchen aus London ankommt.«

»Das überrascht mich«, erwiderte Joanna. »Ich kenne die stellvertretende Direktorin ja kaum. Wir haben höchstens fünf Minuten miteinander gesprochen seit meiner Ankunft. Warum soll gerade ich sie zum Bahnhof begleiten? Und warum kommt das neue Mädchen erst am Samstag? Das Schuljahr hat doch schon seit Wochen begonnen.«

»Offensichtlich ist das junge Mädchen gerade erst aus Indien eingetroffen«, sagte Beatrice. »Das ist eine weite Reise, und vielleicht hat sie kein früheres Schiff nehmen können. Ihr Papa ist dort ein hoher Verwaltungsbeamter, glaube ich.«

»Ist sie Inderin?«, fragte Joanna. »Das wäre interessant.«

»Du denkst vermutlich an das Gerücht, dass sich die indischen Frauen zwischen den Beinen rasieren, und willst überprüfen, ob das stimmt, nicht wahr?«, erwiderte Beatrice. »Aber ich muss dich leider enttäuschen, das neue Mädchen ist Engländerin.«

»Ja, ich habe daran gedacht«, gab Joanna zu. »Ich habe mich schon oft gefragt, wie sich so eine rasierte Pussy anfühlt, aber ich habe mich nie getraut, es bei mir selber einmal zu versuchen. Was meinst du?«

»Ich bin ganz glücklich mit meinen Löckchen«, erwiderte Beatrice. »Ich habe nicht die Absicht, sie zu rasieren.«

»Hat Miss Wentworthy erwähnt, warum gerade ich sie begleiten soll?«

»Nein, sie hat nichts gesagt, aber ich weiß, dass sie dich bewundert – du kannst dich auf der Fahrt zum Bahnhof ausführlich mit ihr unterhalten.«

Joanna blickte aus dem Fenster. Die beiden Mädchen

im Schatten der Eiche hatten ihre Hände jeweils unter den Rock der anderen geschoben.

»Zweite Runde.« Leise lachend zog Beatrice Joanna an sich. »Ich kenne die beiden – wenn sie Zeit hätten, würden sie den ganzen Nachmittag miteinander spielen.«

Joanna schob ihre Hand unter Beatrices Kleid zwischen ihre Knie und ließ sie von dort über ihre Schenkel bis zu dem weichen, lockigen Dreieck gleiten.

»Es ist Zeit, dass du ein Erdbeben im Bauch verspürst«, erklärte sie.

»Nein, leider habe ich keine Zeit«, erwiderte Beatrice seufzend. »Ich muss gleich unterrichten.«

»Nein, ich lasse dich nicht gehen, bevor ich dir nicht auch Lust bereitet habe«, erwiderte Joanna in bestimmtem Tonfall. »Die jungen Damen können warten.«

Bei diesen Worten begann sie, die weichen Lippen zwischen den gespreizten Schenkeln zu streicheln.

»Aber es geht wirklich nicht«, wandte Beatrice ein, »ich darf nicht zu spät kommen. Wir kommen später noch einmal zusammen, ich verspreche es dir.«

»Spreiz die Beine noch ein bisschen weiter«, befahl Joanna ihr streng und ignorierte ihre Einwände. »Ich lasse dich erst gehen, wenn ich mit dir fertig bin.«

Beatrice gehorchte errötend. Joanna schob ihr das Kleid hoch und zog ihr das Höschen herunter, so dass sie vom Bauchnabel bis zu ihrem lockigen Dreieck entblößt war. Ihr Busch war so dicht, dass Joanna ihn mit der flachen Handfläche kaum bedecken konnte. Beatrice hatte die Augen geschlossen, und ein langer Seufzer entschlüpfte ihr, als Joannas Finger zwischen ihre Schamlippen glitten.

»Du duftest überall nach Rosen«, stellte Joanna fest. »Anscheinend tupfst du dir das Parfüm nicht nur hinter die Ohren.«

»Wenn ich in der richtigen Stimmung bin, verteile ich es auf dem ganzen Körper, und meistens bin ich schon morgens beim Aufstehen in der richtigen Stimmung.«

»Der Duft von Rosen zwischen deinen Schenkeln und auf deinem braunen Busch, das ist wirklich elegant«, sagte Joanna.

»Bitte, hör jetzt auf«, bat Beatrice sie zögernd. »Wenn ich zu spät zum Unterricht komme, werden die Mädchen mir den Grund für meine Verspätung ansehen und hinter meinem Rücken über mich lachen.«

»Was für ein seltsamer Gedanke«, erwiderte Joanna und streichelte sie mit erfahrenen Fingern. »Wie soll denn jemand erraten, dass du gerade einen Orgasmus hattest?«

Sie schob zwei Finger in Beatrices Spalte und stellte fest, dass sie ganz nass war. Trotz all ihrer Einwände stand Beatrice offensichtlich kurz vor dem Höhepunkt.

»Die Mädchen hier wissen über diese Dinge Bescheid«, seufzte Beatrice. »Sie spielen immerzu miteinander und wissen, wie jemand aussieht, der gerade erst gekommen ist. Und ich kann ihnen ansehen, was sie denken.«

»Was denken sie denn, die schlauen jungen Dinger? Sag es mir!«

»Es ist jeden Tag das Gleiche«, erwiderte Beatrice. »Nach dem Essen wissen sie immer sofort, ob ich in der Mittagspause erregt worden bin oder nicht. Sie kichern über mich, wenn sie glauben, ich sähe es nicht, und überlegen sich, mit wem ich wohl zusammen war oder ob ich auf mein Zimmer gegangen bin und es mir selber besorgt habe. Ich werde jedes Mal knallrot, wenn ich daran denke, was in ihren Köpfen vorgeht – ich kann nichts dagegen tun.«

»Sie müssen wirklich ziemlich clever sein, wenn sie dir das vom Gesicht ablesen können«, meinte Joanna lächelnd. »Ich könnte dir nicht sagen, ob du heute schon gekommen bist oder nicht, und ich habe meine Hände schon zwischen wesentlich mehr Schenkeln gehabt als jedes dieser jungen Mädchen.«

»Sei dir da nicht so sicher«, murmelte Beatrice. »Du magst dich ja für wesentlich erfahrener halten, aber diese kleinen Luder befummeln sich den lieben langen Tag. Sie wissen genauso gut wie du oder ich, wie man jemanden zum Höhepunkt bringt, so jung sie auch sein mögen.«

Die unerwartete Schüchternheit ihrer neuen Freundin amüsierte Joanna, und sie neckte sie: »Möglicherweise wissen sie genauso viel wie wir, aber vielleicht auch nicht. Am besten wird sein, wenn ich dieser Frage nachgehe. Ich werde heute Nachmittag zu deinem Unterricht kommen.«

»Was willst du denn damit erreichen?«

»Das kann ich dir erklären. Du sitzt der Klasse gegenüber, und ich werde ins Klassenzimmer kommen und mich dicht hinter dich stellen. Dann werde ich mich über dich beugen und so tun, als müsste ich in dem Buch lesen, das du in der Hand hältst. Dabei werden meine Brüste deine Schultern berühren, und ich flüstere dir etwas ins Ohr.«

»Was willst du mir denn ins Ohr flüstern?«, fragte Beatrice ängstlich.

»Dass ich vor Verlangen sterbe, dir das Kleid aufzuknöpfen und deine bloßen Brüste zu berühren – deine großen, weichen Brüste, Beatrice. Ich werde dich bitten, mit mir vor die Tür zu kommen, damit ich dich zwischen den Beinen streicheln kann.«

»Nein, das darfst du nicht«, stammelte Beatrice.

»Und während ich in dein Ohr flüstere, werde ich die Mädchen anschauen, damit sie erraten können, was ich sage.«

»Sie werden es sowieso wissen!«

»Glaubst du wirklich, sie können erraten, dass ich dich frage, ob du leise oder laut stöhnend kommen willst…«

Beatrice stieß kleine, keuchende Laute aus, und Joanna spürte, dass auch sie schon wieder ganz nass wurde, obwohl sie doch erst kurz zuvor unter Beatrices Fingern einen Orgasmus gehabt hatte.

»Die Mädchen in deiner Klasse, die du selber schon gestreichelt hast – Clarice und Stella –, werden es zuerst erraten«, sagte Joanna leise. Ihr Gesicht war so dicht an Beatrices, dass sich ihre Wangen berührten. »Sie werden wissen, was ich zu dir sage – glaubst du, sie fangen an zu kichern?«

»Clarice und Stella – wie meinst du das?«

»Du weißt genau, was ich meine – für mich liegt es auf der Hand, dass du sie beide schon hattest«, erwiderte Joanna. »Und nicht nur sie – du hättest schon jedes Mädchen in St. Winifrith haben können.«

Beatrice spürte, wie die Wellen der Lust sich immer stärker in ihr ausbreiteten. »So etwas darfst du nicht sagen«, stieß sie hervor. »Über die Mädchen reden wir nicht.«

Auf einmal begann die Glocke zum Nachmittagsunterricht zu läuten. Es war eine kleine silberne Handglocke, mit der eines der Hausmädchen durch die Korridore lief, um die jungen Damen und ihre Lehrerinnen zum Unterricht zu rufen.

»Die Glocke läutet«, keuchte Beatrice. »Lass mich gehen, Joanna.«

»Erst musst du gestehen«, erwiderte Joanna und streichelte die Freundin ungerührt weiter zwischen den gespreizten Beinen. »Du hattest Clarice und Stella, ob du es nun zugibst oder nicht. Ich bin mir ganz sicher, dass alle Lehrerinnen hier mit den Mädchen spielen, die sie hübsch finden. Wie viele der jungen Damen hast du schon berührt und befummelt, Beatrice? Alle?«

»Oh«, seufzte Beatrice.

»Ich glaube, dass du bereits jede Jungfrau hier in St. Winifrith besessen hast«, erklärte Joanna. »Gib es zu, oder ich werde dafür sorgen, dass du viel zu spät zum Unterricht kommst.«

Ihre Fragen blieben jedoch unbeantwortet. Beatrice schrie auf, und Wellen der Lust erschütterten ihren Körper.

»Glaub bloß nicht, mir so einfach entkommen zu können«, sagte Joanna mit einem triumphierenden Lächeln. »Ich werde es schon herausfinden.«

»Niemals«, erwiderte Beatrice mit bebender Stimme, während die ekstatischen Zuckungen langsam abebbten. »Du kannst mich nicht dazu zwingen, es dir zu sagen.«

»Das werden wir ja sehen«, erklärte Joanna. »Ich komme heute Abend in dein Zimmer, schließe die Tür ab und lasse dich dein Kleid ausziehen – und ich werde dich nicht eher in Ruhe lassen, bis ich alle deine Geheimnisse kenne.«

Es lag in Joannas Natur, andere beherrschen zu wollen. Das war ein Charakterzug, den sie normalerweise verborgen hielt und nur bei günstigen Gelegenheiten zeigte, wenn sie der Meinung war, dass jemand dafür empfänglich sein könnte. Beatrice schien für ein solches Experiment geeignet – Joanna war der festen Überzeugung, dass sie sich ihrer Autorität beugen würde.

»Du hast keine andere Wahl«, teilte sie ihr in strengem Ton mit. »Entweder du tust, was ich dir sage, oder dich erwartet noch Schlimmeres. Um acht Uhr heute Abend liegst du auf dem Rücken auf deinem Sofa, das Kleid bis zur Taille hochgeschoben und mit entblößten Brüsten – sie sehen so aus, als bräuchten sie eine feste Hand. Wer hat sie zuletzt angefasst?«

»Das geht dich nichts an.« Beatrice seufzte.

»Davon wirst du nicht mehr so überzeugt sein, wenn ich bei dir war – ich liebe nichts mehr, als große, weiche Titten zu kneten und zu drücken, bevor ich an ihnen sauge.«

»Was sagst du da?« Wieder seufzte Beatrice auf.

»Ich habe vor, deinen Willen zu brechen. Wenn du dich weigerst, meine Fragen zu beantworten, ziehe ich dir dein Höschen herunter, lege dich übers Knie und versohle dir den nackten Hintern, dass du glaubst, wieder ein Schulmädchen zu sein.«

»Ja, bitte«, stöhnte Beatrice, »bitte …«

»Du kommst zu spät zum Unterricht«, erwiderte Joanna spöttisch, »und alle Mädchen werden sehen, wie gerötet dein Gesicht ist. Sie werden alle wissen, dass du gerade einen Orgasmus gehabt hast. Sie werden sich kichernd anstoßen und sich flüsternd darüber austauschen, wer deine Muschi gestreichelt und dich zum Höhepunkt gebracht hat.«

»Das ist mir egal«, seufzte Beatrice.

2

Ein hübscher Hintern färbt sich rosig

In St. Winifrith gab es keine Klassenzimmer – zum Unterricht versammelten sich die jungen Damen im Wohnzimmer und der Bibliothek, in der Langen Galerie, im Musikzimmer oder in anderen Räumen des Hauses. Gott sei Dank wusste niemand etwas von den zügellosen Orgien, die in diesen Zimmern zu Zeiten des Baronets stattgefunden hatten. Auch das Billardzimmer wurde für den Unterricht genutzt, allerdings befand sich der berüchtigte Billardtisch, auf dem so viele Hausmädchen die Beine breit gemacht hatten, nicht mehr darin.

Seit sie am Tag zuvor mit Beatrice zusammengetroffen war – sie war abends auch noch in ihrem Zimmer gewesen –, hatte Joanna sich vorgenommen, sich noch mehr Freundinnen in St. Winifrith zu suchen. Beatrice war erfreulich leicht zu beherrschen gewesen. Sie hatte sich so neben ihr Bett gekniet, dass ihre Brüste und Arme darauf ruhten, und Joanna hatte ihr das Kleid hochgeschoben, das Höschen heruntergezogen und ihren runden Hintern entblößt.

Er war rund und voll wie der Mond, und es klang erregend, als Joanna mit der bloßen Hand darauf schlug. Zu Anfang hatte Beatrice noch die Knie zusammengepresst, aber mit jedem Schlag glitten sie mehr auseinander, bis schließlich ihre Schenkel ganz geöffnet waren und Joanna ihr dunkles Venusdreieck sehen konnte. Sie fuhr mit einem Finger in Beatrice's geheime Öffnung und stellte fest, dass sie ganz feucht war.

Es war so befriedigend gewesen, dass Joanna Appetit auf mehr bekam. Sie verbrachte eine unruhige Nacht, in der sie sich selbst berührte und aufregende Träume träumte, in denen sie nackt über einem Mädchen stand, das am Boden lag. Auch das Mädchen war nackt und flehte um Gnade, aber Joanna stellte ihr den Fuß, der in hochhackigen Pumps steckte, auf den Bauch, sodass der Absatz gegen die blonde Muschi drückte.

Nach einer solchen Nacht musste sie unbedingt handeln. Nachdem sie einer Gruppe von Mädchen im Wintergarten Unterricht in französischer Konversation gegeben hatte, befahl Joanna Clarice Pomfrey-Keble, sich in zehn Minuten in ihrem Arbeitszimmer einzufinden. Der Unterricht für diesen Tag war vorüber, und sie hatten zwei Stunden Zeit, bevor die Glocke zum Abendessen läutete. Joanna saß an ihrem Schreibtisch, als Clarice eintrat.

»Clarice, ich muss dir leider mitteilen, dass du in ernsthaften Schwierigkeiten steckst«, erklärte Joanna dem dunkelhaarigen Mädchen.

»Warum denn, Miss Bartholomew?«, fragte Clarice verwundert.

»Du weißt sehr wohl, dass es keinen Sinn hat, mich anzulügen«, erwiderte Joanna streng. »Du hast sämtliche Regeln des Anstands verletzt und verdienst Bestrafung.«

»Wie meinen Sie das?«, fragte Clarice unsicher. »Was habe ich denn getan?«

Das siebzehnjährige Mädchen sah bezaubernd aus in einer langärmeligen rosafarbenen Bluse und einem hellgrauen Rock. Ihre jugendlichen, gut geformten Brüste füllten die Bluse auf erfreulichste Weise aus, und der enge Rock schloss sich eng um ihren runden Po. Joanna betrachtete sie aufmerksam und zog sie im Geiste bis auf Höschen und Strümpfe aus. Die Titten des Mädchens wirkten äußerst einladend.

»Ich muss wohl deutlicher werden, Clarice«, sagte Joanna mit ernster Stimme. »Du wurdest heute früh mit Stella Proyle in einer Situation gesehen, die dem guten Ruf von St. Winifrith schaden könnten, wenn jemand davon erführe.«

Clarice errötete, aber sie war ein intelligentes Mädchen und außerdem gewöhnt, ihren Willen zu bekommen.

»Was für Umstände, Miss Bartholomew?«, fragte sie. »Ich weiß nicht, was Sie meinen.«

»Das stimmt nicht«, erwiderte Joanna. »Du weißt ganz genau, worauf ich abziele. Man hat dich und Stella Proyle auf einer Bank während der Mittagspause beobachtet.«

»Wir sind vor dem Nachmittagsunterricht im Park spazieren gegangen«, gab Clarice lächelnd zu. »Das ist doch nicht verboten.«

»Ihr seid mehr als spazieren gegangen – ihr habt euch auf die Bank gesetzt und euch unter den Kleidern angefasst. Willst du das etwa leugnen?«

»Sie haben uns beobachtet.« Clarice errötete noch tiefer. »Ich habe gesehen, dass Sie hinter dem Vorhang am Erkerfenster gestanden haben. Miss Skiffingdale war bei Ihnen – sie hatte die Arme um Sie gelegt.«

»Mach dir darüber keine Gedanken«, erwiderte Joanna rasch. »Ich habe nur zufällig aus dem Fenster geschaut und gesehen, dass du und Stella euch unzüchtig benommen habt. Ich war schockiert – wie lange geht das bei euch beiden schon so?«

Clarice blickte auf ihre Schuhspitzen und schwieg.

»Wie lange spielt ihr schon miteinander?«, wiederholte Joanna.

Clarice schwieg verstockt. Joanna stand auf, ergriff das Mädchen am Handgelenk und führte sie zu dem hochlehnigen Diwan an der Wand.

»Wir müssen uns darüber unterhalten«, erklärte sie dem Mädchen. »Setz dich neben mich. Du bist siebzehn Jahre alt, und du weißt, was in der Welt vorgeht. Ich bin deine Freundin, du kannst mir vertrauen.«

»Warum beschuldigen Sie mich dann?«, fragte Clarice.

»Ich beschuldige dich nicht – ich erinnere dich nur daran, dass du die wichtigste Regel gebrochen hast. Du bist gesehen worden.«

»Ich werde es nicht wieder tun«, sagte Clarice rasch. »Bitte, lassen Sie mich gehen, Miss Bartholomew.«

Clarice hatte keine Ahnung, welche Bestrafungen in St. Winifrith üblich waren. Sie war seit drei Jahren hier und hatte lediglich ab und zu gehört, wie die anderen Mädchen hinter vorgehaltener Hand darüber getuschelt und gekichert hatten, dass es früher Stockhiebe auf den bloßen Hintern gegeben habe. Aber das war nur Gerede der älteren Schülerinnen gewesen, um die Neuankömmlinge zu erschrecken.

St. Winifrith war eine Institution für Töchter aus gutem Hause und wurde von gebildeten Frauen geleitet, und außerdem waren solche Bestrafungen heutzutage nicht mehr zeitgemäß. Man bestrafte Mädchen nicht mehr körperlich, das war unvorstellbar. Andererseits war Clarice durch die unverhüllte Drohung in Joannas Worten doch verunsichert.

»Lassen Sie mich bitte gehen«, murmelte sie. »Nur dieses eine Mal.«

Joanna hatte sich dicht neben Clarice auf das Sofa gesetzt und ihre langfingerige Hand auf das Knie des Mädchens gelegt.

»Du hast immer noch nicht begriffen, was du getan hast«, sagte sie. Erschreckt verschränkte Clarice die Arme über der Brust.

»Du hast die einzige Regel gebrochen, die man nie brechen darf«, erklärte Joanna ihr. »Die Regel der Diskretion.«

»Wie meinen Sie das?«

»Ganz einfach – was du und Stella miteinander in euren Räumen macht, ist eure Sache. Dort kannst du sie, sooft du willst, unter dem Rock streicheln, oder sogar die ganze Nacht mit ihr im Bett verbringen, solange man euch morgens nicht zusammen entdeckt. Du musst lernen, dass Diskretion alles ist.«

Clarice starrte sie überrascht an.

»Es ist jedoch unverzeihlich, wenn ihr miteinander an einem Ort spielt, wo man euch sehen kann«, fuhr Joanna fort. »Warum seid ihr denn nicht hinter die Küche oder in den Rosengarten gegangen?«

»Wenn wir es im Geheimen tun, haben Sie nichts dagegen?«, fragte Clarice verwirrt. »Soll das heißen, dass es das Wichtigste ist, wenn niemand uns sieht?«

»Genau«, erwiderte Joanna. »Wenn ich dich jetzt bestrafe, bin ich eher traurig als zornig, Clarice. Aber du musst einfach begreifen, dass nur Diskretion die Gesellschaft zusammenhält. Ohne Diskretion würden wir in Barbarei und Chaos versinken.«

»Das verstehe ich, wirklich«, beeilte sich Clarice zu versichern. Erschreckt keuchte sie auf, als Joanna ihren Oberschenkel mit hartem Griff umfasste.

»Gut«, entgegnete Joanna, »aber Worte reichen nicht aus. Ich muss sicherstellen, dass du dich auch immer daran erinnerst.«

Sie packte Clarice am Handgelenk und zog sie so über ihren Schoß, dass das Mädchen mit dem Gesicht nach unten lag.

»Oh nein, ich bin zu alt, als dass Sie mir den Hintern versohlen können«, murmelte Clarice entsetzt.

»Kinder sind dumm und gedankenlos«, sagte Joanna. »Sie verstehen nicht, warum Diskretion so wichtig ist. Du hast dich wie ein Kind benommen, und deshalb werde ich dich auch wie ein Kind bestrafen.«

Sie schob Clarice das Kleid hoch, so dass ihr runder Po mit dem weißen Höschen sichtbar wurde. Clarice wimmerte vor Scham, als sie spürte, dass Joannas Hand unter das Höschen auf die glatte, warme Haut ihrer Hinterbacken glitt und sie ausführlich streichelte.

»Du hast einen hübschen Hintern zum Versohlen, Clarice«, verkündete Joanna befriedigt. »Unter anderen Umständen wäre er äußerst begehrenswert. Jetzt jedoch muss ich ihn erst einmal entblößen, damit du deine Strafe auch spürst. Hebe ihn ein wenig an, damit ich dir das Höschen herunterziehen kann. Je eher wir mit der unglückseligen Strafe beginnen, desto schneller sind wir fertig.«

Clarice wurde flammend rot. Was Joanna mit ihr machte, war demütigend, auch wenn es normal in St. Winifrith sein mochte. Streichelten die Lehrerinnen immer den nackten Hintern ihrer Zöglinge, bevor sie darauf schlugen?

»Miss Bartholomew, ist dies die normale Strafe, wenn man die Regeln missachtet hat?«, fragte sie mit bebender Stimme und hob den Kopf, um Joanna anzusehen.

»Normal?«, sagte Joanna spöttisch. »Die wenigsten Menschen sind sich darüber einig, was normal ist, Clarice, und wir brauchen jetzt über das Für und Wider nicht zu diskutieren. Entweder du akzeptierst meine Strafe, oder ich melde dich der Direktorin. Sie wird bestimmt härtere Maßnahmen einleiten.«

»Bitte, melden Sie mich nicht – am Ende wirft sie mich von der Schule.«

»Genau«, erwiderte Joanna und streichelte verträumt die bloßen Hinterbacken des jungen Mädchens. »Nimm deine Strafe von mir an, und hinterher wirst du dich wesentlich besser fühlen. Deine Schuld wird getilgt sein, und du hast dein Gewissen erleichtert.«

Um die Wahrheit zu sagen, verspürte Clarice jedoch nicht das leiseste Schuldgefühl, weil sie und Stella sich gestreichelt hatten. Das taten alle Mädchen, und zwar jeden Tag. Wenn Miss Bartholomew beabsichtigte, ihr das auszutreiben, indem sie ihr den Hintern versohlte, würde ihr das nicht gelingen. Clarice war völlig verwirrt. War es denn Unrecht, sich von Freundinnen streicheln zu lassen oder sie anzufassen? Andererseits hatte Miss Bartholomew ja angedeutet, dass es nicht falsch war, solange man sich nicht dabei erwischen ließ.

Zitternd lag Clarice über Joannas Schoß und ließ sich das Höschen herunterziehen.

»Du hast so rosige Hinterbacken, meine Liebe«, sagte Joanna. »Nun, in wenigen Minuten werden sie noch ein bisschen röter sein.«

Für Joanna war es der ideale Moment, um ihrem geheimen Verlangen nach Dominanz freien Lauf zu lassen – gab es eine bessere Gelegenheit als ein junges Mädchen, das mit nacktem Hintern hilflos über ihrem Schoß lag? Jetzt konnte sie ihrem Opfer ihre körperliche Autorität beweisen. Mit einer Hand drückte sie Clarices Rücken nach unten und erhob die andere.

Herrlich, murmelte sie leise, als sie der rechten Hinterbacke einen kräftigen Schlag versetzte.

»Oh«, schrie Clarice auf, »nein, bitte nicht...«

Sie flehte vergeblich. Tränen tropften aus ihren dunkelbraunen Augen auf den Teppich, während sie sich vor Schmerz und Demütigung wand. Ungerührt hob Joanna wieder die Hand und ließ sie auf die linke Hinterbacke niedersausen.

»Oh nein...«, schluchzte Clarice.

Die reine Seligkeit, dachte Joanna und blickte zufrieden auf den nackten Hintern, der sich rot färbte, wo sie so grausam zugeschlagen hatte. Es war ein hübscher Anblick – der Kontrast zwischen der cremeweißen Haut der Schenkel und der purpurnen Wölbung der Hinterbacken.

»Denk immer daran und vergiss es nicht«, sagte sie zu dem sich windenden Mädchen, »du darfst Stella streicheln, und auch jedes andere Mädchen, das dir gefällt. Du darfst dein Höschen ausziehen und dich von deinen Freundinnen anfassen lassen, sooft du willst, aber du darfst dich nie dabei erwischen lassen. Das ist die goldene Regel der Diskretion.«

»Ich werde es nie mehr vergessen«, weinte Clarice.

Ihre Qual war jedoch noch nicht vorüber – Joanna genoss die Bestrafung viel zu sehr, um sie zu einem raschen Ende zu bringen. Zwischen ihren langen, eleganten Schenkeln war sie feucht geworden – heute Abend würde sie ganz sicher noch die Aufmerksamkeiten ihrer neuen Freundin Beatrice Skiffingdale in Anspruch nehmen müssen. Entschlossen hob sie die Hand und klatschte noch zwei weitere Male auf Clarices nacktes Hinterteil.

»Jetzt wirst du wohl immer daran denken«, sagte sie zu dem Mädchen. »Du bist eine kluge junge Dame, und es reicht wohl aus, wenn ich dich nur ein Mal bestrafe. Aber denk an meine Worte – wenn ich noch einmal Grund habe, dich zu bestrafen, kommst du nicht so einfach davon. Sei also gewarnt.«

Zart streichelte sie über die geröteten Hinterbacken, die sie eben noch geschlagen hatte. Ihre Fingerspitzen glitten in die Spalte und drückten sanft auf die Rosette. Clarice quiekte und wand sich – nicht vor Schmerz und Unbehagen, sondern eher aus dem gegenteiligen Grund.

»Hast du mich verstanden, Clarice?«, fragte Joanna. »Wenn es noch einmal vorkommt, wirst du es bedauern.«

»Ich werde es nie wieder tun«, erwiderte Clarice rasch. »Ich verspreche es.«

»Es freut mich, das zu hören«, sagte Joanna, ließ jedoch das Mädchen nicht los. Stattdessen ließ sie ihre Finger weiter wandern, bis sie die weichen Lippen ihrer Möse erreichten. *Ah*, seufzte Joanna und zog Clarices

Schenkel auseinander, um sich ihren kleinen Pelz aus hellbraunen Löckchen anzuschauen. Clarice errötete und keuchte, als sie sie berührte – ihre Beine zuckten, und die Muskeln in ihrem Bauch zogen sich zusammen.

»Ich bin neu hier«, erklärte Joanna freundlich, »es gibt vieles, was ich noch nicht weiß – du kannst mir sicher behilflich sein. Spielst du mit vielen Mädchen außer Stella?«

Clarice versuchte, ein Keuchen zu unterdrücken, als Joanna ihren Finger auf ihre Knospe drückte. Das hatte mit Bestrafung nichts mehr zu tun – ihre Lehrerin spielte mit ihrer Pussy. Verlegenheit gemischt mit Erregung durchflutete das Mädchen.

»Nein, Miss Bartholomew, nur Stella und ich tun es miteinander«, seufzte sie. »Sie war vom ersten Tag an hier in St. Winifrith meine beste Freundin – keine von uns käme auf den Gedanken, ein anderes Mädchen zu streicheln.«

»Erwartest du etwa von mir, dass ich das glaube?«, fragte Joanna skeptisch.

»Es ist die Wahrheit«, entgegnete Clarice.

»Ich verstehe, du streichelst also nur Stella. Aber lässt du dich denn von anderen Mädchen anfassen?« Joanna war der festen Überzeugung, dass Clarice log.

»Glauben Sie denn, das sei hier normal?«, fragte Clarice. Sie verstand diese Fragen nicht.

»Ich habe dir schon einmal gesagt, dass du dir keine Gedanken darüber machen sollst, was andere Leute *normal* finden«, erwiderte Joanna schmunzelnd. »Wir suchen uns alle unsere eigene Normalität, und das ist eben meine Art, mit jungen Damen umzugehen, die ich attraktiv finde.«

Ihre flinken Finger zwischen Clarices gespreizten Schenkeln sandten Wellen der Lust durch den Körper des Mädchens, vom Bauch zu den festen Spitzen ihrer jungen Brüste. Clarice stöhnte und bebte, und ihr Gesicht war rot vor Scham bei dem Gedanken daran, was jemand, den sie kaum kannte, mit ihr machte. Noch mehr schämte sie sich allerdings, weil sie wusste, was ihr gleich widerfahren würde – sie würde vor Miss Bartholomews Augen kommen.

Und kurz darauf überflutete sie eine Welle der Lust, als ihr Orgasmus begann. Das Gefühl war so heftig, dass sie dachte, sie müsse ohnmächtig werden. Am liebsten hätte sie ganz still dagelegen und nicht zu erkennen gegeben, was mit ihr geschah, aber sie hatte sich nicht mehr in der Gewalt. Ihre Beine zuckten und sie keuchte laut, als sie zum Höhepunkt kam.

»Siehst du«, hörte sie von weither Joannas spöttische Stimme, »jetzt fühlst du dich bestimmt viel besser, Clarice. Ich habe dich kommen sehen, und es war sehr beeindruckend für ein Mädchen deines Alters. Streck dich ein wenig auf dem Sofa aus, bis du dich wieder erholt hast.«

Sie drehte das Mädchen so, dass sie – mit dem Gesicht in ihrem Schoß – lang ausgestreckt auf dem Sofa lag. Neugierig blickte Clarice zu Joanna auf. Die Beine unter ihrem grauen Rock hielt sie fest zusammengepresst.

»Du bist ganz erhitzt«, sagte Joanna und strich über die Stirn und die brennenden Wangen des Mädchens. »Die Strafe hat dir zugesetzt, und wir müssen dich erst wieder abkühlen, bevor du gehst.«

Joanna verspürte ein drängendes Bedürfnis, das hübsche Mädchen nackt zu sehen. Außer ihrem eigenen hatte sie bisher nur selten einen nackten weiblichen Körper gesehen, seitdem sie ihre Stelle in St. Winifrith angetreten hatte. In der Schweizer Schule in Genf war es kein Problem gewesen, ein nacktes Mädchen zu finden, mit dem sie spielen konnte – solange sie sich dabei diskret verhielt. Die strohblonde Ulrika von Elmsdorf hatte sie häufig nackt ausgezogen, um ihre großen Brüste zu streicheln und sie zwischen die gespreizten Schenkel zu küssen.

Als Joanna nach England gereist war, um ihre Arbeit in St. Winifrith aufzunehmen, hatte sie sich zwei Tage lang bei einer Freundin in Guildford aufgehalten. Sie war eine verheiratete Mrs. Mary Utterley – als sie noch zusammen zur Schule gegangen waren, hieß sie Mary Teltham-Gore.

Mr. Arthur Utterley hieß die schöne junge Freundin seiner Frau willkommen, als sie mit einer Droschke vom Bahnhof eintraf. Er war Anwalt und ging jeden Tag nach dem Frühstück in seine Kanzlei. Abends kam er pünktlich zehn Minuten vor sechs nach Hause. Es gab zwei Dienstboten im Haus – eine Köchin und ein Hausmädchen. Als nachmittags die Köchin in der Küche das Abendessen vorbereitete und das Mädchen zwei Stunden freihatte, erneuerten Joanna und Mary die angenehme Intimität ihrer Schultage.

Auf Marys Aufforderung hin legten sie sich dazu ins Ehebett. Mary hatte keine Bedenken, das Bett zu benutzen, in dem sie normalerweise mit gespreizten Beinen und bis zu den Brüsten hochgeschobenem Nachthemd lag, während ihr Mann sich seine männliche Befriedigung verschaffte, weil er, wie sie Joanna erklärte, sie dabei nie befriedigte.

»Aber wir wussten doch schon immer, dass die Muschi durch das männliche *Ding* nicht so erregt wird wie durch die Zunge einer Frau«, erwiderte Joanna. »Dieses gewaltsame Eindringen kann doch überhaupt keine Lust verschaffen.«

Trotz ihres Abscheus vor der Berührung eines Mannes und des grässlichen *Dinges*, das sie zwischen den Beinen hatten, wollte sie jedoch gerne wissen, was eigentlich zwischen Männern und Frauen im Bett vor sich ging. Ihre spärlichen Kenntnisse darüber waren nur theoretischer Natur, und sie hoffte, dass Mary sie aufklären konnte.

»Ich habe mich daran gewöhnt, Arthurs steifes *Ding* in mir zu spüren«, erklärte Mary, »schließlich sind wir schon fast zwei Jahre verheiratet. Ich finde es nur schrecklich, wie schnell es geht – er liegt auf mir, schnauft und keucht zwei Minuten, und dann ist es vorbei.«

»Du liebe Güte – so schnell?«

Mary nickte. »Er ist in null Komma nichts fertig«, erwiderte sie. »Dann rollt er sich von mir herunter und schläft sofort ein – und ich liege da, unbefriedigt und mit einer nassen Möse.«

»Männer sind absolut nutzlos«, sagte Joanna mitfühlend. »Selbst wenn er dich mit seinem *Ding* zum Orgasmus bringen könnte – was ich mir kaum vorstellen kann –, würde es dir in dieser Kürze auch nichts nützen.«

»Aber einmal wäre besser als nie.« Mary seufzte.

»Vielleicht, aber früher hat dir ein Mal nie gereicht. Und wir werden heute sicher herausfinden, dass es jetzt auch nicht anders ist.«

Sie waren beide nackt. Mary lag ausgestreckt auf dem

Bett, und Joanna streichelte die dunkelbraunen Löckchen von Marys Dreieck.

»Deine Möse ist nicht mehr so mädchenhaft wie in der Schule«, stellte sie fest. »Aber das ist bei einer verheirateten Frau wahrscheinlich auch nicht anders zu erwarten. Wie oft musst du dich denn für Arthur auf den Rücken legen?«

»Fast jede Nacht.« Wieder seufzte Mary und spreizte ihre Beine, als Joannas Fingerspitzen zu ihren Schamlippen glitten.

»Nun, er wird es nicht merken, aber heute Nacht steckt Mr. Arthur Utterley sein *Ding* in eine Muschi, die in zwei Stunden häufiger gekommen ist, als er es in einer ganzen Woche schafft«, versprach sie ihrer Freundin.

Joanna tat so, als sei sie Mr. Utterley, und legte sich der Länge nach auf ihre Freundin, so dass sich ihre Brüste, ihre Bäuche und ihre lockigen Dreiecke aneinander pressten. Sie küssten sich und seufzten, während ihre Erregung wuchs und sie sich wanden, um die weiche Haut ihrer Bäuche aneinander zu reiben. Marys Beine glitten immer weiter auseinander, so dass Joannas Schamlippen über ihre Möse rieben.

»Leckst du mich?«, fragte Mary.

»Mindestens drei- oder viermal hintereinander«, versprach Joanna. »Und danach musst du mich lecken. Wir werden uns gegenseitig zum Höhepunkt bringen, bis wir zusammenbrechen und vor Erschöpfung einschlafen.«

Diese beiden dramatischen Nachmittage mit Mary Utterley in Guildford waren jetzt schon beinahe zwei Monate her, und Joanna sehnte sich danach, endlich wieder einmal eine nackte Frau zu sehen. Sie wusste, dass sich die meisten Frauen nachts im Dunkeln in ihrem Bett befriedigten und dabei lediglich ihr Nachthemd bis zum Bauch hochschoben, aber das war nichts für Joanna. Sie zog sich immer vollständig aus, setzte sich vor einen großen Spiegel und bewunderte ihren nackten Körper, während sie sich streichelte.

Und jetzt bot sich ihr die wundervolle Gelegenheit, Clarice nackt zu sehen – diese Chance durfte sie sich nicht entgehen lassen. Sie setzte sich neben sie auf die Sofakante und begann, sie auszuziehen. Sie wollte sie nicht nur halb entkleiden, gelobte sich Joanna, sondern sie sollte völlig nackt sein. Sie zog Clarice die Schuhe aus und knetete ihre Zehen durch die Strümpfe, da sie wusste, was das für eine Wirkung auf junge Mädchen hatte.

»Oh, Miss Bartholomew…«, murmelte Clarice. »Oh…«

Joanna schob die Hände unter den Rock des Mädchens und begann, die Strümpfe herunterzurollen.

»Was tun Sie mit mir?«, flüsterte Clarice verwirrt, da sie sich die Gefühle, die in ihr aufstiegen, nicht erklären konnte.

»Du siehst äußerst erhitzt aus«, erwiderte Joanna. »Bleib nur still liegen und ruh dich ein wenig aus. Ich ziehe dich aus, damit dir kühler wird.«

Sie kniete sich auf den Teppich und lächelte das Mädchen an, während ihre Fingerspitzen über die glatte Haut der jugendlichen Schenkel glitten. Dann zog sie ihr rasch Rock und Unterrock aus.

»Sie haben doch gesagt, wir sollten diskret sein«, meinte Clarice kühn, »aber was Sie hier mit mir machen, ist doch sicher sehr indiskret. Wenn nun jemand an die Tür klopft und hereinkommt – was wollen Sie dann tun?«

»Es wird uns niemand stören«, versicherte Joanna ihr.

»Angenommen, die Direktorin käme herein und sähe mich nackt auf dem Sofa liegen und Sie neben mir, was würde sie dann sagen?«, erwiderte Clarice anklagend. »Wie wollten Sie ihr die Situation erklären?«

»Meine Liebe, nichts dergleichen wird passieren. Es ist notwendig, dass ich dich ausziehe. Ich würde mir nie verzeihen, wenn du in Ohnmacht fielest, weil du überhitzt bist«, sagte Joanna. »Lieg still und überlass alles andere mir.«

»Ich falle nie in Ohnmacht«, erklärte Clarice.

»Wir dürfen kein Risiko eingehen«, entgegnete Joanna fröhlich.

Sie knöpfte Clarices Bluse auf und legte ihre Hände auf die Brüste des Mädchens, die sich unter dem dünnen Hemdchen abzeichneten.

»Ich bin noch nie in Ohnmacht gefallen«, wiederholte Clarice.

»Aber es könnte dir jederzeit passieren«, erwiderte Joanna. »Vertrau mir. Ich weiß schon, was am besten für dich ist.«

Sie zog das Hemd hoch, um Clarices Brüste zu entblößen. Der Anblick war so entzückend, dass sie laut aufseufzte und sich darüber beugte, um die rosigen Spitzen zu küssen.

»Sie sind sehr hübsch«, sagte sie zu dem Mädchen, »heb deine Arme über den Kopf, damit ich dir das Hemdchen ausziehen kann. Und jetzt herunter mit dem Höschen«, fuhr Joanna fort, »es ist mir im Weg.«

Einen Augenblick später blickte sie mit leuchtenden Augen auf den nackten Körper des Mädchens und legte ihre gepflegte Hand mit den langen, schlanken Fingern und den polierten Nägeln auf Clarices weichen Bauch.

»Ich frage mich, ob du wohl die Freuden der Erwartung genießen kannst?«, sagte Joanna mehr zu sich selbst als zu dem Mädchen. »Vielleicht bist du ja noch zu jung dazu, aber ich glaube, Erwartung ist fast noch besser als der eigentliche Vollzug.«

»Finden Sie mich hübsch?«, fragte Clarice.

»Ich sehe ein reizendes junges Mädchen, nackt und tatsächlich sehr hübsch – und bei diesem Anblick prickelt es mir zwischen den Beinen. Wenn jedoch die Realität eintritt, dann vergesse ich die Erwartung, weil ich weiß, dass nichts perfekter ist, als mit einem hübschen Mädchen zusammen zu sein.«

»Ich weiß nicht, was Sie meinen, Miss Bartholomew.«

»Denk darüber nach – werden deine rosigen kleinen Nippel bei der Aussicht auf die köstlichen Dinge, die ich mit dir machen werde, nicht hart?«

Clarice konnte sich nicht vorstellen, was Joanna noch mit ihr machen konnte, nachdem sie schon bäuchlings mit entblößtem Hinterteil über ihrem Schoß gelegen und sogar in ihren Armen gekommen war. Was konnte danach schon noch geschehen?

Joanna streichelte wieder ihre Muschi – diesen mädchenhaften Schatz zwischen Clarices Schenkeln. Es war wirklich eine überaus reizende Pussy, frisch und unbenutzt, und ganz sicher hatte noch nie ein Mann seine Hand dorthin gelegt, geschweige denn sein *Ding*. Die rosigen Schamlippen wölbten sich unter seidigen Löckchen, und Joanna seufzte vor Lust auf, als sie sie betrachtete und damit spielte.

»Wollen Sie mich wieder streicheln?«, fragte Clarice unsicher.

»Was für eine Frage – natürlich. Aber ich werde dich nicht nur kitzeln, bis du einen kleinen Orgasmus hast – dieses Mal werden dir die Sinne schwinden, meine Liebe.«

Sie legte Clarice zurecht und hockte sich so zwischen ihre Knie, dass sie den nackten jungen Körper genau vor sich hatte. Dann streichelte sie Clarices kleine, perfekte Brüste und ließ den Finger um die rosigen Nippel kreisen.

Clarices Gedanken überschlugen sich. *Ich hätte nie gedacht, dass die neue Lehrerin mit mir spielt. Sie hat mich nackt ausgezogen und berührt mich am ganzen Körper, und ich werde gleich wieder kommen.*

Joanna drückte einen Kuss auf den vollkommenen kleinen Bauch. »Oh Gott!«, schrie Clarice auf, »oh Gott!«, als Joanna ihre Zunge um den Bauchnabel des Mädchens kreisen ließ.

»Das gehört sich nicht«, murmelte Clarice lächelnd.

Sie schloss die Augen, während Joannas Hände über die warme Haut ihres Bauches glitten, und stöhnte auf, als sie die langen, schlanken Finger an ihrer Möse spürte.

»Nein, das gehört sich nicht«, erwiderte Joanna schmunzelnd. »Aber findest du es denn nicht genauso schön wie ich, unartig zu sein?«

Mit den Fingerspitzen streichelte sie über Clarices Schamlippen und zog sie auseinander. Das Mädchen schrie leise auf, als Joannas Zunge zwischen ihre gespreizten Beine glitt.

»Jetzt fühle ich mich wirklich unartig!«, rief Clarice aus und begann vor Lust zu zucken. »Es gefällt mir!«

Joanna antwortete nicht. Clarice blickte auf den dunkelblonden Kopf zwischen ihren Schenkeln und erbebte, als die Zunge über ihre Knospe flatterte.

»Hören Sie nicht auf!«, schrie sie. »Bitte, Sie dürfen jetzt nicht aufhören …«

Keuchend und zuckend bog sie sich Joanna entgegen.

»Ah!«, stöhnte Joanna heiß in die weit geöffnete Möse. Clarice wand sich bebend und trommelte mit den Füßen auf das Sofa. Und dann schrie sie auf, als der Höhepunkt kam und sie Wellen der Lust überfluteten.

»Na, na, meine Kleine«, sagte Joanna beruhigend. »Bist du zum ersten Mal geleckt worden?«

»Ja«, seufzte Clarice, »sonst bin ich nur gestreichelt worden. Hat Miss Skiffingdale das gestern mit Ihnen auch gemacht, als ich Sie am Fenster gesehen habe?«

»Mach dir keine Gedanken über Miss Skiffingdale und mich.«

»Sie hat mich schon viele Male gehabt«, gestand Clarice. »Und Stella auch.«

»Das war mir klar«, erwiderte Joanna leichthin. »Und jetzt ruh dich ein wenig aus. Warte, ich lege mich neben dich und halte dich im Arm.«

»Ich liebe Sie, Miss Bartholomew«, flüsterte Clarice und küsste Joanna auf die Wange. »Ich liebe Sie wirklich.«

Eine Weile lagen sie nebeneinander auf dem Sofa, die nackte Clarice und die völlig angezogene Joanna. Clarice murmelte, sie wolle Joanna auch nackt sehen, damit sie ihre Brüste küssen könnte, aber Joanna ließ es nicht zu. Zum Trost presste sich Clarice so dicht wie möglich an ihre Lehrerin und legte schüchtern die Hand auf ihre Brust.

»Ich möchte so schrecklich gern Ihre Brüste küssen, Miss Bartholomew«, seufzte sie.

»Das wirst du auch eines Tages, Clarice«, erwiderte Joanna, »aber jetzt musst du gehen. Steh auf, ich helfe dir beim Anziehen.«

»Versprechen Sie es mir, dass ich es darf? Bitte...«, flehte Clarice.

»Ich verspreche es«, versicherte Joanna ihr. »Wenn der richtige Zeitpunkt gekommen ist, knöpfe ich meine Bluse auf und lasse dich mit meinen Brüsten spielen und sie küssen.«

»Ich würde alles dafür geben, Sie kommen zu sehen«, flüsterte Clarice ihr mit glänzenden Augen zu.

Als das Mädchen wieder angezogen und gekämmt war, gab Joanna ihr einen Kuss und tätschelte ihr den Hintern.

»Und jetzt geh«, befahl sie. »Nun ist deine Freundin an der Reihe, bestraft zu werden. Bestell Stella Proyle, ich möchte sie auf der Stelle sehen.«

»Werden Sie ihr auch den Hintern versohlen?«, fragte Clarice.

»Sie verdient die gleiche Bestrafung wie du, und sie soll sie auch bekommen. Ich ziehe ihr das Höschen herunter und schlage sie auf den Hintern, bis er brennend rot ist.«

»Und werden Sie sie auch streicheln?«

3

Ein Voyeur beobachtet Damen

Die Sonne stand schon hoch am Himmel, als Joanna am Samstagmorgen mit der stellvertretenden Direktorin Miss Florence Wentworthy zum Bahnhof fuhr, um das neue Mädchen abzuholen.

Ihr Name sei Gwendolen Trelawny, sagte Florence, und sie lebte mit ihren Eltern in Lucknow in Indien, wo ihr Vater Magistrat war. Es hatte Probleme mit ihrer Sicherheitseskorte nach Bombay gegeben, und deshalb kam sie erst Wochen nach Beginn des Schuljahres an.

Wegen Unruhen in diesem Teil Indiens und wegen Arbeitsüberlastung hatte der Vater sie nicht selbst begleiten können, und als endlich alles arrangiert war, war das Schiff ohne sie abgesegelt, und Miss Trelawny musste fast drei Wochen in Bombay warten, bis sich eine neue Möglichkeit ergab.

In St. Winifrith gab es eine Kutsche, mit der die jungen Damen zum Bahnhof gebracht oder von dort abgeholt werden konnten. Es war ein leichter Viersitzer aus poliertem Holz und Leder, der von zwei braunen Stuten gezogen wurde. Der Kutscher war zugleich der Hausmeister der Schule, Thomas Snape. Er war ein ansehnlicher Fünfundzwanzigjähriger mit Backenbart und einem gewinnenden Lächeln.

Passend zu dieser Gelegenheit trug er ein Tweedjackett und einen braunen Bowler. Seine kurzen, stämmigen Beine steckten in Reithosen und kniehohen Reitstiefeln. Er begrüßte die beiden Damen, indem er den Zeigefinger an die Krempe seines Hutes hob, und hielt ihnen die Tür auf.

Miss Wentworthy trug ein taubengraues Kleid mit Spitzeneinsatz am Hals und an den Manschetten. Auf ihrem Kopf saß ein Strohhut mit blauen und weißen Federn. Thomas Snape starrte sie bewundernd an, und als er ihr in die Kutsche half, verweilte sein Blick einen Augenblick zu lang auf ihrem Hinterteil, das sich unter dem Taft ihres Kleides deutlich abzeichnete.

Joanna, die hinter ihnen stand, fielen seine unzüchtigen Blicke auf, und sie hätte ihn beinahe zurechtgewiesen. Wie konnte er es wagen, sich solche Freiheiten herauszunehmen! Aber da sie neu in St. Winifrith war, hielt sie lieber den Mund. Sie konnte sich denken, was im Kopf des jungen Mannes vor sich ging – er stellte sich gerade vor, dass er seine Hände auf Miss Wentworthys Hintern legte! Vielleicht hätte er auch gerne seine Finger zwischen ihre Schenkel geschoben, um ihren Pelz zu fühlen. Joanna fand allerdings, dass Männern solche lüsternen Gedanken in Bezug auf Frauen nicht zustanden. Eine anständige Frau war schließlich kein Spielzeug zur Befriedigung der niederen männlichen Instinkte! Und noch schlimmer war es, wenn ein Kutscher seine Begierde auf sozial höher Gestellte richtete!

Joanna trug eine elfenbeinfarbene Seidenbluse mit langen Ärmeln, einen dunkelgrauen Rock und einen Strohhut mit rotweißem Band. Als sie in die Kutsche stieg, merkte sie, dass Thomas ihr Hinterteil ebenfalls musterte. Beinahe konnte sie die heißen, lüsternen Blicke des Mannes spüren, und sie hörte, dass er mit der Zunge schnalzte, so als ob sie eine seiner Stuten sei.

Joanna empfand den Blick und das Schnalzen als Beleidigung, die nicht schlimmer hätte sein können, wenn er wirklich Hand an sie gelegt hätte, und ihr stieg die Röte ins Gesicht, als sie sich in der Kutsche niedersetzte.

»Ihr Gesicht ist ganz gerötet«, sagte Florence, die den Grund dafür nicht erriet. »Ich lasse das Fenster ein wenig herunter. Es ist warm heute, und der Fahrtwind wird uns erfrischen.«

Der Bahnhof, der St. Winifrith am nächsten lag, war Little Tupping, aber er war abseits der Hauptlinie. Um Miss Trelawny abzuholen, mussten die Damen nach High Huffam fahren, wo der Zug aus London hielt, so dass sie das junge Mädchen eine Stunde früher abholen konnten.

High Huffam war sieben Meilen von St. Winifrith entfernt, ein angenehmer Ausflug an einem Sommermorgen. Sie hatten Thomas gesagt, er bräuchte sich nicht zu beeilen, weil sie reichlich Zeit hatten. Er stieg auf den Kutschbock, nahm die Zügel auf und setzte die Pferde mit ebenjenem Schnalzen in Bewegung, das gerade noch Joannas Hinterteil gegolten hatte.

Gemächlich zockelten die Pferde aus der Einfahrt von St. Winifrith auf die Stadt und den Bahnhof zu. Joanna und Florence saßen nebeneinander auf der Lederbank und schauten nach vorne.

»Ist es weit von Lucknow nach Bombay?«, fragte Joanna, um ein Gespräch zu beginnen. »Ich kenne mich leider in der indischen Geographie überhaupt nicht aus.«

»Ich habe einen Weltatlas zu Rate gezogen, als ich von Miss Trelawnys Reise erfahren habe«, erwiderte Florence. »Sie musste eine entsetzlich lange Fahrt zurücklegen, um den Hafen von Bombay zu erreichen – mehr als siebenhundert Meilen!«

»Du meine Güte – was für ein Unterfangen für ein junges Mädchen«, staunte Joanna. »War das nicht gefährlich?«

»Sie brauchte eine Eskorte«, erwiderte Florence, »und selbst dann lauern dort überall grässliche Gefahren in diesen fernen Ländern – und nicht nur für junge Damen!«

»Ja, ich habe schon viele seltsame Geschichten von sexuellen Untaten an hilflosen Frauen in diesem heißen Klima gehört«, sagte Joanna. »Manche sind kaum zu glauben.«

»Ich kann Ihnen versichern, dass diese Geschichten alle wahr sind, diese schrecklichen Berichte über die Lüsternheit und Verderbtheit der Männer«, flüsterte Florence. »Eine meiner Cousinen hat jahrelang mit ihrem Mann, Major Bickley-Tufton, in Indien gelebt, und sie hat mir eine besonders fürchterliche Geschichte erzählt.«

»Ich sterbe sicher vor Angst, wenn Sie mir alle Einzelheiten berichten«, murmelte Joanna, »aber da eine junge Dame aus diesem Teil der Welt zu uns kommt, müssen wir so viel wie möglich über die dortigen Sitten und Gebräuche wissen.«

»Genau«, stimmte Florence ihr zu, »nur wer vorgewarnt ist, kann sich auch wehren. Also wappnen Sie sich, meine liebe Joanna, denn jetzt werde ich Ihnen eine Geschichte erzählen, die sich keine respektable

Frau vorstellen kann, aber ich bürge dafür, dass sie wahr ist.«

»Mir stockt das Blut in den Adern«, sagte Joanna mit schwacher Stimme.

»Dido – so heißt meine Cousine – war beim Einkaufen in Kalkutta Qualen ausgesetzt, die einer Vergewaltigung gleichkommen«, begann Florence.

»O nein!«, hauchte Joanna. »Eine englische Lady – und dazu noch eine verheiratete Frau! Wie konnte ihr so etwas Entsetzliches passieren? Erzählen Sie mir alles.«

Florence nickte feierlich.

»Sie haben ja bereits den Hauptgrund für die schändlichen Ausschweifungen in diesen Ländern genannt«, sagte sie. »Es liegt an der Wirkung des tropischen Klimas auf das männliche Nervensystem – die Neigung zum Laster wächst. Das ist eine medizinisch erwiesene Tatsache.«

»Ja, aber manchmal frage ich mich, ob es nur am heißen Klima liegt, dass Männer so sind«, erwiderte Joanna. »Wir wissen doch, dass sie von Natur aus verderbt sind. Große Hitze verstärkt ihre niederen Triebe nur noch. Ich selbst bin in der Schweiz einmal mitten im Winter von einem völlig Fremden in einer Buchhandlung belästigt worden – er hat meinen Mantel und mein Kleid mit der Spitze seines Spazierstockes angehoben und meinen Hintern angefasst!«

»Das mag sein, wie es will«, sagte Florence kopfschüttelnd, »aber so grässlich Männer auch sein mögen, ich kann mir nicht vorstellen, dass das, was Dido in Kalkutta passiert ist, jemals einer Dame in der Schweiz widerfahren könnte, geschweige denn in England, auch nicht am heißesten Sommertag.«

»Sie sagten, sie sei vergewaltigt worden«, murmelte Joanna. »Wer war denn verantwortlich für diese entsetzliche Tat – ein Engländer oder ein Einheimischer?«

»Ich werde es Ihnen der Reihe nach erzählen«, erklärte Florence. »Sie müssen wissen, dass Dido beim Verlassen ihres Hauses die üblichen Vorsichtsmaßnahmen ergriffen hatte – jeder kennt die Gefahren, die eine weiße Frau unter heißblütigen Männern bedrohen, die unter ihrem losen Gewand nichts als einen Lendenschurz tragen.«

»Männer mit Lendenschurz«, warf Joanna mit schwacher Stimme ein, »das klingt ja Furcht erregend. Zivilisierte Menschen tragen richtige Kleidung, um ihren Körper zu bedecken, aber selbst Hosen halten hier die Männer ja auch nicht davon ab, ihrer Lüsternheit zu frönen. Was kann man da von Männern erwarten, die ihre Scham nur mit einem Stück Stoff umschlingen?«

»Ihre Scham, in der Tat«, wiederholte Florence erschaudernd. »Ich werde bereits ganz unruhig und beginne zu zittern, wenn diese männlichen Körperteile nur erwähnt werden. Gott sei Dank musste ich noch nie ihren Anblick ertragen.«

»Das könnte vermutlich niemand von uns behaupten, wenn wir in Indien leben müssten«, erwiderte Joanna. »Diese Lendenschurze können sicher innerhalb von Sekunden gelöst werden, wenn ihr Träger bestimmte Bereiche seines Körpers entblößen möchte, auch wenn keine englische Lady sie jemals zu sehen wünscht.«

»Ganz richtig«, pflichtete Florence ihr bei, »sie haben absolut Recht – von Männern, die in der Öffentlichkeit fast nackt herumlaufen, kann man nur Lüsternheit erwarten.«

»Sie haben eben erwähnt, dass Ihre Cousine den Einkaufsbummel in Begleitung gemacht hat«, sagte Joanna. »War ihr Ehemann bei ihr?«

»Leider nicht, sonst wäre der unerhörte Vorfall nie passiert. Der Major tat zu dieser Zeit gerade Dienst bei seinem Regiment, und Dido hatte einen Träger dabei, der sie beschützen und ihre Einkäufe für sie tragen sollte.«

»Einen Träger? Einen Inder also?«

»Ja, genau – ein Träger ist ein vertrauenswürdiger Diener.«

»Und was ist geschehen?«, fragte Joanna furchtsam.

»Meine Cousine Dido machte ihre Einkäufe im alten Basar – sie hat mir erzählt, die engen Gänge dort seien heiß und voll gestopft mit den Auslagen vor den offenen Läden. Es waren so viele Menschen da, dass sie es nicht vermeiden konnte, gegen männliche Körper gepresst zu werden.«

»O weh – soll das heißen, dass auch das männliche *Ding* sie berührte?«

»Ja. Männer rieben sich absichtlich auf eine unzüchtige Weise mit ihrem Organ an ihrer Kleidung. Ich bin der festen Überzeugung, dass englischen Damen Ähnliches widerfahren kann, wenn sie alleine mit der Untergrundbahn fahren«, erwiderte Florence. »Deshalb nehme ich in London auch immer eine Droschke, damit ich nicht belästigt werde.«

»Das ist sehr klug von Ihnen«, murmelte Joanna.

Sie hielt es für das Beste, Florence nichts davon zu erzählen, dass sie selbst vor ein paar Wochen unsittlich belästigt worden war, als sie mit der Untergrundbahn durch London gefahren war. Auf dem überfüllten Bahnsteig hatten sich Männer an sie gedrängt, und sie hätte ihnen nur entkommen können, wenn sie auf die Gleise gesprungen wäre. Noch schlimmer wurde es, als der Zug kam und Joanna einstieg. Im Waggon war es so voll, dass sie buchstäblich von Männern eingekeilt war und sich nicht bewegen konnte – und sie spürte ganz deutlich, wie sich ein steifes männliches Glied an ihr Hinterteil presste.

Natürlich versuchte sie sofort, ihm zu entkommen, aber es gelang ihr nicht, und zu allem Überfluss begann die Person hinter ihr auch noch, sich an ihr zu reiben. Der unverschämte Kerl benutzte sie einfach als unfreiwilliges Sexualobjekt! Wütend drehte sie sich um, wobei sie eigentlich erwartete, einen älteren, schäbig gekleideten Mann zu sehen. Stattdessen jedoch blickte sie in das Gesicht eines gut aussehenden jungen Mannes mit schwarzem Schnurrbart. Er trug eine alte Schulkrawatte und sah so aus, als habe er einen respektablen Beruf, vielleicht Lehrer oder Buchhalter.

Joanna starrte ihn an, und der Schuft besaß auch noch die Frechheit, sie anzulächeln, während er weiter sein Gemächt an ihr rieb. Dadurch, dass sie sich halb umgedreht hatte, konnte er wenigstens nicht mehr ihr Hinterteil missbrauchen, aber ihr Oberschenkel schien ihm zu genügen. Er trug eine grau gestreifte Hose, und als das Schwanken des Zuges sie für kurze Zeit voneinander trennte, sah Joanna deutlich die lange Ausbuchtung an seinem Hosenstall.

Dann wurde er wieder an sie gedrückt, und er nickte höflich, während er erneut sein *Ding* an ihren Schenkel presste. An seinem raschen Atmen und dem schnelleren Reiben merkte Joanna, dass er offensichtlich beträchtliche Lust empfand. Sie machte ein eisiges Gesicht und wollte ihn gerade für sein schamloses, grobes Verhalten zurechtweisen, als der Zug in einen Bahnhof einfuhr. Der junge Mann lüpfte seinen Hut, sagte höflich *Guten Tag, Miss*, und verließ den Waggon.

»Und was ist Ihrer Freundin im Basar passiert?«, fragte Joanna. Verlegen spürte sie, wie ihr bei der Erinnerung an die Szene in der Untergrundbahn die Röte ins Gesicht stieg.

»Meiner Cousine«, korrigierte Florence sie. »Dido Bickley-Tufton. Plötzlich war sie umringt von einer Gruppe von neun oder zehn sehr jungen Männern in einheimischer Kleidung – es waren fast noch Jungen. Aber das Laster gedeiht schon früh, und bevor sie wusste, wie ihr geschah, drängten sie sie aus dem Hauptbasar in einen Nebengang, und von dort durch eine offene Tür in einen dunklen Lagerraum.«

»Wo war denn ihr vertrauenswürdiger Träger, der sie beschützen sollte?«, fragte Joanna entsetzt.

»Er war in der Menge von Dido getrennt worden – natürlich war das mit Absicht geschehen, aber das war ihm wohl nicht klar, und so suchte er nur den Hauptgang nach Dido ab.«

»Zu welch jämmerlichen Mitteln Männer greifen, um eine Frau in ihre Gewalt zu bringen«, flüsterte Joanna. »Inder, Engländer oder Chinesen – sie sind alle gleich.«

»Ja, alle gleich jämmerlich«, stimmte Florence zu. »Im Halbdunkel des Lagerraums musste Dido erdulden, dass jeder Zoll ihres Körpers von lüsternen Händen betastet wurde.«

»Männliche Hände!«, rief Joanna entsetzt aus.

»Sie spürte so viele Hände zugleich, dass sie vermutete, von mindestens zehn Männern entführt worden zu sein.«

»Dann wurde sie ja von zwanzig Händen betastet!«, wisperte Joanna erschreckt.

»Europäer müssen im indischen Klima lose, kühle Kleidung tragen«, fuhr Florence fort. Ihr Tonfall verriet, wie sehr sie mit ihrer Cousine fühlte. »Das nutzten die jugendlichen Verbrecher aus – sie banden ihr die Handgelenke auf dem Rücken zusammen und zogen das Mieder ihres Kleides so weit herunter, dass sie ihre nackten Brüste anfassen konnten.«

»Das ist unglaublich schockierend!«, warf Joanna ein.

»Dido ist eine üppige Frau«, erklärte Florence ernst, »und auf einmal waren Hände überall an ihrem Kleid und sogar in ihrem losen Seidenhöschen – seidene Kleidungsstücke sind sehr billig in Indien.«

»Männerhände zwischen ihren Beinen«, murmelte Joanna angewidert.

»Sie können es sicher kaum glauben«, sagte Florence, »aber ich habe keine Veranlassung, Ihnen irgendein Detail zu verheimlichen – diese lüsternen jungen Männer haben Dido das Höschen so grob heruntergezerrt, dass der zarte Stoff in Fetzen gerissen wurde. Sie rieben ihren nackten Bauch und ihr Hinterteil, fuhren mit ihren Fingern in die Spalte und schoben ihr sogar einen Finger in den Hintern – können Sie sich vorstellen, wie beschämend das ist?«

»Was für ein grauenhaftes Schicksal«, flüsterte Joanna, »von zehn Jugendlichen zugleich belästigt und entehrt zu werden – mir schaudert bei dem Gedanken und ich weigere mich, ihn zu begreifen.«

»Jemand presste ihr die Hand auf den Mund, damit

sie nicht um Hilfe schreien konnte«, sagte Florence erschauernd. »Sie zupften an den Nippeln ihrer Brüste, damit sie hart wurden, und sie rissen ihr die Beine auseinander, um ihre Knospe streicheln zu können.«

Joanna keuchte auf. Ihr wurde schwindlig bei der Vorstellung. Zugleich aber sah sie sich selbst im dunklen Lagerraum, halbnackt, in zerrissenen Kleidern, während grobe Hände ihre kostbare Muschi befingerten.

»Ich weiß kaum, wie ich es Ihnen erzählen soll«, fuhr Florence fort, »aber völlig gegen ihren Willen brachten sie Dido zu einem Orgasmus, und damit nicht genug, sie kam immer wieder.«

»Immer wieder«, wiederholte Joanna flüsternd.

»Nach ihrem dritten Höhepunkt innerhalb von zehn Minuten gab sich Dido verloren«, sagte Florence traurig. »Ihre Kraft verließ sie, und ihre Beine gaben nach – wenn die geilen jungen Männer sie nicht festgehalten hätten, wäre sie ohnmächtig zu Boden gesunken. Sie steckten ihr die Zungen in Ohren und Mund, saugten an ihren nackten Brüsten, knabberten an ihren Pobacken und leckten ihre Muschi. Auf einmal jedoch hörte sie englische Stimmen von draußen. Es gelang ihr, sich der Hand auf ihrem Mund zu entwinden, und sie schrie laut um Hilfe.«

»Gott sei Dank!«, seufzte Joanna.

»Zu ihrem Glück hatten zwei Offiziere eines Highland-Regiments Didos Rufe gehört«, fuhr Florence fort. »Sie kamen mit fliegenden Kilts und gezogenen Pistolen in den Lagerraum gerannt, wo man sie missbrauchte.«

»Sie trugen Kilts!«, rief Joanna aus und ihre Wangen färbten sich rosig. »Sie wissen doch, was man über die

Highlander sagt – sie tragen keine Unterwäsche unter ihren Kilts.«

Florence nickte zustimmend. Ihr war die Geschichte ihrer Cousine Dido mittlerweile so vertraut, dass sie der Gedanke an unbedeckte schottische Geschlechtsteile nicht mehr schreckte.

»Die jungen Männer flohen durch den Hintereingang«, sagte sie zu Joanna, »und als die beiden Offiziere zu Dido kamen, war sie bereits allein. Schwankend stand sie in zerrissenen Kleidern da.«

»Haben sie sie völlig nackt ausgezogen?«, keuchte Joanna.

»So gut wie. Es war zwar dämmerig im Lagerraum, aber Didos Retter konnten nicht umhin, ihre bloßen Brüste zu sehen – die, wenn ich so sagen darf, wirklich voll und üppig sind –, und sie sahen ihren nackten Bauch und ihr dichtes Dreieck.«

Florences Stimme klang bei diesen Worten so seltsam, dass Joanna ihr einen überraschten Blick zuwarf. Erstaunt stellte sie fest, dass Florence ihr Kleid so weit über die Knie hochgezogen hatte, dass man ihre Schenkel und ihr rosafarben besticktes Höschen sah.

»Ich finde das Schaukeln der Kutsche sehr erregend«, bemerkte Florence erklärend und blickte Joanna wissend an. »Mir ist so heiß – Sie wissen bestimmt, was ich meine.«

»Das ist sehr kühn von Ihnen«, erwiderte Joanna, »manche Leute würden es sogar als unzüchtig bezeichnen. Sind Sie sicher, dass es am Schaukeln der Kutsche liegt? Oder hat vielmehr die Erinnerung an die Geschichte Ihrer Cousine diese Wirkung auf Sie?«

»Da haben Sie vermutlich Recht«, gab Florence seufzend zu. »Was haben wir doch für ein Glück, hier in England in Sicherheit zu sein. Hier sind wir weit weg von der Bedrohung durch zügellose Jugendliche. Ich werde das neue Mädchen fragen, ob sie in Lucknow ähnlichen Lasterhaftigkeiten ausgesetzt war.«

»Ja, ich finde auch, wir sollten sie danach fragen«, stimmte Joanna zu. »Wir müssen so viel wie möglich über die Mädchen in unserer Obhut wissen.«

»Ihr Gesicht ist gerötet«, bemerkte Florence. »Sie sind genauso aufgewühlt wie ich. Geben Sie es zu – Sie sind auch nass und heiß zwischen den Beinen.«

»Ja, das stimmt – was sollen wir bloß tun?«

»Sie wissen recht gut, was wir jetzt tun werden, meine Liebe«, erwiderte Florence und spreizte die Beine. »Eine liebe Freundin hat mir erzählt, dass Sie sehr gut wissen, wie man Spannungen löst.«

»Das war bestimmt Beatrice Skiffingdale – sie hat Ihnen meine Geheimnisse erzählt!«, rief Joanna aus.

»Beatrice und ich sind eng befreundet«, erklärte Florence.

»Da sie so freimütig über mich redet, können Sie ja genauso offen sein«, sagte Joanna. Sie wusste gern Bescheid über die Schwächen der anderen, schließlich war Wissen Macht. »Spielt Beatrice eigentlich mit vielen Mädchen, abgesehen von Stella und Clarice?«

»Das müssen Sie sie schon selber fragen«, erwiderte Florence. »Sind Sie schon jemals in einer Kutsche berührt und gestreichelt worden?«

»Nein, nur einmal bei einer Schlittenfahrt im Winter – aber da waren wir zu vier Mädchen unter dicken Decken eingekuschelt«, sagte Joanna. »Aber was ist mit dem Kutscher?«

Sie warf einen kurzen Blick zum Kutschendach, hinter dem Thomas Snape auf seinem Kutschbock thronte.

»Er kann uns weder hören noch sehen«, versicherte Florence ihr. Sie zog ihren Rock bis zur Taille hoch und schob sich das Höschen herunter. Joanna starrte auf ihren dunkelbraunen lockigen Busch.

»Sie haben da eine hübsche Stickerei an Ihrem Höschen«, meinte Joanna. Sie hatte schon immer ein besonderes Auge für Stil und Mode gehabt.

»Rosa ist meine Lieblingsfarbe«, entgegnete Florence.

Joanna ließ ihre Hand zwischen Florences Schenkel gleiten. Aufseufzend spreizte Florence die Beine, und die Mode war kein Thema mehr.

»Umarm mich«, flüsterte sie.

Joanna legte ihrer Gefährtin einen Arm um die Taille und drückte sie an sich, während sie sie streichelte. Mit der Spitze ihres Mittelfingers strich sie so zart über die kleine Knospe, dass Florence zu keuchen begann. Ihre Beine zitterten, und sie schloss die hellgrünen Augen. Kenntnisreich rieb Joanna sie dem Höhepunkt der Leidenschaft entgegen.

»Ich hätte nie erwartet, dir so schnell schon so nahe zu kommen, Florence«, sagte sie, »aber da wir jetzt schon einmal so intim sind, schlage ich vor, dir einen großartigen Orgasmus zu bereiten, um unsere Freundschaft zu besiegeln.«

Statt einer Antwort stöhnte Florence nur, während Joannas Finger eifrig um den festen nassen Knopf kreisten.

»Ich wollte vom ersten Moment an mit dir spielen«, murmelte sie heiser, »schon am Tag, als du nach St. Winifrith kamst. Es ist zwar erst drei Wochen her, aber mir kommt es vor, als hätte ich eine Ewigkeit auf diesen Augenblick gewartet.«

»Es schmeichelt mir, dass du so für mich empfindest«, erwiderte Joanna. »Warum teilst du mir denn gerade heute deine Gedanken so offen mit? Und warum ausgerechnet in einer Kutsche?«

»Gestern Abend war ich mit Beatrice zusammen«, sagte Florence glücklich lächelnd. »Sie hat mir erzählt, dass ihr euch am Fenster gestreichelt und dabei zwei Mädchen beobachtet habt – daran habe ich gemerkt, dass dein Verlangen und deine Sehnsüchte ähnlich unkonventionell sind wie meine.«

»Du bist gerne unkonventionell, nicht wahr?«, fragte Joanna und kitzelte ihre schlüpfrige Knospe. »Sich in einer Kutsche zu streicheln ist schon ungewöhnlich.«

»Ein Schlitten ist auch nicht viel besser«, entgegnete Florence. »Du musst mir später einmal davon erzählen.«

»Dafür erwarte ich aber auch, dass du mir jedes einzelne Geheimnis deiner Vergangenheit gestehst«, erwiderte Joanna mit fester Stimme, »und außerdem möchte ich gerne wissen, wer das hässliche Gerücht in die Welt gesetzt hat, ich hätte lieber das *Ding* eines Mannes in meiner Muschi als den Finger einer Frau.«

»Ich lehne es ab, Geschichten über meine Freundinnen zu erzählen«, flüsterte Florence lächelnd.

»Na ja, ich werde es sowieso herausfinden – du magst ja glauben, du kannst mir widerstehen, aber das ist ein Irrtum. Ich werde deinen Willen mit zahlreichen Orgasmen brechen – und jetzt kommt der erste.«

Florences Möse war nass, die Schamlippen klafften weit auseinander und ihr Bauch bebte. Joanna streichelte sie immer weiter und beobachtete, wie lustvolle Zuckungen sie durchfuhren. Dann stöhnte Florence auf, und ein heftiger Orgasmus überflutete sie.

Unbemerkt von den beiden Damen hatte Thomas Snape oben auf dem Dach eine Klappe zurückgeschoben, durch die er ins Innere der Kutsche sehen konnte. Ursprünglich diente sie dazu, dass die Insassen mit dem Kutscher sprechen und ihm Anweisungen geben konnten, aber Thomas hatte eine bessere Verwendung dafür gefunden. Erstaunt riss er den Mund auf, und die Augen traten ihm fast aus dem Kopf, als er auf die Szene unter sich blickte.

Die Hüte der beiden Frauen waren dicht unter ihm, und Thomas blickte über Florences schwellende Brüste zu ihrem Rock, der zur Taille hochgeschoben war. Ihr Höschen hing auf ihren Schenkeln, so dass er direkt auf ihren dunkelbraunen Busch blickte. Der Anblick war fast mehr, als er ertragen konnte.

Ohne dass es jemand wusste, begehrte Thomas Snape alle Frauen in St. Winifrith, von der Direktorin bis hin zu der schönen neuen Lehrerin, Miss Joanna Bartholomew. Seine fleischlichen Gelüste schlossen auch die Schülerinnen und Hausmädchen ein. Im Geiste hatte er bereits jedes weibliche Wesen in der Schule besessen. Aber Florence Wentworthys Busch leibhaftig vor sich zu sehen, war mehr, als er jemals erwartet hatte – ein feuchter Traum, der Wirklichkeit geworden war.

Er sah, wie Joannas schlanke Hand zwischen Florences gespreizte Schenkel glitt, und ließ mit einem Stöhnen der Lust die Zügel los, um sich selbst zu berühren. Sein *Ding* stand steif und pochend aufrecht. Thomas schloss die Hand darum und ließ sie auf und ab gleiten, während er weiter die Szene in der Kutsche beobachtete.

Florence hatte offensichtlich einen Orgasmus, ihre Beine zitterten und die Füße trampelten auf dem Boden der Kutsche. Sie stöhnte und wand sich in höchst undamenhaften Zuckungen, die Joanna mit ihren erfahrenen Fingern verursachte. Schließlich brach sie keuchend auf dem Ledersitz zusammen und rang nach Atem.

»Das kam mir doch sehr angenehm vor«, sagte Joanna, die immer noch die Hand an Florences Möse hatte. »Du hattest einen langen, saftigen Höhepunkt, Florence.«

Über ihnen ging Thomas' Atem rascher, seine Hand jedoch bewegte sich langsamer. Er sah, dass ein Mann und eine Frau ihnen auf der Straße entgegenkamen. Als die Kutsche näher rollte, zog Thomas stirnrunzelnd die Hand aus der Hose und setzte sich aufrecht hin. Sein Schaft war hart und heiß, und durch das Schwanken der Kutsche rieb er gegen sein Hemd. Zu seiner Bestürzung merkte er zu spät, was gleich passieren würde. Angestrengt versuchte er, ein gleichmütiges Gesicht zu machen, als die Kutsche an dem Paar vorbeifuhr, aber seine lüsterne Natur und die manuelle Stimulierung verrieten ihn – mit lautem Keuchen ergoss er sich in seine Reithose.

Der Herr, der am Straßenrand entlangging, trug das Schwarz des Priesters und ein weißes Beffchen. Thomas vermutete, dass es der Pfarrer von High Huffam war, und die Dame mit dem Sonnenschirm war sicher seine Frau. Neugierig starrte der geistliche Herr den Kutscher an, als sie aneinander vorbeikamen. Eigentlich hätte Thomas seinen Hut lüpfen müssen, aber mit der einen

Hand hielt er die Zügel und mit der anderen umklammerte er seine offene Hose, ohne etwas gegen die heiße Flut machen zu können.

Vorwurfsvoll schüttelte der Priester den Kopf und schürzte die Lippen über diesen offensichtlich verdorbenen, sündigen Akt. Auch seine Frau starrte Thomas an, schien aber nicht zu wissen, was mit ihm los war. Dann war die Kutsche an den Spaziergängern vorbei, und die Pferde trotteten auf die Stadt zu, während Thomas langsam wieder zu Atem kam.

Florence hob grüßend die Hand, als sie an dem Paar vorbeifuhren, und sank dann zufrieden seufzend in Joannas Schoß. Ein verträumtes Lächeln lag auf ihrem Gesicht, als sie Joannas Rock anhob und ihre Hand in das weiße Höschen gleiten ließ. Ihr Lächeln wurde noch breiter, als sie Joannas blonden Pelz sah. Sie schob ihren Mittelfinger zwischen Joannas Schamlippen und begann mit der lustvollen Übung.

»Magst du mich?«, fragte Florence, als Joanna sich zurücklehnte und die Beine spreizte, um sich liebevoll streicheln zu lassen.

»Ich finde dich reizend«, erwiderte Joanna.

»Das freut mich, denn ich finde dich anbetungswürdig«, murmelte Florence, während sie Joannas Möse langsam mit dem Finger massierte.

»Ich glaube, ich komme gleich«, seufzte Joanna.

»Liebe Joanna«, sagte Florence, »wenn ich dir das Höschen ausziehen und deine Beine weit spreizen könnte, würde ich dich lecken, bis du den größten Orgasmus deines Lebens bekommst. Aber das geht in der Kutsche leider nicht – wenn wir jedoch wieder in St. Winifrith sind, ziehe ich es dir aus und lecke dich, bis du schreist.«

Joanna stöhnte leise, als die vertrauten ersten Anzeichen des Höhepunkt sie durchzuckten. Thomas' klebriger Schaft richtete sich erneut auf, während er seine Passagiere durch die geöffnete Klappe beobachtete. Beim Anblick der dunkelblonden Löckchen zwischen Joannas Beinen und der langen, rosigen Schamlippen lief ihm das Wasser im Mund zusammen. Der Gedanke durchzuckte ihn, dass er noch nie in seinem ganzen Leben eine hübschere Möse gesehen hatte als die von Joanna Bartholomew. Er würde alles dafür geben, einmal seinen Kopf zwischen ihre Beine stecken und sie lecken zu können.

Eines Tages, Miss, dachte er, *merken Sie sich das, eines Tages werden Sie meine Zunge in sich spüren, und auch noch etwas anderes werden Sie spüren, das um einiges länger und steifer als meine Zunge ist – Sie werden sich vor Lust schreiend an mich klammern.*

4

Eine junge Dame mit Erfahrung

Als der Expresszug aus London in den Bahnhof von High Huffam einfuhr und Gwendolyn Trelawny aus der ersten Klasse ausstieg, erwies sich, dass sie eine hübsche Sechzehnjährige mit langen, blonden Haaren, die ihr offen auf den Rücken hingen, war. Florence und Joanna stellten sich ihr vor und hießen sie willkommen. Ein Gepäckträger kümmerte sich um ihre Koffer, und die beiden Damen führten den Neuankömmling zur wartenden Kutsche. Thomas half ihnen hinein und verstaute Gwendolens Gepäck.

Die Kutsche war so breit, dass die Frauen nebeneinander auf der Bank sitzen konnten – allerdings mussten sie so eng zusammenrücken, dass es eigentlich nicht schicklich war. Florence machte viel Aufhebens um Gwendolen und hielt ihre Hand, während sie sie nach dem Verlauf ihrer Reise fragte. Thomas oben auf dem Kutschbock trieb die Pferde an, und in leichtem Trab ging es nach St. Winifrith zurück.

Offenbar war für Florences leidenschaftliche Natur ein Orgasmus nicht genug. Man sah ihr deutlich an, dass sie schon wieder erhitzt und erregt war. Deshalb wunderte sich Joanna auch nicht, als Florence die Hand auf Gwendolens Schenkel legte.

»Du hast ein sehr hübsches Kleid an, meine Liebe«, sagte Florence zu dem Mädchen. »Vermutlich ist es aus Seide. Wie findest du Gwendolens Kleid, Joanna?«

»Wunderschön, genau wie du«, erklärte Joanna.

»Natürlich ist es zu prächtig, um jeden Tag getragen zu werden«, fuhr Florence fort und streichelte den Stoff über Gwendolens Schenkel. »Für St. Winifrith ist etwas weniger Kostspieliges besser geeignet. Wir haben zwar keine vorgeschriebene Schulkleidung, aber wir ermutigen unsere jungen Damen immer, sich einfach zu kleiden, damit diejenigen aus reichem Elternhaus die anderen Mädchen nicht in Verlegenheit bringen.«

»Ich verstehe, Miss Wentworthy«, erwiderte Gwendolen. »Sobald wir in St. Winifrith sind, werde ich mich umziehen.«

»Was für Unterwäsche tragen wohlerzogene junge Damen eigentlich in Indien?«, fragte Florence.

Ohne auf Gwendolens Antwort zu warten, hob sie den Rocksaum an und schaute nach. Gwendolen trug altmodische Unterhosen aus feinem, weißem Musselin, die in Nabelhöhe von einem Bändchen zusammengehalten wurden. In England war solche Wäsche schon seit mehr als zehn Jahren nicht mehr modern, teilte Florence dem Mädchen mit, wobei sie die Schleife löste und Gwendolens weichen Bauch und ihr Dreieck enthüllte. Gwendolen errötete, wehrte sich jedoch nicht. Joanna kam Florence zu Hilfe.

»Man hat mir erzählt, dass junge Damen in Indien eine spezielle einheimische Dienerin haben«, sagte sie, »eine Art Kindermädchen, die sich um alles kümmert.«

Lächelnd legte sie ihre Hand auf Gwendolens Schenkel.

»Stimmt das, meine Liebe?«, fragte Florence. »Hattest du eine eigene Dienerin, die sich um alle deine Bedürfnisse gekümmert hat?«

»Jeder hat eine *ayah*«, erwiderte Gwendolen, »und meine hieß Indira. Sie hat für mich gesorgt, bis ich nach England reiste.«

»Sie hat dich vermutlich gebadet und angezogen«, sagte Florence und streichelte den entblößten Bauch des jungen Mädchens.

»Natürlich, sie war meine persönliche Zofe.«

»Hat sie dich jemals zufällig zwischen den Beinen berührt, wenn sie dich gebadet hat?«, fragte Florence. »Das kann ja leicht passieren.«

Gwendolen schwieg, während Joanna vorsichtig über ihren Bauch streichelte und Florence, die Wagemutigere der beiden, die Muschi des jungen Mädchens befingerte. Gwendolens blaue Augen waren halb geschlossen und man sah ihr an, dass sie über das Verhalten der beiden Lehrerinnen nicht überrascht war.

»Liebe Miss Wentworthy«, sagte sie schließlich, »da sie und Miss Bartholomew sich die nächsten beiden Jahre um mich kümmern werden, habe ich keinen Anlass, nicht offen mit Ihnen zu sprechen. Indira hat alles für mich getan – ich kann mich auch heute noch nicht alleine baden oder anziehen.«

»Das wirst du rasch lernen«, versprach Florence ihr. »In St. Winifrith gibt es viele junge Mädchen, die dir mit Freude dabei helfen werden – obwohl es ihnen vermutlich noch mehr Spaß machen wird, dich auszuziehen. Hat denn deine Dienerin dich auch noch berührt, als du schon eine junge Dame warst?«

»Bis zum Morgen des Tages, an dem ich auf das Schiff

nach England ging«, erwiderte Gwendolen mit einem Lächeln, das glückliche Erinnerungen verriet. »Sie hat lange, schlanke Finger und hat mir damit mehrmals am Tag Lust verschafft.«

»Mehrmals am Tag«, seufzte Joanna. »Wie umsichtig von ihr – wenn doch nur alle Dienstboten sich so um ihre Herrin kümmern würden.«

»Ich wollte sie mitnehmen«, erwiderte Gwendolen, »aber Papa meinte, ein Schulmädchen in England habe keine Dienstboten.«

»Du bist kein Schulmädchen«, erklärte Florence, »du bist eine erwachsene junge Dame, die bei uns den letzten Schliff in Etikette und guten Manieren bekommen soll. Junge Damen werden anders behandelt als Schulmädchen, merk dir das.«

Joanna hätte am liebsten noch mehr über die Dienste der *ayah* gehört, aber das konnte warten. Sie ließ ihre Hand von Gwendolens Bauch zu ihrem Venushügel gleiten, wo Florences Finger bereits mit den weichen Löckchen spielten.

»Ich glaube, ich komme gleich«, seufzte Gwendolen ohne das geringste Anzeichen von Scham. Sie würde sicher leicht Freundinnen finden.

»Ja, das glaube ich auch, meine Liebe«, sagte Florence. »Was meinst du, Joanna?«

Gwendolen stöhnte leise. Zwei liebevolle Hände spielten mit ihrer Möse, und sie konnte nicht sagen, wessen Fingerspitze auf ihre nasse Knospe drückte, Joannas oder Florences. Es war ihr jedoch auch egal, solange sie nur diese köstlichen Gefühle verspürte. Sie stand kurz vor dem Höhepunkt, ihr ganzer Körper erbebte, während die ersten heißen Wellen der Lust sie überfluteten.

»Ja, ich bin mir ziemlich sicher, dass sie gleich kommt«, beantwortete Joanna Florences Frage. »Ihre Muschi ist ganz heiß und schlüpfrig.«

»Als erfahrene Lehrerinnen hätten wir uns denken können, dass Gwendolen daran gewöhnt ist, gestreichelt und liebkost zu werden, selbst wenn sie uns nicht von ihrer persönlichen Dienerin erzählt hätte«, erklärte Florence. »Schon in dem Moment, wo ich ihre Pussy berührte und spürte, wie leicht sie sich öffnet, wusste ich, dass die junge Dame regelmäßige und wiederholte Aufmerksamkeit braucht.«

Mit vereinten Kräften hoben sie Gwendolens Hinterteil an und spreizten ihr die Beine weit, um sie mit ihren Fingern zu einem heftigen Orgasmus zu treiben. Das Mädchen bog sich ihren Händen entgegen, und die beiden Frauen blickten sich lächelnd an.

»Du hast sie zum Höhepunkt gebracht«, sagte Florence zu Joanna.

»Ich?«, erwiderte Joanna und grinste breit. »Und du hattest gar nichts damit zu tun, was? Was macht denn dann deine Hand zwischen ihren Beinen?«

Gwendolen erschauerte vor Entzücken, und sie wand sich in Ekstase, während die beiden Frauen sie immer weiter streichelten. Sie kreischte so laut, dass Thomas es draußen hörte. Sein schlaffes *Ding* richtete sich sofort wieder auf, und er rieb es durch die Hose, damit es noch steifer wurde. Er fand die Muschi der neuen jungen Dame hübsch, und sie hatte sicher nichts dagegen, seinen Schwanz einmal hineinzustecken, aber sie war eigentlich noch ein Kind, und deshalb reizte sie ihn nicht allzu sehr. Miss Joanna Bartholomew hingegen wollte er wirklich stoßen. Seit er ihren blonden

Busch gesehen hatte, ließ ihn der Gedanke nicht mehr los.

Als sie endlich in St. Winifrith ankamen, saßen alle drei Passagiere wieder aufrecht und gesittet da, die Knie zusammengepresst und die Hände ordentlich im Schoß gefaltet. Ihre eleganten Kleider wiesen nicht eine Falte auf, und niemand hätte vermuten können, dass sie sich während der Fahrt gegenseitig gestreichelt hatten.

Thomas stieg vom Kutschbock und trug Gwendolens Gepäck ins Haus. Sein Gang war seltsam steif, weil sein *Ding* hart und geschwollen war. Nachdem er beobachtet hatte, wie die beiden Frauen Gwendolen zum Höhepunkt gebracht hatten, hatte er keine Zeit mehr gehabt, sich zu erleichtern.

Florence stellte Gwendolen Mrs. Gorley, der Haushälterin, vor, und übergab sie in ihre Obhut. Joanna wartete draußen und beobachtete Thomas, der wieder aus dem Haus gekommen war und auf seinen Kutschbock kletterte.

Es gab keinen Zweifel – der unverschämte Kerl hatte eine beachtliche Ausbuchtung in seiner Hose. Sie hatte nicht übel Lust, ihn für seine Frechheit zu bestrafen. Vielleicht war es ihm ja peinlich, wenn sie betont auf sein hartes *Ding* blickte.

Joanna wusste allerdings nicht, dass es Männern nie peinlich ist, wenn eine schöne Frau sie anstarrt. Ganz im Gegenteil, es trägt zu ihrer Lust bei. Das bemerkte Joanna zu ihrem Entsetzen jetzt auch, als sie sah, dass die Ausbuchtung immer größer wurde.

Dieser anmaßende Schuft, dachte sie wütend, *wie kann er es wagen, sich in Gegenwart von zwei weiblichen Mitgliedern des Lehrkörpers und einer Schülerin so gehen zu lassen!*

Ich sollte ihm den nackten Hintern auspeitschen, damit er eines Besseren belehrt wird!

Thomas tippte an seine Hutkrempe und lächelte Joanna einfältig an, bevor er die Pferde antrieb und die Kutsche wegfuhr. Sein Grinsen verwirrte Joanna, und rasch lief sie ins Haus zu Florence und Mrs. Gorley. Mrs. Gorley war Witwe, obwohl sie erst Mitte dreißig war. Sie war eine stämmige, tüchtige Frau mit dunkelbraunen Haaren, die sie zu einem Knoten geschlungen hatte. Wie es für ihre Stellung angebracht war, trug sie ein schlichtes, hochgeschlossenes schwarzes Kleid.

Joanna zwang sich, nicht mehr an den unverschämten Kutscher zu denken, und als sie sich wieder gefasst hatte, fiel ihr auf, dass die stellvertretende Direktorin und die Haushälterin offenbar recht vertraut miteinander waren. Ob wohl Florence Wentworthy ein intimes Verhältnis mit Mrs. Gorley hatte? Es kam ihr unwahrscheinlich vor, denn schließlich war Mrs. Gorley nur ein Dienstbote, wenn auch von höherem Rang.

Joanna war die Vorstellung unangenehm – wohlerzogene Damen gaben sich nicht mit Dienstboten ab, das taten nur Männer. Sie wurden mit Dienstmädchen und Verkäuferinnen intim. Aber Männer waren ja auch berüchtigt für ihre Geilheit, und wenn sie die Leidenschaft übermannte, steckten sie ihr steifes Ding in jede weibliche Öffnung, die sich ihnen bot.

Aber da sie jetzt schon einmal auf den Gedanken gekommen war, dass Florence und Mrs. Gorley einander näher kannten, betrachtete Joanna die Haushälterin genauer. Sie hatte einen ausladenden Busen, und Joanna überlegte sich, wie erregend es wohl sein mochte, mit diesen riesigen Brüsten zu spielen.

Mrs. Gorleys Bauch war rund und weich, und sie hatte bestimmt stramme, muskulöse Schenkel. Ihre Haare waren dunkelbraun, und sie verfügte sicher über einen beachtlichen dunklen Busch. Und sie wirkte tüchtig und zupackend. Wahrscheinlich wäre es tatsächlich eine bemerkenswerte Erfahrung, von dieser Frau ausgezogen und erregt zu werden.

»So, Mrs. Gorley kümmert sich jetzt um Gwendolen«, sagte Florence. »Kommst du mit in mein Zimmer und trinkst eine Tasse Tee mit mir, Joanna? Wir haben viel zu besprechen.«

Joanna vermutete, dass sie nicht nur zur Konversation in das Zimmer der stellvertretenden Direktorin gebeten wurde. Ihre Vermutung erwies sich als richtig, denn in dem Moment, in dem sich die Tür hinter ihnen schloss, schlang Florence die Arme um sie und drückte sie so fest an sich, dass ihre Brüste aneinander gepresst wurden. Sie verdiene eine besondere Belohnung dafür, dass sie in der Kutsche so nett zu dem neuen Mädchen gewesen war, erklärte sie Joanna.

»Was für eine Belohnung schwebt dir vor?«, fragte Joanna, obwohl sie die Antwort bereits kannte.

Florence führte sie zu einem großen roten Polstersofa und bat sie, sich zu setzen. Sie nahm Joanna den Strohhut ab und strich ihr über die dunkelblonden Haare. Dann kniete sie sich vor sie, schob ihr den grauen Rock hoch und zog ihr das Höschen herunter. Mit den Daumen drückte sie Joannas Schamlippen auseinander, und Joanna keuchte auf, als sie ihr zwei Finger in die Möse schob und langsam bewegte. Joanna wand sich bebend, als Florence sich auf ihre Knospe konzentrierte und ganz leicht mit der Fingerspitze darüber flatterte. Die

Wirkung war so intensiv, dass Joanna vor fast schmerzhafter Lust sinnloses Zeug plapperte und zu zittern begann.

»Ich soll dich lecken, nicht wahr?«, fragte Florence lächelnd. »Das werde ich auch tun, ich habe es dir ja versprochen.«

Sie senkte den Kopf und stieß ihre Zunge in Joannas nasse Möse. Voller Inbrunst saugte und knabberte sie an ihrem Knopf, bis sie die ersten Zuckungen des Orgasmus verspürte.

»Schrei für mich, Joanna«, sagte sie.

Und Joanna schrie vor Lust laut auf, als die intensiven sexuellen Gefühle sie überwältigten. Als die letzten Wellen abgeebbt waren, sank sie erschöpft auf das Sofa zurück und bettete ihren Kopf wie ein Schulmädchen an Florences Busen.

»Wenn du wieder zu Atem gekommen bist, erzähle ich dir den Rest von Didos Geschichte in Indien«, sagte Florence.

»Geht sie denn noch weiter?«, fragte Joanna verwundert. »Die beiden schottischen Offiziere haben sie doch aus ihrer schrecklichen Lage befreit – was ist denn noch passiert?«

»Dido dachte damals auch, dass sie alles überstanden habe, aber sie irrte sich, wie du gleich hören wirst. Die beiden Gentlemen aus den Highlands bedeckten Dido, so gut es ging, wobei sie so taten, als sähen sie ihre Blöße nicht.«

»Dabei haben sie alles gesehen, sogar ihre Pussy«, murmelte Joanna, »und als sie ihr die Kleidung richteten, haben sie bestimmt auch ihre Brüste und ihren Bauch berührt.«

»Sie benahmen sich wie perfekte Gentlemen«, fuhr Florence fort, »führten sie durch den Basar und ließen sie in einer *gharry* – das ist eine Art indische Droschke – nach Hause fahren. Dort brachten ihre Dienstboten sie sofort zu Bett und holten den Arzt, der sie von Kopf bis Fuß nach Verletzungen und blauen Flecken untersuchte, bevor er ihr ein Beruhigungsmittel gab, damit sie schlafen konnte.«

»Waren denn irgendwelche Anzeichen des Missbrauchs auf ihrem Körper zu sehen?«, fragte Joanna atemlos. »Hatte sie blaue Flecken auf den Brüsten oder Kneifspuren an ihrer Muschi?«

»Nein, der Arzt fand nicht die geringste Spur – was bemerkenswert war, schließlich hatten die Rabauken sie ja fast zwanzig Minuten lang gewaltsam festgehalten und sie überall angefasst, vor allem zwischen den Beinen. Aber es war nichts zu sehen. Der Major wurde geholt, und der Arzt berichtete ihm, was geschehen war. Er war außer sich vor Wut und verlangte von den Behörden, die Übeltäter zu fangen und strengstens zu bestrafen.«

»Hat man sie denn erwischt?«

»Nein, aber das hatte auch niemand erwartet. Dido blieb ein paar Tage im Bett, um wieder zu Kräften zu kommen, und dann kam eines Nachmittags, als sie gerade auf der Veranda saß und Tee trank, einer der beiden Offiziere, um sie zu besuchen und um sich nach ihrem Befinden zu erkundigen. Er stellte sich als Captain Angus McAngus aus dem Regiment des Duke of Athelbrose vor.«

»Trug er seinen Kilt?«, fragte Joanna.

»Selbstverständlich«, bestätigte Florence, »und laut

Dido sah er hervorragend darin aus. Sie tranken zusammen Tee auf der Veranda und plauderten, und sie fand ihn äußerst höflich und sympathisch. Schließlich legte er ihr den wahren Grund seines Besuches dar – er gab zu, dass Didos Anblick im Lagerraum ihn überwältigt habe. Er sagte, sie ginge ihm nicht mehr aus dem Sinn, er habe seitdem ständig an sie denken müssen.«

»Na, na«, warf Joanna ein, »jetzt kommen wir zur grausigen Wahrheit. Ich kann mir schon denken, was dann geschah.«

»Captain McAngus erklärte Dido, er habe schon seit einigen Nächten kein Auge mehr zugetan, weil er sich immerzu ausgemalt habe, was Dido hätte passieren können, wenn nicht er und sein Freund aufgetaucht wären. Und schließlich meinte er, er wolle sie näher kennen lernen.«

»Er hat ihr eine Affäre vorgeschlagen«, sagte Joanna verächtlich. »Wie schamlos – Männer sind die reinsten Tiere.«

»Ehrlich gesagt«, erwiderte Florence und schüttelte traurig den Kopf, »hat Dido schon seit unserer Jugend in Bornemouth ein ungesundes Interesse an Männern. Mit achtzehn verlobte sie sich mit Randolph Bickley-Tufton – er war damals erst Lieutenant. Ich habe sie damals gefragt, wie sie den Gedanken ertragen könne, dass ein Mann ihr in der Hochzeitsnacht sein langes, hartes *Ding* hineinschiebt.«

»Und was hat sie geantwortet?«

»Sie hat gelacht und gemeint, ich solle es erst einmal selber versuchen, bevor ich die Vorstellung so weit von mir weise. Daraus schloss ich, dass sie Randolph bereits erlaubt hatte, es zu tun. Und so grauenhaft die Vorstellung auch ist, sie schien ein gewisses Vergnügen daran zu finden, sich für einen Mann mit heruntergelassenem Höschen auf den Rücken zu legen.«

»Das kann ich einfach nicht verstehen«, sagte Joanna. »Hast du jemals in deinem Leben einem Mann erlaubt, so mit dir umzugehen, Florence?«

»Wir sprechen über Dido und Captain McAngus«, erwiderte Florence spröde. »Ich werde nächsten Monat siebenundzwanzig und ich bin eine intakte Jungfrau, also lass mich bitte weiterreden. Was jetzt kommt, ist schändlich – der Captain ergriff Didos Hand, während er ihr diesen unzüchtigen Vorschlag machte, und zog sie unter seinen Kilt!«

»Oh nein! Der Gedanke ist zu grauenhaft!«, rief Joanna bestürzt aus. »Stimmt es denn, was man über die Schotten sagt – tragen sie wirklich keine Unterwäsche?«

»Nein, überhaupt keine – Dido ertastete ein steifes, männliches *Ding*. In ihrer Verwirrung packte sie es und hielt es fest, während Captain McAngus etwas davon brabbelte, dass er im Lagerraum durch ihr zerrissenes Kleid ihre großen weißen Brüste gesehen habe. Er besaß sogar die Kühnheit, zu erklären, es seien die schönsten Brüste, die er je gesehen habe.«

»Ob er nun Offizier ist oder nicht, der Mann ist einfach kein Gentleman«, verkündete Joanna.

»Nein, in der Tat nicht«, pflichtete Florence ihr bei, »er ist ein ordinärer, anmaßender Flegel. Dido lauschte seinen unschicklichen Worten voller Erstaunen, das hat sie jedenfalls behauptet, als sie es mir berichtete. Er erklärte weiter, er habe auch an jenem schrecklichen Tag ihre Schenkel und ihren Sporran durch die zerrissenen Überreste ihres Höschen gesehen.«

»Ihren *Sporran* – was meinte er denn damit?«, fragte Joanna.

»Er meinte damit ihr Dreieck – vermutlich dachte er, es würde sie schockieren, wenn er eines der Wörter benutzte, die wir selbst in den Mund nehmen. Er wollte zartfühlend sein. Er sagte, allein die Erinnerung daran mache ihn wahnsinnig, und er würde erst wieder zur Ruhe kommen, wenn sie es ihm noch einmal zeigte.«

»Wenn Männer eine Frau dazu überreden wollen, ihre Beine zu öffnen, dann sind sie zu jedem Schwachsinn fähig«, sagte Joanna. »Du würdest kaum glauben, zu welch außergewöhnlichen Mitteln Männer schon gegriffen haben, um mich in ihr Bett zu bekommen.«

»Das glaube ich dir gerne«, erwiderte Florence. »Du siehst sehr gut aus und hast eine prachtvolle Figur. Männer lassen einen einfach nicht in Ruhe, wenn sie glauben, es gäbe eine Gelegenheit, die Hand in dein Höschen zu bekommen.«

»Ganz genau«, bestätigte Joanna zufrieden.

»Hier in St. Winifrith ist das jedoch mit den Damen ebenso«, fügte Florence hinzu.

»Das werden wir sehen«, sagte Joanna gelassen. »Ich mag ja neu hier sein, aber deswegen stehe ich noch lange nicht jeder zur Verfügung. Aber erzähl mir weiter von deiner Cousine Dido – wie hat sie denn auf den Vorschlag des Offiziers, sie solle ihm ihre Muschi zeigen, reagiert?«

»Zuerst hätte sie beinahe gekichert, aber die Ereignisse bewiesen ihr, dass er die Wahrheit sagte. Er wiederholte, ihr fast nackter Körper ginge ihm nicht mehr aus dem Sinn, und dann ist es ihm, während Dido noch sein *Ding* hielt, gekommen, und eine warme Flut ergoss sich in ihre Hand.«

»In ihre Hand? Oh, was für ein elender Kerl!«

»Wir beide empfinden es als schändlich«, meinte Florence, »aber Dido hat andere Ansichten über Männer und ihr *Ding*. Sie war geschmeichelt vom körperlichen Tribut des Captains an ihre Reize, und zwar so sehr, dass sie ihm, als sie später eine weitere Tasse Tee zu sich nahmen, gestattete, ihren Pelz unter dem Kleid anzufassen – ihren *Sporran*, wie er es nannte.«

»Das klingt aber recht gefährlich«, meinte Joanna, »dadurch hat sie seine Lust sicher nur noch mehr gesteigert.«

»Als sie seine Hand zwischen den Beinen spürte, war Dido einer Ohnmacht nahe und musste sich hinlegen. Der Captain folgte ihr ins Schlafzimmer und legte sich neben sie. Sie war nicht in der Lage, sich zu widersetzen, als er sie nackt auszog und mit ihren Brüsten spielte.«

»Ich habe langsam das Gefühl, deine Cousine besitzt nicht allzu viel Charakterstärke oder moralisches Empfinden«, stellte Joanna fest.

»Das fürchte ich auch. Jedenfalls hinderte sie Captain McAngus nicht daran, sich auf sie zu legen und sein *Ding* in sie zu stoßen. Er nahm sie zwei Mal und äußerst kraftvoll, wie sie mir erzählte, hart und fest. Es kam beinahe einer Vergewaltigung gleich, war allerdings ihrer Aussage nach äußerst lustvoll. Danach trafen sie sich mehrmals in der Woche, um beieinander zu liegen.«

Das überraschende Ende der Geschichte verwirrte Joanna vollends. Als sie es merkte, nahm Florence sie bei der Hand und führte sie in ihr angrenzendes Schlafzimmer, wo sie einander dabei halfen, die Kleider abzulegen.

»Du trägst äußerst elegante Unterwäsche«, sagte Joanna. »Ich beneide dich – ich wünschte, ich könnte mir solche Höschen leisten.«

»Ja? Gefällt dir Stickerei?«

Florence zog sie neben sich auf die Bettkante und spreizte die Beine für Joannas forschende Finger. »Soll ich dir ein Geheimnis verraten?«, sagte sie. »Ich trage nicht immer ein Höschen.«

»Nachts, meinst du«, erwiderte Joanna und streichelte Florence zwischen den Beinen. »Da trägst du bestimmt ein hübsches Nachthemd mit Bändern und Schleifen.«

»Ich ziehe nicht nur zur Schlafenszeit mein Höschen aus«, erwiderte Florence und spreizte die Beine noch ein bisschen mehr. »Nein, ich ziehe es aus, wann immer ich Lust dazu habe, und dann laufe ich so in der Schule herum. Ich bleibe stehen, um eine Unterrichtsstunde zu verfolgen, rede mit den Lehrerinnen und den Mädchen oder gehe im Garten spazieren.«

»Das hätte ich nie vermutet«, seufzte Joanna. Eifrig drückte und streichelte sie Florences Venushügel.

Florence streckte sich genüsslich auf dem Bett aus, den Kopf auf den Kissen. Die Beine hielt sie weit gespreizt, und ihr dunkelhaariges Dreieck lag offen vor Joanna.

»Das ist mein kleines Geheimnis«, kicherte Florence, »mit bloßem Bauch durch St. Winifrith zu laufen.«

»Und mit nacktem Hintern«, murmelte Joanna. Sie

zog Florences Höschen auf die Schenkel herunter. »Und nackter Muschi.«

»Weißt du noch, wie wir uns letzten Mittwoch draußen im Hof getroffen haben?«, fragte Florence. »Durch die offenen Fenster haben wir die Mädchen im Musikzimmer singen hören.«

»Wie meinst du das? Hattest du da etwa auch kein Höschen an?« Joanna strich mit den Fingerspitzen sanft über Florences Schamlippen.

»Wir haben ein paar Minuten geplaudert«, erwiderte Florence verträumt, »und unter meinem Rock war ich nackt.«

»Wenn ich das gewusst hätte«, hauchte Joanna, »dann hätte ich dich gegen die Wand gedrückt und meine Hand zwischen deine Beine geschoben.«

Sie zog Florences Schamlippen auseinander und streichelte mit dem Mittelfinger über ihre feuchte kleine Knospe.

»Nicht so schnell«, sagte Florence, »wir sitzen nicht in der Kutsche. Lass uns erst einmal beide nackt sein.«

Sie stand auf und ging zu ihrem Frisiertisch. Dort schlüpfte sie aus ihrem Hemdchen und schnürte ihr Korsett auf. Ihre Brüste waren klein und fest. Während Joanna ihr vom Bett aus zusah, setzte Florence sich auf den Hocker und rollte ihre Strümpfe herunter. Sie löste ihre Haare, so dass sie ihr über den Rücken fielen. Dann kämmte sie sie, wobei ihre Brüste bei jeder Bewegung des Arms erzitterten. Joanna stand auf und trat hinter sie, um sie im Spiegel zu betrachten.

Da Florence mit gespreizten Beinen dasaß, konnte sie auch den brünetten Pelz zwischen ihren Schenkeln sehen.

»Nackt siehst du richtig unartig aus, Florence«, sagte Joanna lächelnd.

Florence spreizte ihre Beine noch weiter, bis sie schließlich ihr Vogelnest vollkommen entblößte. Joanna hockte sich neben sie und legte ihr eine Hand zwischen die Beine. Sie drückte ihre Finger auf die langen, rosigen Lippen, die unter den Löckchen hervorlugten, und Florence sah mit großen Augen zu, wie sie von erfahrenen Händen gestreichelt wurde.

»Das machst du sehr gut, Joanna«, sagte sie. »Ich verspüre schon die ersten Wellen der Lust, und es wird nicht mehr lange dauern, bis ich komme.«

Joanna zog sie hoch, und gemeinsam gingen sie zum Bett zurück, wobei Florences Brüste bei jedem Schritt wippten.

»So süße kleine Titten«, sagte Joanna. »Ich werde die rosigen, kleinen Nippel lecken und saugen, bis du kommst.«

»Sie sind leider nicht besonders groß geworden«, meinte Florence. »Als ich sechzehn war, habe ich sie mindestens dreimal am Tag in warmem Wasser und Lavendelessenz gebadet, damit sie wachsen.«

»Davon habe ich ja noch nie gehört«, erwiderte Joanna. »Wenn ich das gewusst hätte, hätte ich es bei meinen auch versucht.«

Bei diesen Worten entkleidete sie sich ebenfalls.

»Du hast das doch nicht nötig«, erklärte Florence. »Deine Brüste sind doch gerade richtig und sehr hübsch. Wenn sie größer wären, würden sie nicht mehr zu deinen Proportionen passen.«

»Deine sind auch hübsch – warte nur, bis ich Hand an sie lege«, erwiderte Joanna.

Sie legten sich aufs Bett, und Joanna streichelte Florences nackten Bauch und ließ die Finger zwischen ihre Beine gleiten.

»Deine Löckchen haben eine hübsche Farbe«, sagte Joanna. »So ein schönes Dunkelbraun – meine Haare wirken richtig langweilig dagegen.«

»Es ist ganz egal, ob Schamhaare dunkel oder blond sind«, erklärte Florence. »Wichtig ist allein das kleine Spielzeug, das sie umgeben.«

»Meinst du?«, fragte Joanna und streichelte eifrig weiter. Ihrer Meinung nach spielte es doch eine Rolle, welche Farbe die Schambehaarung hatte. Florences dunkelbrauner Pelz erregte sie, aber sie fand auch ganz helle Löckchen, so wie damals bei Ulrika in der Schweiz, aufregend.

»Man kann die Haare zwischen den Beinen ebenso färben wie die auf dem Kopf«, erwiderte Florence. Joanna war überrascht, an diese Möglichkeit hatte sie noch nie gedacht.

»Das klingt ja köstlich dekadent«, murmelte sie und kämmte Florences dichte, braune Löckchen mit den Fingerspitzen zur Seite, um die schwellenden Schamlippen zu enthüllen. »Käme denn eine gut erzogene Frau jemals auf so eine Idee?«

»Nur kultivierte und gut erzogene Frauen haben so viel Fantasie, um die Farbe ihrer Schamhaare zu verändern«, erwiderte Florence. »Die unteren Schichten könnten sich das gar nicht vorstellen.«

Sie wand sich, da Joanna mittlerweile ihre Aufmerksamkeit den Brüsten zugewandt hatte. Sie fühlten sich weich und warm an und mit ihnen zu spielen, erregte Joanna so sehr, dass sie fast einen Orgasmus bekam. Sie umfasste sie mit den Händen und leckte die festen Nippel. Florence begann, leise zu stöhnen, und ihr Bauch bebte unter den ersten Zuckungen ihrer Klimax.

»Oh, meine Liebe...«, seufzte sie, »oh, Joanna...«

Ganz plötzlich kam sie, und ihr Körper bäumte sich in Ekstase auf. Joanna saugte an ihren Brüsten, bis die letzten Zuckungen verebbt waren.

»Das hast du gut gemacht«, sagte Florence lächelnd. »Wenn deine Fähigkeiten allgemein bekannt werden, wirst du die beliebteste Person in St. Winifrith werden. Ich verspreche dir, dass du jeden Tag geleckt und gestreichelt werden wirst.«

Nun legte sich Joanna auf den Rücken. Florence schob ihr die Hand zwischen die geöffneten Beine, und kleine Schauer der Lust überliefen Joanna.

»Wenn ich jemals den Mut besitzen sollte, mir die Schamhaare zu färben«, sagte sie nachdenklich, »dann sollen sie genauso dunkelbraun werden wie deine.«

»Das würde dir gefallen, was?«

»Es würde mich erregen«, flüsterte Joanna und bebte unter Florences Berührungen. »Ich würde mir mindestens ein Dutzend Mal am Tag den Rock hochziehen und mich im Spiegel betrachten, um mich zu bewundern.«

»Und wenn du dabei jedes Mal mit dir spielen würdest«, erwiderte Florence, »wärst du ständig müde und erschöpft. Außerdem finde ich Dunkelbraun für dich nicht geeignet.«

Joanna spreizte die Beine noch weiter und zog die Knie an. Florence rieb voller Inbrunst ihre feuchte kleine Knospe.

»Welche Farbe stünde mir denn deiner Meinung nach

besser?«, fragte Joanna. »Wie hättest du denn meinen Pelz gerne?«

»Kastanienbraun wäre wunderbar für dich, bei deiner hellen Haut«, murmelte Florence. »Allerdings würde es ein wenig seltsam zu deinen blonden Haaren aussehen.«

Mit der freien Hand streichelte sie Joannas Brüste. Sie knetete das zarte Fleisch und zupfte sanft an den rosigen Nippeln.

»Die Farbe spielt wirklich keine Rolle«, fuhr Florence fort. »Nimm einmal an, wir würden unsere Löckchen rasieren und unsere Mösen wären so glatt wie unsere Handflächen. Kannst du mir folgen, Joanna?«

»Oh…«, rief Joanna verwirrt aus.

»Auch so glatt rasiert würden wir uns genauso begehrenswert finden wie jetzt«, sagte Florence. »Vielleicht sogar noch erregender – stell dir doch nur einmal vor, wie sich die Lippen von zwei glatten Mösen aneinander reiben.«

»O ja, ja«, stöhnte Joanna, die kurz vor dem Höhepunkt war. »Du lägest auf dem Rücken und ich zwischen deinen Beinen auf dir.«

»Bauch an Bauch«, sagte Florence, »oder auch mit dem Kopf jeweils an der Möse der anderen.«

»Ja!«, keuchte Joanna.

»Mein Gesicht zwischen deinen Schenkeln, und deines zwischen meinen«, fuhr Florence fort, »und jeder von uns würde eine glatte, unbehaarte Muschi küssen.« Bei diesen Worten beugte sie sich vor und drückte einen Kuss zwischen Joannas Beine.

Joannas nasse Möse pulsierte unter ihren Händen. Florence legte sich so hin, dass sie Joannas Pussy lecken konnte. Rasch glitt ihre Zunge über die Klitoris, und im gleichen Moment verkündete Joanna keuchend: »Ich komme.«

Ihr Gesicht war gerötet, und stöhnend bog sie sich Florence entgegen, während die Wellen des Orgasmus über ihr zusammenschlugen.

5

Haremsgeschichten

Nach dem Gottesdienst am Sonntagmorgen hatten die jungen Damen in St. Winifrith frei. Sie konnten lesen, spazieren gehen oder sich auch einfach nur miteinander unterhalten. Joanna nahm die Gelegenheit wahr, um Gwendolen Trelawny nach dem Mittagessen in ihr Zimmer einzuladen, weil sie unbedingt mehr über das Leben in Indien erfahren wollte.

Gwendolen trug eine schlichte, elfenbeinfarbene Seidenbluse mit langen Ärmeln und einen blauen Rock. Joanna war in ein hübsches, rosaweißes Satinkleid gekleidet.

Es war ein schöner, warmer Septembernachmittag, und die Fenster standen weit offen. Joanna setzte sich neben Gwendolen auf das hochlehnige Sofa, ergriff ihre Hand und lächelte das Mädchen ermutigend an.

»Ich möchte dich gerne etwas fragen, Gwendolen«, begann sie. »Du kannst dir sicher denken, dass ich neugierig bin, etwas über das tägliche Leben in Indien zu erfahren.«

»Indien ist hauptsächlich heiß und schmutzig«, erwiderte Gwendolen.

»Das mag stimmen«, entgegnete Joanna, »aber deswegen ist das Leben doch nicht weniger interessant.

Man hat mir erzählt, dass vor einigen Jahren hier in England ein indisches Buch veröffentlicht wurde, in dem es um die Beziehungen zwischen Männern und Frauen geht.«

Gwendolen warf ihr einen Blick zu und schwieg. Sie hatte zwar erwartet, dass Joanna sie streicheln und liebkosen würde, nicht jedoch, dass sie nach Dingen gefragt würde, von denen sie nichts verstand.

»Das Buch, das ich meine, ist vor ungefähr zwanzig Jahren von Captain Burton, dem berühmten Forscher, ins Englische übersetzt worden«, fuhr Joanna fort. »Es ist allerdings viel zu unanständig, als dass es in normalen Buchhandlungen oder Büchereien erhältlich ist. Der Titel ist, glaube ich, *Kama Sutra,* was auch immer das bedeutet. Ich habe es noch nie in der Hand gehalten, aber eine Freundin hat mir davon erzählt.«

Gwendolen starrte sie neugierig an.

»Was für ein Buch ist das denn?«, fragte sie.

»Meine Freundin hat mir erzählt, dass die verschiedenen Positionen, in denen Männer mit Frauen den unanständigen Akt vollziehen können, darin beschrieben werden«, erwiderte Joanna vorsichtig.

»Von einem solchen Buch habe ich nie gehört«, erklärte Gwendolen zu Joannas Enttäuschung.

»Wenn ich von sexuell ungehörigen Stellungen spreche, so meine ich damit die, die von den Einheimischen in Indien und anderen fremden Ländern durchgeführt werden«, sagte Joanna rasch. »Europäische Männer tun so etwas nicht, so triebhaft sie auch sein mögen.«

»Wie gehen denn hier in England die Männer mit Frauen um?«, fragte Gwendolen. »Wissen Sie das, Miss Bartholomew?«

»Über eigene Erfahrungen verfüge ich leider nicht«, erwiderte Joanna errötend. »Soweit ich weiß, möchte bei Ehepaaren der Mann wohl während des Aktes auf der Frau liegen, während sie auf dem Rücken liegt und ihr Nachthemd bis zur Taille hochzieht.«

»Und was tut der Mann dann?«

Joanna griff Gwendolen unter den Rock und streichelte die warmen, jungen Schenkel.

»Er berührt sie hier, so«, erklärte sie und streichelte die weiche Muschi des Mädchens. »Dann muss sie ihre Beine breit machen, und er legt sich auf sie und schiebt ihr sein steifes *Ding* hinein.«

Als wenn sie dazu aufgefordert worden wäre, öffnete Gwendolen gehorsam die Beine.

»Er lässt sein *Ding* schnell heraus- und hineingleiten, bis er befriedigt ist«, fügte Joanna im Flüsterton hinzu.

»Ich glaube, das tun sie in Indien manchmal auch«, sagte Gwendolen. Das Thema schien sie nicht zu erschrecken. »Ich meine, dass der Mann oben auf der Dame liegt. Aber sie tun es auch noch auf viele andere Arten. Ich wusste gar nicht, dass es ein ganzes Buch darüber gibt. Glauben Sie, es sind auch Bilder darin?«

»Weißt du denn etwas über die anderen Stellungen?«, fragte Joanna. »Ich habe eigentlich kein Interesse an Perversionen, aber die Sitten der Menschen in anderen Teilen der Welt fand ich schon immer interessant, ganz gleich, wie unnatürlich sie erscheinen.«

»Ich weiß nicht, ob es stimmt, aber man hat mir gesagt, dass das Klima in Indien die europäischen Männer besonders heiß macht«, sagte Gwendolen.

»Ich bezweifle, dass das Klima etwas damit zu tun hat. Die Männer hier sind genauso«, erwiderte Joanna, »sogar mitten im Winter.«

»Wirklich?«, staunte Gwendolen. »Das indische Klima macht Männer auch sehr faul und lethargisch. Sie wollen es gerne tun, haben aber nicht die Kraft dazu. Wenn sie es mit einem Basar-Mädchen tun, dann liegt der Mann meistens auf dem Rücken, und das Mädchen macht die ganze Arbeit.«

»Wer hat dir das erzählt?«

»Meine *ayah*, als sie mir beigebracht hat, was Männer mit Mädchen machen. Sie wollte mich vermutlich darauf vorbereiten, dass der Mann, den ich eines Tages heirate, möglicherweise bereits viele Erfahrungen mit Basar-Mädchen gesammelt hat, so dass ich ihm langweilig würde, wenn ich mich einfach nur auf den Rücken legte und erwartete, dass er den anstrengenden Teil übernimmt.«

»Das ist ja entsetzlich!«, rief Joanna aus. »Ich finde es schockierend, dass eine charmante junge Dame wie du um die Gunst eines Mannes mit Dirnen niedrigster Herkunft wetteifern muss – mit Frauen, die sich den Gebrauch ihres Körpers bezahlen lassen! Männer sind grob und ungehobelt, sie dürften gar nicht mit anständigen Frauen in Berührung kommen!«

»Aber sie denken anscheinend ständig daran«, erwiderte Gwendolen, die offensichtlich für ihr Alter gut über Männer und Frauen Bescheid wusste.

»Das stimmt«, pflichtete Joanna ihr bei, »Männer sind Tiere, die ihren niedrigen Instinkten bei jeder Gelegenheit nachgeben. Du bist noch so jung und unverdorben und wirst es mir kaum glauben können, aber ich selbst bin in der Untergrundbahn in London schon von fremden Männern in der Menge belästigt worden.«

»Oh nein!« rief Gwendolen entsetzt. »Was haben sie Ihnen getan, Miss Bartholomew?«

»Sie haben sich im überfüllten Waggon an mich gepresst«, flüsterte Joanna. »Hände haben mein Hinterteil betastet und meine Brüste berührt, und ich habe gespürt, wie ein steifes männliches *Ding* absichtlich an mir gerieben wurde.«

»Hat dieser grobe Mensch Sie auch mit seinen Händen angefasst?«, fragte Gwendolen atemlos.

Nur ein Teil von Joannas Geschichte stimmte. Sie war tatsächlich in der Londoner Untergrundbahn in Berührung mit anderen Menschen gekommen, aber sie übertrieb absichtlich ein wenig, um Gwendolen die lüsterne Natur der Männer verständlich zu machen und sie vor ihren Aufmerksamkeiten zu bewahren.

»Glücklicherweise musste er sich an den Haltegriffen festhalten, und deshalb hatte er die Hände nicht frei«, erwiderte sie, »sonst hätte er sicher nicht gezögert, meine geheimen Teile zu betasten. Aber ich hätte seine Hand weggeschlagen, wenn er es versucht hätte.«

»Sie hätten ihm sicher kräftig auf die Finger geschlagen«, seufzte Gwendolen.

»Der schlimme Mann drückte jedoch seine Lenden an mich, und nach einer Weile rieb er sich sogar an meinen Hinterbacken. Ich war schockiert und verlegen, als ich feststellte, dass er versuchte, sich an mir zu befriedigen.«

»Sie meinen, er wollte kommen?«, fragte Gwendolen entgeistert.

»Ich bin überzeugt davon, dass dies seine Absicht war.«

»Was haben Sie getan? Haben Sie geschrien?«

»Ich war wie gelähmt vor Entsetzen und Scham. Ich spürte nur, wie sich der Kerl zuckend an mich presste, und beinahe wäre ich in Ohnmacht gefallen, als mir klar wurde, dass er sich tatsächlich sein Vergnügen an meinem Hinterteil geholt hatte. Ich raffte all meinen Mut zusammen und drehte mich um, um ihn ins Gesicht zu schlagen, aber in diesem Moment hielt der Zug, und der Mann stieg aus.«

»Wie sah er denn aus?«, fragte Gwendolen. »War er schmutzig und alt, in stinkenden Kleidern, unrasiert und betrunken?«

»Nein«, erwiderte Joanna. »Zu meiner Überraschung sah er gut aus. Er war noch jung, mit einem schwarzen Schnurrbart, und er trug einen guten Anzug und Krawatte. Blöde lächelnd lüpfte er den Hut und verließ den Zug.«

»Er lüpfte den Hut?«, rief Gwendolen kichernd aus.

»Diese demütigende Episode ist keineswegs komisch«, erwiderte Joanna würdevoll. »Ich wurde in der Öffentlichkeit gedemütigt. Findest du das etwa witzig?«

Gwendolen bemühte sich krampfhaft, wieder ein ernstes Gesicht zu machen. »Verzeihen Sie«, sagte sie, »ich habe mir nur gerade vorgestellt, wie der Mann seinen Hut hob, nachdem er gerade einen solch schändlichen Akt begangen hatte. Zumindest in dieser Hinsicht war er doch höflich, trotz seines kriminellen Verhaltens.«

»Ich hätte ihm schon beigebracht, was Höflichkeit ist, wenn es nach mir gegangen wäre«, rief Joanna zornig aus. »Ich hätte ihn an den Handgelenken aufgehängt und ihm die Hose mitsamt der Unterhose heruntergezogen! Dann hätten alle sein lächerliches *Ding* sehen können, und während sie über ihn gelacht hätten, hätte ich ihm den nackten Hintern mit meinem Regenschirm versohlt, bis er um Gnade gewinselt und sein männliches Teil schlaff und traurig ausgesehen hätte!«

Wieder musste Gwendolen kichern.

»Und dann hätte ich höflich gelächelt«, fuhr Joanna fort, »und einen Knicks vor ihm gemacht, bevor ich aus dem Zug gestiegen wäre und ihn gedemütigt zurückgelassen hätte.«

»Gedemütigt und mit schmerzendem Hinterteil«, meinte Gwendolen fröhlich. »Wie schade, dass Sie dazu keine Gelegenheit hatten – er hätte nie wieder in der Öffentlichkeit eine Frau belästigt.«

Joanna erzählte Gwendolen nicht, was passiert war, nachdem der Mann mit dem schwarzen Schnurrbart den Zug verlassen hatte. Sie war nämlich ebenfalls ausgestiegen und die Treppe zur Straße emporgeeilt. Allerdings nicht, um dem Mann nachzulaufen, sondern um mit einer Droschke in ihr Hotel zu fahren. Als sie in ihrem Zimmer war, zog sie sich rasch Jacke und Rock aus, um sie genau in Augenschein zu nehmen.

Sie hatte zwar den Eindruck gewonnen, dass der Mann, der sich an ihr gerieben hatte, seine Hose nicht aufgeknöpft und in seine Unterwäsche gespritzt hatte, aber ganz sicher war sie sich nicht, schließlich hatte sie ihm ja die meiste Zeit über den Rücken zugedreht, und vielleicht hatte er ja einen widerlichen Fleck auf ihrem Rock hinterlassen.

Am Rock war jedoch nichts zu sehen, und auch ihr Unterrock war sauber, als sie ihn prüfend gegen das Licht hielt. Sicherheitshalber zog sie auch noch ihr Höschen aus und betrachtete es eingehend. *Welch eine Erleichterung*, sagte sie sich, als sie in Strümpfen, Schuhen und Bluse dastand, *wenigstens hat er in seine eigene Unterwäsche gespritzt und den Zug mit klebrigem, nassem Bauch verlassen.*

Sie berührte den dunkelblonden Busch zwischen ihren Beinen und überlegte erschreckt, was hätte passieren können, wenn der Mann, der sie belästigt hatte, vor ihr statt hinter ihr gestanden hätte. Dann hätte er sein steifes *Ding* an ihrem Bauch statt an ihrem Hinterteil gerieben. *Er hätte auf meinen Bauch gespritzt*, keuchte sie, während sie sich selber streichelte. *Das Ungeheuer hätte sein Ding durch meinen Rock an meiner Pussy gerieben – und wenn seine Hose offen gewesen wäre, wäre sein Sperma direkt durch mein dünnes Höschen auf meine Schenkel getropft. Er hätte meine Muschi geschändet…*

Beschützend legte Joanna ihre Hand auf ihr Venusdreieck. Ihr wurde schwach vor Entsetzen, und sie sank mit gespreizten Beinen auf ihr Hotelbett. Sie war im Zug gerade noch entkommen, aber jetzt presste sie die Hand fest auf ihre Möse, um sie vor den widerlichen Aufmerksamkeiten fremder Männer zu bewahren.

Es tröstete sie, ihre Hand zu spüren, aber dennoch konnte sie die Erinnerung an das harte männliche Ding nicht aus ihren Gedanken verbannen. Sie schob einen Finger in ihre feuchte Möse, als ob sie sich vergewissern wollte, dass nichts anderes mehr hineinpasste. Und doch musste sie immer noch daran denken, wie sich der Mann an ihr gerieben hatte, und die Erinnerung schwand erst, als die vertrauten Zuckungen des Orgasmus einsetzten und sie sich laut stöhnend ihrer Lust hingab.

Danach hatte sie ihre Fassung wiedergewonnen, aber erzählen mochte sie niemandem davon, auch nicht Gwendolen. Stattdessen nahm sie den früheren Gesprächsfaden wieder auf.

»Du hast eben von Basar-Mädchen gesprochen«, sagte sie, »und von den Männern, die sie benutzen. Wird auf indischen Basaren denn auch etwas anderes verkauft als Gewürze und Saris?«

»In manchen Bereichen des Basars passieren zahlreiche unziemliche Dinge, jedenfalls hat man es mir so erzählt«, seufzte Gwendolen. »Ich durfte nie etwas Unzüchtiges sehen, aber es gibt Orte, wo Männer den Mädchen beim Tanzen zusehen können.«

»Tanzmädchen«, warf Joanna ein. »Davon musst du mir erzählen.«

»Es gibt einen bestimmten, sehr unzüchtigen Tanz«, erwiderte Gwendolen verträumt, während Joanna sie unablässig streichelte. »Ich glaube, so einen Tanz gibt es in England nicht.«

»Ich habe, glaube ich, schon einmal davon gelesen«, sagte Joanna, »aber ich kann mir nicht so recht vorstellen, was für ein Tanz es ist.«

»Indira hat mir davon erzählt«, erwiderte Gwendolen. »Sie hat ihn selber auch noch nicht gesehen, aber ihre Cousine war Tänzerin und hat ihr davon berichtet. Man tanzt in einem halbdunklen Raum, der voller Räucherstäbchen ist. Die Männer bezahlen Eintritt und sitzen mit gekreuzten Beinen auf dem Fußboden.«

»Ich nehme an, wir sprechen über indische Männer«, unterbrach Joanna sie, »denn ich kann mir nicht vorstellen, dass sich englische Offiziere und Gentlemen an solch einem Ort niederen Vergnügens auf den Fußboden hocken.«

»Doch, Indira hat gesagt, dieser Tanz sei vor allem bei englischen Offizieren und Gentlemen sehr beliebt«, erwiderte Gwendolen.

»Ach du meine Güte«, kommentierte Joanna, »das heiße Klima entzieht ihnen offenbar den letzten Rest von Moral, wobei ich allerdings glaube, dass Männer von vornherein nicht allzu viel davon besitzen.«

»In einer Ecke des Raums sitzen die Musiker«, fuhr Gwendolen fort, »sie spielen Flöte, Sitar und Trommel, die üblichen Instrumente eben. Dann wird der Vorhang zurückgezogen, und die Tänzerinnen treten vor das Publikum. Die Mädchen tragen rote und goldene Saris aus Seide, die so hauchdünn sind, dass man praktisch hindurchsehen kann – jedenfalls hat Indira es mir so erzählt.«

»Sie tragen durchsichtige Saris?«, fragte Joanna entsetzt. »In der Gegenwart fremder Männer? Haben sie denn wenigstens ein Unterkleid, um ihre Blöße zu bedecken?«

»Nein, natürlich nicht. Die Männer sollen ja ihre Körper sehen, deshalb bezahlen sie ja, damit sie die Mädchen fast nackt sehen können.«

»Was für eine grauenhafte Situation! Aber eigentlich überrascht es mich nicht, in welche Abgründe der Unmoral Männer sinken können«, sagte Joanna.

»Die Mädchen tragen zahlreiche goldene Armreifen, Fußkettchen und lange Perlenohrringe«, sagte Gwendolen. »Sie sind alle sehr hübsch – und sehr jung. Ich glaube, mit achtzehn hören sie schon auf zu tanzen.«

»Das wird ja immer schlimmer«, meinte Joanna.

»Junge Mädchen, die Männern für Geld ihre Körper zeigen…«

Gwendolen ignorierte den Einwurf. »Sie wiegen sich im Takt der Musik«, fuhr sie fort.

»Wenn sie keine Unterwäsche tragen, dann wippen wahrscheinlich ihre Brüste beim Tanzen«, überlegte Joanna.

»Ja, wahrscheinlich«, stimmte Gwendolen zu, »so ähnlich wie bei uns, wenn wir Rasentennis spielen. Das ist Ihnen vermutlich auch schon aufgefallen.«

»Ja, selbstverständlich, meine Liebe«, erwiderte Joanna, und ihre Finger kreisten ein wenig schneller um Gwendolens schlüpfriges Spielzeug.

»Es gehört zum Tanz dazu, dass die Mädchen nach und nach ihre spärlichen Kleidungsstücke ablegen«, sagte Gwendolen verträumt, »so dass schließlich ihre Brüste ganz entblößt sind. Ihre Brustspitzen werden scharlachrot gefärbt, damit man sie besser sehen kann.«

»Oh«, seufzte Joanna, »das sieht bestimmt sehr hübsch aus. Was nehmen sie denn dafür?«

Da Gwendolen es nicht wusste, antwortete sie nicht darauf, sondern fuhr fort: »Schließlich sind die Tänzerinnen völlig nackt, aber sie tanzen immer weiter und bewegen sich im Rhythmus der Musik auf die Männer zu…«

»Die mittlerweile vermutlich vor Lust gebannt sind«, bemerkte Joanna. »Ihre blöden *Dinger* sind bestimmt ganz steif geworden, und einige von ihnen fassen sich sicher auf schamlose Art und Weise an.«

»Ich glaube schon«, erwiderte Gwendolen, »denn sie dürfen die Mädchen nicht berühren, sondern sie nur anschauen. Das nutzen die Mädchen aus, indem sie mit ihren Brüsten wackeln und sich mit ihren bloßen Bäuchen an die Männer drängen – meistens tragen sie übrigens bunte Edelsteine im Bauchnabel.«

»Dieser Tanz ist wirklich ungeheuer unanständig!«, rief Joanna aus. »Ich finde es erschreckend, dass so etwas im Empire geduldet wird.«

»Und wenn sich die Männer kaum noch beherrschen können und vor Lust keuchen«, beendete Gwendolen ihren Bericht, zufrieden, dass sie Joanna so beeindruckt hatte, »dann verschwinden die Tänzerinnen, und der Vorhang schließt sich wieder hinter ihnen.«

»Da ich weiß, was Männer für Tiere sind«, erklärte Joanna, »halte ich es für sehr wahrscheinlich, dass einige von ihnen mittlerweile gekommen sind und sich nass gemacht haben.«

»Manche vielleicht«, keuchte Gwendolen und hob den forschenden Fingern ihr Hinterteil entgegen, »aber ich glaube nicht, dass es allzu viele sind. Nach dem Tanz gehören die Tanzmädchen jedem, der sie bezahlen kann.«

»Schockierend«, sagte Joanna entrüstet, »aber weißt du, ich habe auch schon gehört, dass es in London ähnliche Etablissements gibt. Ich glaube, man nennt sie Posier-Häuser.«

»Ja, ich kann mir vorstellen, wie es dort zugeht«, erwiderte Gwendolen. Ihre Beine zitterten, als Joannas Finger um ihre geheime Knospe kreisten.

»Genau«, sagte Joanna, »in diesen verkommenen Häusern der Lust bezahlen Männer dafür, dass Frauen nackt wie klassische Statuen vor ihnen posieren. Sie stehen zum Beispiel wie Venus oder Aphrodite da, mit vorgebeugtem Oberkörper, damit man ihr Hinterteil sieht, ausgestreckten Armen und baumelnden Brüsten.«

»Das klingt äußerst lehrreich«, murmelte Gwendolen.

»Es ist entwürdigend«, entrüstete sich Joanna. »Diese Frauen stellen auch Szenen aus Gemälden nach – sie waschen sich nackt vor einer Schüssel mit Wasser oder pflücken einen Apfel von einem Ast, wobei sie mit gespreizten Beinen dastehen, um ihre Möse zu zeigen. Diese Art von Sinnlichkeit erregt Männer.«

»Werden diese Frauen denn gut bezahlt?«, fragte Gwendolen. »Vermutlich bezahlen die Männer doch dafür, dass sie nach der Vorstellung bei ihnen liegen können?«

»Ich weiß nicht«, erwiderte Joanna. »Woher soll gerade ich das wissen?«

Der Eifer in der Stimme des jungen Mädchens gefiel ihr gar nicht. Gwendolen schloss die Augen und stöhnte leise, als ein Schauer der Lust sie durchrann.

»Du sprichst deine Gedanken äußerst direkt aus.« Joanna lächelte das Mädchen an.

»Ja«, erwiderte Gwendolen, »das liegt vermutlich daran, dass ich in dem heißen indischen Klima aufgewachsen bin.«

»Ich denke, es hat eher etwas damit zu tun, dass deine Dienerin dich mehrmals am Tag erregt hat. Sinnlichkeit scheint eine große Rolle in Indien zu spielen.«

Joanna zog ihre Hand weg, und Gwendolen glättete ihren Rock. Sie lehnte den Kopf an die Schulter der Lehrerin und legte wagemutig eine Hand auf Joannas rechte Brust, um sie leicht zu drücken.

»Die Maharadschas haben viele Frauen, die für sie tanzen und bei ihnen liegen«, flüsterte sie.

»Du meinst, sie haben einen Harem«, seufzte Joanna.

»Sie nennen es nicht so, ich glaube, das ist das arabische Wort. Im Palast eines Maharadschas heißen die Frauengemächer *zenana*.«

»Woher weißt du das denn?«

»Das darf ich Ihnen eigentlich nicht erzählen«, erwiderte Gwendolen und strich so sanft über Joannas Brust, dass diese sich wünschte, die Hand des Mädchens auf der nackten Haut zu spüren.

»Warum nicht?«

»Ich habe mein Wort gegeben, es nie einer Menschenseele zu sagen.«

»Aber mir kannst du es doch erzählen, liebe Gwendolen.«

»Nun, nur weil ich Ihnen vertraue. Und Sie müssen mir versprechen, es für sich zu behalten«, erwiderte das Mädchen.

»Ich verspreche es«, sagte Joanna atemlos.

»Darf ich unter Ihren Rock fassen, Miss Bartholomew, und Sie ein wenig liebkosen? Ja?«

Joanna erlaubte es ihr, und sie ging sogar so weit, ihren Rock selber hochzuziehen und ihre Beine zu entblößen. Gwendolens Hand glitt zwischen ihre Schenkel, und ihre Finger schlüpften unter ihr Höschen.

»Meine *ayah* hat einen Bruder«, sagte Gwendolen, »deshalb weiß ich davon. Sein Name ist Sanjay, und als er vierzehn oder fünfzehn war, hat er im Palast des Maharadschas von Pradabadasha gearbeitet. Der Palast ist riesig, und es gibt dort einen Garten mit Bäumen und Brunnen, in dem die Frauen des Maharadschas spazieren gehen dürfen. Er ist jedoch von hohen Mauern umgeben, sodass niemand sie sehen kann.«

»Fast wie ein Nonnenkloster«, warf Joanna ein.

»Nun, Nonnen sind aber Jungfrauen«, erwiderte

Gwendolen, »und das trifft auf die Frauen des Maharadschas nur zu, wenn sie gerade erst angekommen sind. Sanjay hat in diesem Garten gearbeitet, Unkraut gejätet, Laub gefegt und die Pfauen gefüttert. Vermutlich hielt man ihn für zu jung, als dass er den Frauen hätte gefährlich werden können.«

»Mir kommen die Frauengemächer dieser heidnischen Fürsten ein wenig vor wie unsere Pensionate«, meinte Joanna und wand sich unter der köstlichen Berührung ihrer Spielgefährtin.

»Nein, wie kommen Sie denn darauf?«, entgegnete Gwendolen. »Die Frauen dort müssen sich auf den Rücken legen und ihrem Herrn zu Willen sein – das gibt es bei uns nicht.«

»Ich dachte eher an die Lust, die die Frauen sich gegenseitig schenken«, erklärte Joanna. »Man kann sich leicht ausrechnen, dass sich die Frauen häufiger liebkosen, als von ihrem brutalen Herrn genommen zu werden.«

»Das verstehe ich nicht.«

»Es ist doch ganz einfach. Wenn ein Fürst zum Beispiel dreißig Frauen in seinem Palast hat, dann ruft er jede nur einmal im Monat zu sich, um an ihr seine Lust zu befriedigen.«

»Glauben Sie?« fragte Gwendolen zweifelnd.

»Vielleicht müssen sie den Missbrauch ihres Körpers häufiger ertragen, wenn sie neu sind«, fuhr Joanna fort, »aber eine vertrauenswürdige Freundin hat mir erklärt, dass kein Mann über einen längeren Zeitraum hinweg öfter als zweimal am Tag den Akt vollziehen kann.«

»Nur zweimal am Tag?«, fragte Gwendolen überrascht.

»Das ist selbstverständlich ein Durchschnittswert. Wenn ein Fürst dreißig Frauen zur Verfügung hat, um seine niederen Triebe zu befriedigen, dann liegt es doch auf der Hand, dass er keine allzu oft zu sich ruft.«

»Ja, jetzt verstehe ich«, erwiderte Gwendolen nachdenklich. Beinahe unmerklich hatte sie Joanna zwei Finger hineingeschoben und streichelte mit dem Daumen ihren feuchten kleinen Knopf.

»Nehmen wir einmal an, dass die Frauen in der *zenana* ähnliche Bedürfnisse haben wie wir«, erklärte Joanna in belehrendem Tonfall, »oder glaubst du, das heiße Klima unterdrückt ihr natürliches Verlangen?«

»Ich glaube nicht«, erwiderte Gwendolen, »aber ich bin mir nicht sicher.«

»Also, nehmen wir einmal an, die Frauen möchten drei- oder viermal am Tag befriedigt werden – das scheint mir vernünftig und nicht übermäßig zu sein«, sagte Joanna, »dann ist es doch offensichtlich, dass sie sich gegenseitig streicheln müssen, genauso, wie wir es hier in St. Winifrith tun.«

»Ja, das stimmt vermutlich«, erwiderte Gwendolen.

»Siehst du – diese Frauen beschäftigen sich also neunzigmal häufiger miteinander, als dass der Fürst sie besitzt.«

Über diese Vorstellung musste Gwendolen kichern.

»Du hast Sanjay, den Bruder deiner *ayah* erwähnt«, sagte Joanna mit verträumter Stimme. »Hatte er denn Gelegenheit, die Frauen des Maharadschas zu beobachten?«

»Er war ein gut aussehender Junge«, erwiderte Gwendolen. »Er fiel den Frauen auf, und sie schickten eine Dienerin zu ihm, die ihn insgeheim in den Palast einlud.«

»Du erwähntest, er war vierzehn oder fünfzehn«, warf

Joanna ein. »Zu welchem Zweck wurde er denn eingeladen?«

»Jungen in diesem Alter können es bereits tun«, sagte Gwendolen, »und deshalb wollten sie ihn. Das hat er mir selber erzählt, als er letztes Jahr seine Schwester besuchte. Jetzt, wo er älter ist, ist er ziemlich dick und sieht nicht mehr so gut aus.«

»Hat er diese schändlichen Handlungen wirklich einem jungen englischen Mädchen gegenüber erwähnt?«, fragte Joanna erstaunt.

»Er hat sich damit gebrüstet, um mich zu beeindrucken«, erwiderte Gwendolen, ohne mit der Wimper zu zucken, »und Sie können sich sicher denken, dass er etwas Schlimmes im Schilde führte.«

»Er hat sicherlich gehofft, du würdest ihm erlauben, dich zu verführen?«

»Männer denken doch sowieso nur an das eine«, erwiderte Gwendolen und klang dabei sehr erwachsen, »das haben Sie doch selber schon gesagt.«

Joanna nickte. Sprechen konnte sie im Moment nicht, da ihr Gwendolens Finger Schauer der Lust verursachten.

»Sanjay erzählte mir, im Palast sei er von halbnackten Frauen umringt gewesen«, fuhr Gwendolen fort. »Es waren die Frauen des Maharadschas, und nicht nur dreißig, sondern mindestens hundert.«

Joanna war so in ihre Lust vertieft, dass sie dem Bericht des Mädchens kaum zuhörte. Die Frauen hatten Sanjay auf Seidenkissen gezogen und ihm seine armseligen Lumpen vom Leib gerissen. Süß duftende Damen betasteten ihn am ganzen Körper und lagen so dicht bei ihm, dass er fast keine Luft mehr bekam.

Joanna spürte, wie sich die Nippel ihrer Brüste aufrichteten und sich gegen den Stoff ihres Kleides drückten, als wollten sie ihn durchstechen. Ihrer Meinung nach mussten die Frauen des Maharadschas ziemlich frustriert gewesen sein, wenn sie sich an einem Jungen schadlos hielten. Möglicherweise suchten sie Abwechslung – aber ein Junge, die Vorstellung war absurd.

Wenn sie ein junges Mädchen ausgezogen und mit ihm gespielt hätten, das hätte sie ja verstanden. In ihrer Fantasie stellte sich Joanna sofort vor, wie die blonde Gwendolen nackt auf den Seidenkissen lag, umgeben von den Schönheiten des Maharadschas. Sie streichelten die weiße Haut ihrer Brüste und ließen ihre Finger zwischen die gespreizten Schenkel gleiten.

Joanna war dem Höhepunkt nahe und hörte kaum hin, als Gwendolen erzählte, dass sich die Frauen ebenfalls ihre dünnen Gewänder vom Leib rissen. So viel weibliche Schönheit hatte Sanjay noch nie in seinem Leben gesehen. Er war überwältigt, und sein steifes junges *Ding* richtete sich auf, und zur großen Erheiterung der nackten Damen spritzte er seinen Samen ab.

Eine von ihnen legte sich auf den Rücken und hob ihre Schenkel über den Kopf. Eine andere unbekleidete Frau drückte Sanjay auf die Liegende und führte seinen klebrigen Schaft in sie hinein.

Zwei weitere Damen saßen daneben mit gekreuzten Beinen auf dem Boden und hielten den Jungen an den Handgelenken fest.

Immer wieder benutzten sie Sanjay, bis wie bei einer Mangofrucht aller Saft aus ihm herausgepresst worden war. Nach der vierten oder fünften Entladung hing sein *Ding* schlaff wie ein Strick herunter, und die nackten Frauen konnten anstellen, was sie wollten, sie bekamen es nicht wieder aufgerichtet. Daraufhin schickten sie ihn wieder in den Garten und warfen ihm seinen Lendenschurz nach.

»Oh«, stöhnte Joanna, als Gwendolen ihr zwei Finger tief in die nasse Möse stieß. Ihr ganzer Körper prickelte und bebte vor Lust. »Oh«, stöhnte sie, »oh, oh.«

Sie fragte sich, ob es Sanjay wohl gelungen war, Gwendolen zu berühren oder ihre süße junge Pussy anzufassen – darauf hatte es der Kerl ja wohl abgesehen. Er hatte ihr sicherlich sein *Ding* gezeigt, während er sich mit den zahlreichen Frauen des Maharadschas brüstete. Zweifellos war es steif gewesen, und er hatte sicher auch behauptet, dass es eine Ehre für Gwendolen sei, wenn er in sie eindringen dürfe.

Bevor jedoch Joanna Gwendolen danach fragen konnte, spürte sie ihren Höhepunkt kommen, und sie vergaß alle gemeinen fremden Finger, die mit einer jungen englischen Muschi spielten.

»Wenn man in Indien ein Mädchen mit der Zunge berührt, so nennt man das *die Lotusblüte lecken.* Das wird häufig gemacht«, flüsterte Gwendolen Joanna ins Ohr. »Ich möchte schrecklich gerne Ihre Lotusblüte küssen, liebe Miss Bartholomew. Darf ich?«

»Hast du dich von Sanjay lecken lassen?«, fragte Joanna seufzend.

»Er hat mir das Höschen heruntergezogen und sich vor mich gekniet«, sagte Gwendolen. »Und während er meine Lotusblüte geleckt hat, hat er meine Hinterbacken umfasst.«

»Der geile Unhold!«, keuchte Joanna entsetzt.

»Es war nett«, erklärte Gwendolen fröhlich, »ich bin dreimal gekommen. Spreizen Sie Ihre Beine, dann zeige ich Ihnen, wie er es gemacht hat…«

6

Ein verführerisches Album

Für Joanna eröffnete sich in St. Winifrith eine völlig neue Welt, nachdem sie von Miss Beatrice Skiffingdale am Fenster gestreichelt worden war. Nach diesem glückseligen Vorfall war die Kutschfahrt mit Florence Wentworthy, der stellvertretenden Direktorin, zum Bahnhof gewesen.

Offensichtlich hatten die beiden Damen im gesamten Kollegium verbreitet, dass sie gerne mit Mädchen spielte, denn Joanna bekam so viele Einladungen, dass sie kaum wusste, welcher sie zuerst Folge leisten sollte.

Sie verbrachte einen lehrreichen Abend mit Phyllis Stacey-Talbot, die den Mädchen Aquarellzeichnen beibrachte. Es galt als wünschenswert, dass ein junges Mädchen in der Lage war, kleine Landschaftsbilder zu malen. Miss Stacey-Talbot war eine schlanke Frau von ungefähr dreißig Jahren, mit fast schwarzem, dichtem Haar und einer schmalen, langen Nase.

In Übereinstimmung mit ihrem künstlerischen Wesen war Phyllis an dem Abend, als sie Joanna empfing, nur in Schwarz gekleidet – sie trug eine glänzende schwarze Satinbluse und einen schwarzen Rock. Auch ihr Zimmer spiegelte ihre Talente wider – die Wände waren mit Gemälden bedeckt. Manche davon hatte sie selber gemalt, und andere stammten von anderen Künstlern, wie Phyllis erklärte.

Über die Sessel und das Sofa waren bunte Tücher und Decken gebreitet, und die Lampenschirme waren mit klassischen Szenen von Nymphen und Satyrn handbemalt. Alles in allem wirkte das Zimmer faszinierend dekadent.

Joanna und Phyllis unterhielten sich etwa eine halbe Stunde lang und tranken dabei ein oder zwei Gläser Wein. Das Gespräch drehte sich um nichts Besonderes – die beiden Frauen versuchten einfach, einander besser kennen zu lernen. Als Phyllis offenbar einen positiven Eindruck gewonnen hatte, bot sie Joanna an, ihr ihr Bilderalbum zu zeigen. Joanna kam das ein wenig seltsam vor, weil sie eigentlich einen anderen Annäherungsversuch erwartet hatte – eine Hand auf ihrem Knie oder an ihren Brüsten, zum Beispiel, und vielleicht einen Kuss auf die Wange.

Nichtsdestotrotz erwiderte sie, sie fühle sich geehrt, wenn sie ihr das Album zeigte, wobei sie sich insgeheim fragte, was sie wohl erwartete. Ob Phyllis ihr Urlaubsfotos zeigen wollte?

Phyllis zog ein Album aus dem Bücherregal und schlug Joanna vor, sich neben sie auf das Sofa zu setzen, damit sie ihr interessante Aufnahmen besser erläutern konnte. Es war ein großes, schweres Buch, in dunkelrotes Marocain-Leder eingebunden, in das mit Gold die Initialen PST geprägt waren.

»Phyllis Stacey-Talbot – in diesem Buch sind alle ihre Geheimnisse enthalten«, sagte Phyllis lächelnd und strich mit dem Finger über das Monogramm. »Hier wirst du meine liebsten Erinnerungen entdecken.«

Sie legte das Album auf den Schoß und schlug es auf. Joanna keuchte auf, als sie die erste Seite sah, ebenso bei der zweiten und bei der dritten.

Auf jeder Seite war eine Zeichnung abgebildet, eine wirklich künstlerische Wiedergabe mit Bleistift, Kreide und Kohle. Und das Thema war immer gleich – das lockige Spielzeug eines Mädchens, lebensgroß und wahrscheinlich nach dem Leben gezeichnet.

»Meine Freundinnen hier in St. Winifrith sind so lieb und lassen sich von mir malen«, sagte die Kunstlehrerin stolz.

»Was für eine ungewöhnliche Idee für ein Erinnerungsalbum«, erwiderte Joanna und betrachtete das Bild auf der ersten Seite. »Ich gratuliere dir zu deinem Talent, Phyllis. Du bist sehr begabt – diese Zeichnungen wirken absolut lebensecht. Ich habe das Gefühl, sie beinahe anfassen, sie wirklich spüren zu können.«

»Ich achte sehr auf Details«, murmelte Phyllis und blätterte jede Seite langsam um, sodass Joanna sich alle Zeichnungen genau anschauen konnte.

»Weißt du, was«, sagte Joanna bei einer Seite, »ich glaube, diese hier habe ich schon einmal leibhaftig gesehen.«

Mit der Fingerspitze tippte sie auf die Zeichnung einer brünetten Muschi mit schmalen Lippen. »Ich glaube, das ist Stella Proyle«, sagte sie.

Phyllis sah auf der Rückseite nach. »Du irrst dich«, erwiderte sie mit wissendem Lächeln. »Ich muss zugeben, dass sie sich sehr ähnlich sind, und ich kann verstehen, warum du dieses köstliche kleine Ding für Stellas Pussy gehalten hast.«

»Wer ist es denn?«, fragte Joanna. Sie konnte ihre Blicke kaum von der Zeichnung wenden.

»Die Ähnlichkeit hat dich getäuscht«, erwiderte Phyllis ungerührt. »Selbst ich war mir einen Augenblick lang nicht sicher. Aber dies hier ist Penny Hampton-Hadwick – die üppige junge Dame mit dem Grübchen in der Wange und den runden Titten.«

Joanna betrachtete das Bild eingehend, dann ließ sie das Album wieder in den Schoß sinken.

»Ich glaube, ich sollte diese junge Dame einmal etwas genauer kennen lernen«, sagte sie zu Phyllis. »Ich weiß, wen du meinst – sie hat große, runde Brüste. Ist es leicht, sich ihr zu nähern?«

»Ich kenne sie gut, das hübsche Geschöpf«, erwiderte Phyllis, »ich habe schon oft mit ihr gespielt – sie liebt es. Ich garantiere dir, dass sie entzückt darüber sein wird, sich mit einer so attraktiven und warmherzigen Person, wie du es bist, anzufreunden.«

»Da du sie ja schon erlebt hast, würdest du sie denn als fähige junge Dame bezeichnen?«, fragte Joanna.

Lächelnd ergriff Phyllis Joannas Hand.

»Ich kann dir versichern, dass Pennys Fähigkeiten weit über ihre Jahre hinausgehen«, sagte sie. »Sie wird deine kühnsten Erwartungen übertreffen.«

»Ich liebe schwere, runde Titten«, gestand Joanna.

»Ich auch. Ich kann dir übrigens noch etwas über Penny erzählen – sie war so erregt, als ich sie zeichnete, dass ich sie drei Mal zum Höhepunkt bringen musste, um das Bild zu Ende zeichnen zu können.«

»Wie überredest du denn die Mädchen, sich zu entblößen, damit du sie zeichnen kannst?«, murmelte Joanna. »Ich könnte mir vorstellen, dass die Aussicht, ihre kostbarsten Reize auf immer verewigt zu sehen, sie nervös macht.«

»Manche Menschen halten mich für ein verderbtes Geschöpf«, erwiderte Phyllis achselzuckend, »manche bezeichnen sogar meine Bilder als abartig – aber das sind nur unwissende, freudlose Spießer. Du hast ja selber erkannt, dass ich eine begabte Künstlerin bin. Jedes Mädchen, dem ich mein Album zeige, bittet mich, in meine Sammlung aufgenommen zu werden.«

»Du bist in der Tat sehr begabt«, stimmte Joanna ihr zu, »vor allem darin, jungen Mädchen das Höschen auszuziehen.«

Phyllis lachte, dass ihre Brüste hüpften. Wieder ergriff sie Joannas Hand.

»Wir beide werden gute Freundinnen werden«, sagte sie.

»Das hoffe ich«, erwiderte Joanna herzlich. »Zeig mir noch mehr von deinen wundervollen Kunstwerken.«

Phyllis blätterte die Seiten bis zur letzten Zeichnung in dem dicken Album um. Es zeigte eine reizende, kleine Muschi zwischen glatten jungen Schenkeln. Auf den rosigen Schamlippen lag nur ein leichter Haarflaum.

»Das ist ja wirklich hinreißend!«, rief Joanna aus. »Ich würde sie am liebsten küssen!«

»Das ist mir klar«, erwiderte Phyllis grinsend.

»Es ist ein Aquarell«, bemerkte Joanna und betrachtete das Bild eingehend, »keine Bleistiftskizze wie die anderen. Das hier hast du aus wahrer Liebe gemacht, nicht wahr? Wer ist das Mädchen?«

»Ich finde, es ist mein bestes Bild«, erklärte Phyllis stolz. »Das Mädchen ist Hilary Blenkinsop-Smythe. Sie ist die Jüngste hier in St. Winifrith, und wie du ganz richtig erkannt hast, liebe ich sie sehr.«

»Sie hat eine Haut wie ein Baby und nur einen leichten Flaum«, seufzte Joanna. »Sie ist die unschuldige Sinnlichkeit in Person.«

»Sie gehört zu den Mädchen, die sich erst spät entwickeln«, warf Phyllis ein, »ich meine, in körperlicher Hinsicht. Ihre Brüste sind erst vor kurzem gewachsen, und ihr reizendes kleines Ding ist kaum von Haaren bedeckt. Zu meiner Freude kann ich sagen, dass sie mich genauso anbetet wie ich sie.«

»Sie ist himmlisch, liebe Phyllis. Wie oft spielst du mit ihr?«, fragte Joanna seufzend. Sie beschloss, sich Hilarys hübsche kleine Pussy einmal selber anzusehen, sobald sich die Gelegenheit bot. Wie lange es wohl dauerte, um das junge Mädchen zum Höhepunkt zu bringen? Phyllis gegenüber erwähnte sie jedoch nichts davon, weil sie vermutete, sie könnte böse werden. Schließlich hatte sie gesagt, sie liebte das Mädchen.

Glücklich lächelnd legte Phyllis das Album beiseite und lehnte sich zurück.

»Jetzt kennst du meine tiefsten Geheimnisse, Joanna«, sagte sie. »Ich habe dir gezeigt, wie sehr ich dir vertraue. Lässt du dich denn dafür auch für meine private Sammlung zeichnen?«

»Ich? Aber ich bin doch kein Schulmädchen«, erwiderte Joanna überrascht.

»Ich zeichne ja nicht nur Schülerinnen«, erklärte Phyllis. »Eigentlich ist dies ein Freundschaftsalbum, ich habe auch einige der Lehrerinnen gemalt. Hast du denn Beatrice Skiffingdales Pelz nicht erkannt?«

»Nein, aber vielleicht war er ja auf den Seiten, die du überblättert hast. Lass mal sehen.«

Phyllis schlug das Buch wieder auf und blätterte langsam die Seiten um. Schließlich fand sie, was sie suchte, und reichte Joanna das Album. Es gab keinen Zweifel – Joanna blickte auf Beatrice Skiffingdales runde Muschi, auf die dunkelhaarige, fleischige Versuchung zwischen ihren geöffneten schweren Schenkeln.

»Da kannst du seufzen«, sagte Phyllis lächelnd. »Ich weiß, dass du Beatrices Muschi schon berührt hast. Findest du, ich habe sie gut wiedergegeben?«

»Wie im richtigen Leben«, antwortete Joanna, »und du hast sie auch schon einmal angefasst, wenn sie dir für die Zeichnung Modell gesessen hat. Offensichtlich magst du erwachsene Mösen genauso gern wie die der jungen Mädchen.«

»Nichts auf der Welt ist so schön wie eine warme, feuchte Muschi«, erwiderte Phyllis. »Ich bete sie an – und ich brauche sie. Um ehrlich zu sein, muss ich mindestens zwei- oder dreimal am Tag mit einer Freundin spielen, sonst bekomme ich Kopfschmerzen.«

»Darin stimme ich völlig mit dir überein«, sagte Joanna. »Selbst wenn man sich stundenlang gestreichelt hat und vollkommen erschöpft ist, so schenkt einem der Anblick einer frischen Muschi neue Kraft. Dieses Phänomen habe ich schon oft bei mir beobachtet.«

»Wir verstehen einander so gut«, murmelte Phyllis. »Ich möchte dich gern für mein Album zeichnen, Joanna. Zeig mir deine Möse – Beatrice sagt, sie sei sehr hübsch.«

Joanna empfand Zuneigung für die Kunstlehrerin und kam ihrem Wunsch gerne nach. Sie stand auf, um ihren Samtabendrock und ihr weißes Batisthöschen auszuziehen. Sie hätte sich auch bereitwillig völlig nackt ausgezogen, um ihren schönen Körper, auf den sie so stolz war, zu zeigen, aber Phyllis bat sie, Hemd und Strümpfe anzulassen. Es waren hauchdünne schwarze Strümpfe, die oberhalb des Knies mit einem Strumpfband befestigt waren.

»Warum möchtest du mich denn halb angezogen malen?«, fragte Joanna. »Das ist doch nichts Halbes und nichts Ganzes.«

»Meine Liebste«, erwiderte Phyllis und kniff die Augen zusammen, »du hast doch bei deinen sexuellen Abenteuern sicher gelernt, dass völlige Nacktheit nur zu Anfang aufregend ist. Später wird sie vertraut, und was uns zu vertraut ist, erregt uns nicht mehr.«

»Ich weiß, was du meinst«, pflichtete Joanna ihr bei. »Ich habe mir schon oft überlegt, dass Nacktheit völlig uninteressant wäre, wenn wir jeden Tag mit entblößten Brüsten und zur Schau gestellten Mösen herumliefen. Es würde so langweilig werden, dass wir nicht mal mehr miteinander spielen würden.«

»Ja, genau das meine ich«, sagte Phyllis. »Wenn Männer und Frauen ständig nackt wären, gäbe es nur wenig sexuelles Interesse. Selbst die brutalsten, lüsternsten Männer würden kein Verlangen mehr danach verspüren, über Frauen herzufallen. Und vielleicht würden auch Frauen das Interesse aneinander verlieren und die Spiele aufgeben, die wir so sehr genießen.«

»Früher waren die Wilden in Afrika und der Südsee völlig nackt«, warf Joanna ein, »bis die Missionare ihnen Anstand beibrachten und ihnen Kleider gaben. Allerdings haben sich diese Stämme auch nackt fortgepflanzt, was bedeutet, dass das Begehren nie erlischt.«

»Ja«, entgegnete Phyllis, »aber die Bevölkerungszahl ist erst wirklich gestiegen, nachdem die Missionare ihnen Hosen und Kleider gegeben hatten. Es hat die Männer gewaltig erregt, dass sie die Frauen nicht mehr nackt sehen konnten. Interessant ist doch nur das Verbotene.«

»Hör bitte auf, von Männern und ihrer Lust zu reden«, bat Joanna sie und legte schützend die Hand über ihr Schatzkästlein. »Ich finde das Thema widerlich, und es erstaunt mich, dass du es nicht genauso empfindest. Du bist doch eine sensible Person.«

»Natürlich bin ich ebenfalls der Meinung, dass es ein schreckliches Schicksal ist, wenn ein nackter Mann schwer auf meinem Bauch liegt und meinen Körper zu seiner sexuellen Befriedigung missbraucht«, erwiderte Phyllis. »Aber ich bin Künstlerin und sehe das Leben in seiner Gesamtheit, ganz gleich, wie unangenehm manche Aspekte sein mögen.«

»Aber du brauchst doch keine männlichen Modelle zu zeichnen«, keuchte Joanna entsetzt auf. »Die Vorstellung von unbekleideten Männern ertrage ich nicht.«

»Ein wahrer Künstler muss alles ertragen«, erwiderte Phyllis ernst. »Ich respektiere deine Meinung, und ich werde dich sicherlich niemals erschrecken, indem ich dir Zeichnungen von nackten Männern zeige, aber ehrlich gesagt, habe ich schon einige Männer dazu gebracht, die Hosen herunterzulassen und mich ihr *Ding* zeichnen zu lassen.«

»Du bist ein furchtbares Risiko eingegangen«, flüsterte Joanna. »Jeder weiß doch, dass ein Mann mit erigiertem Glied zu allem imstande ist.«

»Ich habe erigierte und nicht erigierte Glieder gezeichnet. Allerdings richteten sie sich im Verlauf der Arbeit alle auf.«

Joanna hielt sich kopfschüttelnd die Ohren zu. Sie ließ ihre Knie auseinander gleiten, und Phyllis lächelte, als sie auf ihre offene Muschi blickte.

»Wenn ich mit einer Frau oder einem jungen Mädchen zusammen bin«, erklärte sie, »finde ich es sehr erregend, wenn sie nicht ganz nackt sind. Ein entblößter Schenkel oder ein hochgezogener Rock, Brustwarzen, die rosig durch eine dünne Bluse schimmern. Am besten ist es, einen Blick auf die Löckchen zwischen den Beinen zu erhaschen – das steigert mein Verlangen.«

Geschmeichelt setzte Joanna sich auf dem Sofa in Positur und spreizte ihre Beine noch ein bisschen mehr.

»Deine dunkelblonden Löckchen wirken äußerst provozierend gegen die weiße Haut deiner Schenkel«, sagte Phyllis. »Beatrice hatte Recht – dein Spielzeug ist sehr hübsch.«

»Und was fängst du jetzt mit den bekleideten Körperteilen an, wenn mein kostbarster Teil völlig entblößt ist?« fragte Joanna.

»Wer ist hier der Künstler, du oder ich?«, fragte Phyllis zurück. »Mach es dir bequem und lass mich meine Arbeit tun.«

Joanna musste sich aufrecht hinsetzen, die Füße auf dem Teppich, und die Beine weit gespreizt. Diese Haltung war ganz bestimmt nicht damenhaft, und Joanna war es unbehaglich bei dem Gedanken, dass so eigentlich nur käufliche Mädchen dasitzen würden. Eine Dame musste stets züchtig die Knie zusammenpressen, und sie durfte auch den Oberkörper nicht so weit zurücklehnen, dass ihre Brüste zur Schau gestellt waren.

Allerdings musste sie zugeben, dass Phyllis sie in dieser Position am besten malen konnte.

Phyllis zog sich einen roten Samthocker heran und setzte sich vor ihr Modell, sodass sie Joannas Muschi genau im Blick hatte. Statt gleich mit dem Zeichnen zu beginnen, legte sie zunächst ihre Hand auf Joannas Venusdreieck und streichelte sie langsam.

»Was für eine zarte Haut du hast«, sagte sie. »Sie ist elfenbeinweiß und fühlt sich seidig an. Du musst mir unbedingt deine Schönheitsrezepte verraten, Joanna. Reibst du deine Schenkel jeden Abend vor dem Schlafengehen mit Coldcreme ein?«

»Wie kommst du denn darauf?«, erwiderte Joanna lächelnd. »Deine Bemerkung ist unanständig, ja fast obszön. Wenn ich mich abends mit gespreizten Beinen hinsetzen und sie einreiben würde, kannst du dir doch denken, wohin das führen würde.«

»Ich wüsste jedenfalls, wohin es bei mir führen würde«, sagte Phyllis schmunzelnd und fuhr mit den Fingerspitzen sanft durch Joannas Löckchen.

»Und wohin würde es führen?«, neckte Joanna sie.

»Ich würde die Creme bestimmt auch in meine Muschi einmassieren.«

»Nun, Creme oder nicht«, entgegnete Joanna, »du berührst dich doch sicher jeden Abend im Bett. Deine Muschi mag ja noch jungfräulich sein, aber sie ist bestimmt schon von mehr Händen gestreichelt worden, als ich mir vorstellen kann.«

»Sie reagiert auf die leiseste Berührung«, gab Phyllis zufrieden zu. »Die Schamlippen sind locker und dehnbar, und sie werden feucht und öffnen sich, wenn ich bloß daran denke, berührt zu werden. Meine Klitoris ist im Laufe der Zeit so empfindlich geworden, dass ich leicht und häufig komme.«

Bis jetzt hatte sie mit ihrer künstlerischen Tätigkeit noch nicht begonnen, griff aber nun zu Zeichenblock und Stift.

»Es ist eine Freude, dich zu zeichnen«, sagte sie. »Ich finde deine Muschi höchst attraktiv, so weich und vorstehend.«

»Sie ist doch nicht zu groß, oder?«, fragte Joanna besorgt.

»Nein, ich finde sie perfekt«, versicherte Phyllis ihr. »Manche Frauen sind ganz flach zwischen den Beinen und man kann ihre Muschi mit bloßem Auge kaum erkennen. Das finde ich immer enttäuschend. Deine Möse jedoch ist köstlich, stolz und arrogant, zugleich jedoch so einladend, als wolle sie sagen: *Komm her und küss mich.*«

Joanna zog ihre inneren Muskeln kurz zusammen und grinste Phyllis dabei an.

»Das machst du auch immer mit der kleinen Hilary Blenkinsop-Smythe, nicht wahr?«, sagte sie. Ihre Erregung wuchs, als Phyllis ihre blonde Möse genau betrachtete, und sie atmete schneller. Sie war ein wenig eifersüchtig auf die Lust, die Phyllis mit dem jungen Mädchen empfunden hatte.

Statt einer Antwort zuckte Phyllis nur die Achseln und beugte sich über ihren Skizzenblock.

»Vermutlich entblößt du ihre winzigen Tittchen und küsst sie«, drängte Joanna. »Du leckst die kleinen Knospen und bringst sie damit zum Kichern. Du schiebst deine Hand unter ihren Rock und streichelst sie lange und genüsslich.«

»Reine Fantasie«, erwiderte Phyllis grinsend.

»Nichts an meiner Fantasie ist rein.« Joanna schlug die Augen nieder. »Im Gegenteil, sie ist nur lüstern und dreht sich ständig um Berühren und Streicheln.«

»Wir beide sind uns sehr ähnlich«, sagte Phyllis, »aber warum willst du unbedingt etwas über Hilary erfahren? Du hast doch selber Freundinnen, mit denen du spielen kannst. Man hat mir erzählt, dass das neue Mädchen, Gwendolen Trelawny, gestern lange in deinem Zimmer war. Was für einen Privatunterricht hast du ihr denn gegeben?«

»Wir haben uns über das Leben in Indien und die höchst ungewöhnlichen Sitten der Menschen dort unterhalten. Wenn sie die Möse mit der Zunge berühren, nennen sie es *die Lotusblüte lecken* – ist das nicht poetisch?«

»Ich wette, du hattest deine Hand auf britische Art und Weise an ihrer Muschi, während sie dir von diesen poetischen Dingen erzählte«, erwiderte Phyllis. »Gwendolen ist ein hübsches Mädchen, und ich werde versuchen, sie dazu zu überreden, dass sie mir mit gespreizten Beinen Modell sitzt – ich hätte sie gern in meinem Freundschaftsalbum.«

»Du solltest sie bitten, dir einige ihrer außergewöhnlichen Geschichten aus Indien zu erzählen, während du sie malst«, schlug Joanna vor. »Das heiße Klima hat eine interessante Wirkung auf die Briten, und sie weiß mehr darüber, als man bei so einem jungen Mädchen erwarten sollte.«

»Macht es dir nichts aus, wenn ich sie besitze?«, fragte Phyllis.

»Nein, keineswegs«, erwiderte Joanna leichthin. »Um

ehrlich zu sein, ich bin an Hilary Blenkinsop-Smythe interessiert, seitdem ich ihre Muschi gesehen habe. Ich möchte das unschuldige junge Mädchen wimmern hören, wenn sie zum Höhepunkt kommt.«

»Du bist sehr aufrichtig und offen«, sagte Phyllis, »und gleich wirst du auch da unten weit offen sein, wenn ich deinen Lotus lecke. Was Hilary angeht, so wäre ich dir dankbar, wenn du die Hände von ihrer Muschi lässt.«

»Du bist ja richtig verliebt in sie«, erwiderte Joanna überrascht. »Eigentlich müsste es andersherum sein – Hilary sollte für dich schwärmen.«

»Das tut sie auch«, versicherte Phyllis ihr und warf einen prüfenden Blick auf Joannas entblößte Muschi, bevor sie weiterzeichnete. »Es vergeht kein Tag, an dem sie nicht von mir gestreichelt werden möchte.«

»Ich beneide dich um die Leichtigkeit, mit der es dir gelingt, die Mädchen dazu zu bringen, dass sie vor dir ihr Höschen ausziehen«, erklärte Joanna. »All diese hübschen jungen Geschöpfe in deinem Album – du bist der reinste weibliche Casanova. Ich würde mich schon glücklich schätzen, wenn ich nur zwanzig von ihnen besitzen könnte.«

»Rede nicht so einen Unsinn«, erwiderte Phyllis fröhlich. »Bevor ein halbes Jahr vorüber ist, hast du sie alle gehabt. Du bist die attraktivste Frau hier in St. Winifrith, und du kannst alle Mädchen haben, die du willst. Und auch alle Lehrerinnen – du brauchst sie noch nicht einmal darum zu bitten, sie werden alle von selbst zu dir kommen.«

»Glaubst du wirklich, ich kann jede haben, die ich will?«, fragte Joanna geschmeichelt.

»Jede außer Hilary«, erwiderte Phyllis. »Sie gehört mir, also lass sie bitte in Ruhe.«

»Wie du willst«, sagte Joanna ohne wirkliche Überzeugung. »Wie oft schaust du dir dein Album an? Jeden Tag?«

»Mindestens einmal jeden Tag.« Phyllis nickte. »Nachts lege ich es neben mein Bett, und morgens betrachte ich immer ein oder zwei Seiten, bevor ich aufstehe – es gibt mir Kraft für den Tag.«

Seufzend spreizte Joanna ihre Beine noch ein wenig weiter – mittlerweile machte sie sich keine Gedanken mehr über ihre obszöne Haltung, im Gegenteil, es gefiel ihr, so vor einer Freundin zu posieren.

»Es geht mir nicht aus dem Kopf, dass du alle Mädchen in deinem Album besessen hast«, sagte sie.

»Ganz gleich, wie oft ich mit ihnen spiele und sie stöhnen höre, wenn sie kommen – fünf Minuten später könnte ich es schon wieder tun«, erklärte Phyllis und legte Stift und Block beiseite, um sich zärtlich über die eigenen Brüste unter der schwarzen Satinbluse zu streicheln. Dann setzte sie sich neben Joanna auf die Couch.

»Du hast mich mit deinem Gerede über die Mädchen so erregt, dass ich nicht weiterzeichnen kann«, sagte sie. »Ich verzehre mich vor Sehnsucht nach dir.«

Sie drückte Joanna in eine liegende Position und legte sich neben sie. Joanna wandte ihr das Gesicht zu und küsste sie auf die Wange.

»Du möchtest, dass ich dich anfasse und dich zum Stöhnen bringe«, sagte sie und ließ ihre Hand unter Phyllis' Rock gleiten. »Du möchtest, dass ich dich zum Höhepunkt bringe, aber du musst mich darum bitten.«

»Necke mich nicht«, erwiderte Phyllis. »Schieb einfach deine Hand in mein Höschen und streichle mich – du weißt doch, wie es geht.«

Bevor jedoch Joanna noch gehorchen konnte, warf sich Phyllis auf einmal über ihre Schenkel und drückte ihren Mund auf Joannas blonde Muschi. Mit den Fingern zog sie die Schamlippen auseinander, und dann spürte Joanna ihre warme, feuchte Zunge an ihrer kleinen Knospe. Lustvolle Schauer durchrannen sie, und ihre Beine begannen zu zucken. Es dauerte gar nicht lange, bis ein heftiger Orgasmus sie überwältigte. Stöhnend leckte Phyllis weiter.

»O ja, o ja…«, keuchte Joanna und wand sich vor Lust. »Warte nur ab, was ich gleich mit dir mache…«

Erst nach einer ganzen Weile beruhigte sie sich wieder. Als sie wieder zu Atem gekommen war, musste Phyllis sich auf dem Rücken ausstrecken. Joanna öffnete den schwarzen Ledergürtel um Phyllis' Taille und zog ihr den Rock aus. Darunter trug Phyllis schwarze Unterwäsche. Joanna kämmte mit ihren Fingern die drahtigen schwarzen Löckchen ihres Dreiecks.

»Ich habe noch nie jemanden in schwarzer Seidenunterwäsche gesehen«, seufzte sie. »Der Anblick allein bringt mich schon fast zum Höhepunkt.«

»Noch nicht«, stöhnte Phyllis. »Lass mich zuerst kommen.«

Joanna knöpfte Phyllis' Satinbluse auf und löste die Bänder des Hemdchens, das sie darunter trug. Jetzt hatte sie freien Blick auf Phyllis' kleine, ovale Brüste. Sie knetete und streichelte sie. Die Spitzen waren rötlichbraun und sehr fest.

»Du wirst schreien, wenn du kommst«, sagte Joanna zu ihr. »Es wird wie ein Erdbeben in deinem Bauch sein.«

Sie zog die langen, schmalen Schamlippen, die von dem schwarzen Pelz eingerahmt waren, auseinander und schob zwei Finger in die Öffnung. Phyllis war nass vor Erwartung und heißem Verlangen, und ein Schauer durchrann sie, als Joanna leicht über ihre Klitoris rieb.

»Es stimmt, deine Schamlippen sind weich und biegsam vom ständigen Befingern«, stellte Joanna fest. »Deine Knospe ist gerötet und reagiert auf die leiseste Berührung meiner Fingerspitzen. Ich frage mich, wie oft du wohl schon gekommen bist.«

»Küss mich«, bettelte Phyllis. »Leck mich, lass mich kommen.«

»Nicht so schnell«, erwiderte Joanna. »Du hast mir gesagt, du kämest sehr leicht, aber dieses Mal wirst du erst einen Orgasmus haben, wenn ich es dir erlaube.«

»Machst du das auch mit den Mädchen?«, stöhnte Phyllis. »Hältst du sie fest und bringst sie zum Schreien? Ich habe gehört, dass du Lust empfindest, wenn du grausam bist.«

»Wer hat dir das denn erzählt?«, sagte Joanna spöttisch. »Ja, es stimmt. Ich schlage gerne auf nackte Hintern. Manchmal nehme ich dazu auch den Rücken einer Haarbürste statt meiner bloßen Hand, und manchmal schlage ich mit verknoteten Strümpfen auf den nackten Bauch. Ich liebe es, wenn die Mädchen kurz vor dem Höhepunkt Schmerz empfinden.«

In Wahrheit hatte Joanna ihrem Verlangen zu dominieren in St. Winifrith bisher nur Ausdruck verliehen, indem sie Stella und Clarice den nackten Hintern versohlt hatte – und auch das nur mit der bloßen Hand. Aber sie ließ ihren unzüchtigen Fantasien freien Lauf, um Phyllis zu erregen. Auch für sie war es erregend, denn sie liebte die Vorstellung, sexuelle Kontrolle über andere auszuüben.

»Kneifst du in ihre Schamlippen?«, keuchte Phyllis fasziniert und entsetzt zugleich. »Zerkratzt du ihre Brüste und beißt sie in die Hinterbacken, bis sie schreien und um Gnade betteln?« Joannas Streicheln und ihre Worte hatten Phyllis so wild gemacht, dass sie sich hin und her wälzte. Joanna setzte sich auf ihre Oberschenkel, damit sie still liegen blieb, während sie sie quälte.

»Ich bin gnadenlos«, sagte sie drohend. »Ich ziehe die jungen Mädchen nackt aus und bearbeite ihre Brüste und Muschis, bis sie quieken und um Gnade winseln, aber ich lache ihnen nur ins Gesicht und fasse sie noch fester an. Sie dürfen nie leicht zum Orgasmus kommen, erst wenn sie schluchzen und flehen.«

»Du bist brutal«, keuchte Phyllis. »Wunderschön, aber grausam…«

»Die größeren Mädchen müssen sich manchmal auf alle viere niederlassen, und dann reite ich auf ihnen«, fuhr Joanna fort. »Ich setze mich mit meinem ganzen Gewicht auf sie und hüpfe auf und ab, wobei ich ihre Brüste als Zügel benutze.«

»Du bist ein Ungeheuer«, schluchzte Phyllis. »Ich verabscheue dich – ich liebe dich – lass mich kommen!«

»Noch nicht… nein, nein, nein, noch nicht«, erwiderte Joanna. »Noch lange nicht, mein armer, missbrauchter Liebling. Ich werde mit deiner Muschi spielen, bis ich dich zum Wahnsinn treibe – und selbst dann lasse ich dich vielleicht immer noch nicht kommen.«

»Ich bitte dich!«, schrie Phyllis und schlug mit den Fersen aufs Sofa.

»In Genf habe ich mit meiner liebsten Freundin einmal so lange gespielt, ohne sie kommen zu lassen, dass sie in Ohnmacht gefallen ist. Ich habe zwanzig Minuten gebraucht, um sie wiederzubeleben, und danach war sie so schwach, dass sie den ganzen nächsten Tag im Bett bleiben musste. Ich glaube, das werde ich auch mit dir machen, Phyllis.«

Sie unterschätzte jedoch Phyllis' Erregung und überschätzte das Durchhaltevermögen der Freundin, weil Phyllis sich kurz darauf auf einmal aufbäumte und kreischte, als würde sie in der Mitte auseinander gerissen.

»Ah, du hast mich hereingelegt«, stellte Joanna fest und rieb Phyllis' nasse, rosige Möse. »Eigentlich solltest du noch lange nicht kommen. Hör sofort damit auf, Phyllis!«

Phyllis wurde jedoch von einem langen, heftigen Orgasmus erschüttert. Der Diwan bebte und knarrte, als würde er jeden Moment zusammenbrechen. Lachend beobachtete Joanna ihre Freundin, die sich unter ihr wand.

7

Ein aufrechter Mann

Am Samstag machte Joanna gegen Mittag gerade einen kleinen Spaziergang im Park von St. Winifrith, als es zu regnen begann. Da sie keinen Schirm dabei hatte, blickte sie sich nach einem geeigneten Unterschlupf um, bis der Regen vorbei war. Sie war nicht weit vom Kutscherhaus und den Ställen entfernt, also eilte sie dorthin.

Die großen Flügeltüren des Kutscherhauses standen offen. Als Joanna hineinschlüpfte, hörte sie Thomas Snape, der seiner Arbeit nachging, ein Liedchen pfeifen. Er stand an der offenen Tür des Viersitzers und hatte die Hemdsärmel aufgerollt. *So haarige, brutale männliche Arme,* dachte Joanna schaudernd. *Damit umfasst er junge Frauen und hält sie fest, während er seine Lust an ihren hilflosen Körpern stillt.*

Ihr Blick glitt tiefer, über Thomas' Brust und Bauch bis hin zu seinen Reithosen aus Kord, die von breiten, weißen Hosenträgern gehalten wurden. Sie schätzte, dass seine Schenkel muskelbepackt und stark waren – ein erschreckender Gedanke für eine wohlerzogene Dame. Da sie keine Ausbuchtung in den Hosen des Kutschers entdeckte, schloss sie daraus, dass sich sein *Ding* glücklicherweise im Ruhezustand befand. Sie seufzte erleichtert auf – wenn es erigiert gewesen wäre, wäre es zu gefährlich gewesen, hier bei ihm im Kutscherhaus zu bleiben.

Während Thomas das Innere der Kutsche ausbürstete, pfiff er eine beliebte Schlagermelodie. Joanna hielt es für wahrscheinlich, dass es sich um ein unanständiges Lied handelte – sie hatte es eines Abends mal auf der Straße gehört.

Zögernd blieb sie am Tor stehen, aber da hatte Thomas sie schon erblickt. Mit einem breiten Lächeln auf seinem dummen Gesicht trat er auf sie zu.

»Morgen, Miss Bartholomew«, sagte er und wischte sich über die Stirn, »sind Sie vor dem Regen geflohen, oder soll ich etwas für Sie tun?«

»Ich suche nur Schutz vor dem Regen«, erwiderte Joanna spröde.

»Das ist nur ein Schauer. Er wird gleich vorüber sein«, erklärte er. »Möchten Sie sich einen Moment setzen?«

»Ich sehe hier nichts zum Sitzen, Thomas«, sagte Joanna, »aber danke für das Angebot. Ich bleibe einfach hier stehen, bis der Regen nachlässt.«

»Sie könnten sich in die Kutsche setzen, Miss. Ich habe sie gerade gereinigt, und Sie wissen ja, wie warm und gemütlich es da drin ist.«

»Danke, nein. Ich möchte mich nicht in die Kutsche setzen«, erwiderte Joanna ein wenig besorgt, weil sie nicht wusste, worauf der Mann hinaus wollte. Er konnte doch unmöglich wissen, was zwischen ihr und Florence Wentworthy auf der Fahrt zum Bahnhof vorgefallen war. Oder dass sie beide auf dem Rückweg nach St. Winifrith die junge Gwendolen gestreichelt hatten.

Thomas blickte sich im Kutscherhaus um und schleppte dann einen großen Strohballen heran.

»Der ist sauber, Miss«, sagte er. »Sie können sich darauf setzen.«

Joanna war an diesem Morgen bereits viel gelaufen und hatte das Bedürfnis, sich ein wenig auszuruhen. Vorsichtig setzte sie sich auf den Strohballen und faltete die Hände im Schoß. Es war eine ländliche, primitive Umgebung, und eigentlich hätte eine Dame von Stand sich hier nicht aufhalten dürfen. Das war eher etwas für Küchenmädchen, die sich mit Männern im Heu wälzten und sich *bumsen* ließen – ein beschämendes Wort für einen beschämenden Akt.

Abgesehen davon kam es Joanna so vor, als sähe Thomas sie auf einmal so seltsam, fast unhöflich an.

»Sie brauchen meinetwegen Ihre Arbeit nicht zu unterbrechen«, sagte sie förmlich, um ihn loszuwerden, »machen Sie einfach weiter. Ich werde Sie nicht stören.«

»Ich wollte Ihnen etwas sagen, Miss«, erklärte er, ohne sich von der Stelle zu bewegen. »Und ich bin froh, dass ich jetzt endlich Gelegenheit dazu habe.

Neugierig starrte Joanna den stämmigen Mann mit dem Backenbart an. Er versuchte tatsächlich, sie in ein Gespräch zu verwickeln – als ob sie sozial gleichgestellt wären! Eine atemberaubende Unverschämtheit!

»Was könnten Sie mir schon zu sagen haben?«, entgegnete sie arrogant und zog die Augenbrauen hoch.

»Ich weiß nicht recht, wie ich anfangen soll«, erwiderte er. »Es ist sehr privat, wissen Sie.«

»Dann sollte es am besten auch privat bleiben und nicht ausgesprochen werden«, sagte sie.

Thomas begriff diesen Wink mit dem Zaunpfahl jedoch nicht und fuhr fort: »Sie haben doch bestimmt nicht den Tag vergessen, als Sie mit Miss Wentworthy zum Bahnhof gefahren sind, um die neue junge Dame abzuholen, Miss.«

»Gibt es irgendeinen Grund, warum ich mich gerade an diesen Tag erinnern sollte?«, fragte Joanna kühl. Wohin mochte diese Unterhaltung führen?

»Es ist so – ich konnte Sie die ganze Zeit über sehen, Sie und Miss Wentworthy.«

»Was soll das heißen, Sie konnten uns sehen?«, fragte Joanna scharf.

»Im Kutschendach ist ein Guckloch«, erklärte Thomas grinsend, »und wenn ich will, kann ich in die Kutsche blicken.«

»Grundgütiger Himmel!« rief Joanna erbost aus. »Wollen Sie damit sagen, Sie hätten die Frechheit besessen, Miss Wentworthy und mir zuzuschauen?«

»Ja, Miss«, erwiderte Thomas ungerührt, »und ich konnte alles sehen, was Sie getan haben.«

»Erklären Sie sich«, befahl Joanna. Sie befürchtete das Schlimmste.

»Als wir auf der Straße nach High Huffam waren, sah ich, wie Miss Wentworthy ihren Rock bis zur Taille hochzog.« Thomas grinste immer noch von einem Ohr zum anderen. »Ich sah auch Miss Wentworthys Strumpfbänder und ihr Höschen – sie hat es für Sie heruntergezogen, damit Sie ihre Muschi anschauen konnten. Sie hat einen schönen braunen Busch zwischen den Beinen.«

»Seien Sie nicht impertinent«, entgegnete Joanna heftig. »Wie können Sie es wagen, persönliche Bemerkungen über eine Dame zu machen – ich bin schockiert!«

Das beeindruckte Thomas jedoch nicht im Mindesten.

»Sie haben ihr die Hand zwischen die Beine gelegt und sie lange gestreichelt«, fuhr er ungerührt fort. »Von meinem Sitz aus konnte ich Ihre Hand in Miss Wentworthys Möse gut sehen«, sagte er grinsend. »Ich habe einen mächtig Steifen gekriegt, als ich Sie beobachtet habe. Miss Wentworthy ist ausgiebig gekommen.«

Joanna starrte den Kutscher fassungslos an – ihre Wangen waren hochrot vor Verlegenheit. Er hatte alles beobachtet, was in der Kutsche geschehen war, und sie fürchtete, er würde sich sein Schweigen teuer bezahlen lassen.

»Als Miss Wentworthy wieder zu Atem gekommen war, hat sie Ihren Rock hochgeschoben und Ihnen ein gutes Gefühl verschafft«, sagte Thomas, der die Erinnerung an jenen Tag offensichtlich genoss. »Ich konnte gut zwischen Ihre Beine gucken, Miss, und Sie haben einen schönen blonden Pelz. Wirklich sehr hübsch.«

Joanna schloss entsetzt die Augen.

»Ich konnte Ihnen direkt in den Schoß schauen«, fuhr Thomas fort. »Miss Wentworthy hat Ihnen den Mittelfinger tief in die Möse gesteckt.«

»Oh, wie entsetzlich!«, rief Joanna aus, als sie endlich ihre Stimme wiederfand. Thomas' Enthüllungen erschreckten sie zutiefst.

»Sie brauchen keine Angst zu haben, Miss«, sagte er, »ich will Ihnen nichts Böses. Das war der beste Tag in meinem Leben, als ich sehen konnte, was eine Dame wie Sie zwischen den Beinen hat. Ich muss die ganze Zeit daran denken – jede Nacht, wenn ich im Bett liege, denke ich an ihren blonden Bären. Gewöhnliche Kerle wie ich haben nicht oft Gelegenheit, etwas so Hübsches zu sehen.«

»Sie sind grob und respektlos«, erklärte Joanna mit schwacher Stimme.

Der Gedanke, dass dieser grobe Mensch ihr wunderschönes Spielzeug gesehen hatte, entsetzte sie über die Maßen. Und er nannte es auch noch *Ihre Möse*, als wenn er vertraut damit wäre. Das war fast so beleidigend wie die Tatsache, dass er ihren geheimsten Körperteil mit lustvollem Blick betrachtet hatte. Joanna wurden die Knie weich, und sie konnte sich nicht mehr von ihrem Strohballen erheben.

Wenn sie hätte aufstehen können, wäre sie auf der Stelle in den Regen hinausgelaufen, um in ihr Zimmer zu gelangen, auch wenn sie dabei bis auf die Haut nass geworden wäre. Sie verspürte das dringende Bedürfnis, sich zwischen den Beinen mit warmem Wasser und duftender Seife zu waschen, um den schmutzigen Gedanken loszuwerden, dass ein Mann ihre Muschi angeglotzt hatte.

»Ich stehe wirklich auf Sie«, sagte Thomas ernst. »Schon seit dem Tag, als Sie in St. Winifrith angekommen sind und ich Sie vom Bahnhof abgeholt habe.«

»Sie stehen auf mich?«, murmelte Joanna errötend. »*Sie stehen auf mich?* Was meinen Sie damit?«

»Ich könnte Ihnen niemals etwas antun, Miss«, antwortete Thomas. »Wenn Sie es mir sagten, fiele ich auf die Knie und würde Ihnen die Schuhe küssen.« Er ließ diesen Worten gleich die Tat folgen, auch ohne dass sie ihn dazu aufforderte. Joanna hatte keine große Erfahrung mit Männern – sie war bis jetzt lediglich gegen ihren Willen berührt und angefasst worden, und diese schrecklichen

Erlebnisse in Pferdebussen und der Londoner Untergrundbahn hatten sie zu der Überzeugung gebracht, dass Männer Frauen alles Mögliche antun konnten.

Was sie von unverheirateten Frauen gehört hatte, hatte sie noch in dieser Meinung bestärkt. Männer nahmen jede Gelegenheit wahr, um unbegleitete Frauen zu schänden und zu belästigen. Thomas war stark und höchstwahrscheinlich gewalttätig – und sie war schön und ohne Begleitung.

Fast fürchtete sie, er würde sich jeden Moment auf sie stürzen, sie unter seinem Gewicht begraben und sie auf dem Stroh nehmen. *Sollte es dazu kommen,* sagte sie sich, *werde ich schreien und ihm das Gesicht zerkratzen, um meine Jungfräulichkeit zu retten. Noch nie hat ein Mann sein Ding in mich gestoßen, und das soll auch nie geschehen. Ich könnte die Schande nicht ertragen.*

Entgegen ihren Erwartungen legte Thomas jedoch eine Unterwürfigkeit an den Tag, die sie erstaunte – als er ihren Schuh küsste, hatte sie sogar das Gefühl, ihn beherrschen zu können. Es war eine faszinierende Erfahrung, da doch sonst die Männer alle Macht der Welt besaßen und Frauen nur zur Befriedigung ihrer Lust benutzten.

Joanna hob den Saum ihres Kleides bis zu den Knien, und als Thomas aufkeuchte, hob sie ihn sogar noch höher. Sie spielte mit dem Feuer – Männer waren wilde Tiere im Umgang mit Frauen, sie nahmen sie gewissenlos. Dieses Tier jedoch schien zähmbar zu sein. Sie wollte Thomas demütigen, weil er sie in der Kutsche beobachtet hatte – der Schuft hatte sogar zugegeben, dass er ihre Pussy angeglotzt hatte. Der Gedanke daran, dass er nachts in seinem Bett lag und mit seinem *Ding* spielte, war widerlich. Er sollte leiden für seine Unverschämtheit.

»Ich würde alles für Sie tun, Miss«, sagte er zu ihr. »Ich träume von Ihnen, und in manchen Nächten kann ich nicht einschlafen, weil ich ständig an Sie und Miss Wentworthy in der Kutsche denken muss.«

Joanna errötete, weil er sich Fantasien über ihren schönen Körper gestattete. Sie war sein Lustobjekt – und der Himmel mochte wissen, was er in seiner Vorstellung mit ihrem nackten Körper alles anstellte. Es war so beschämend, sie musste es ihm abgewöhnen.

Während sich ihre Gedanken überschlugen, wurde Thomas kühner. Er streichelte über ihre Fesseln, und nur der Strumpf bewahrte sie davor, dass er mit seiner rauen Hand ihre Haut berührte. Sie öffnete den Mund, um es ihm zu verbieten, aber bevor sie die Worte aussprechen konnte, lagen seine Hände schon auf ihren unbedeckten Knien. Diese Unverfrorenheit berührte Joanna seltsam – noch nie zuvor war sie von einem Mann berührt worden.

Natürlich hatten sich Fremde an ihr gerieben, aber dies hier war von anständigem Benehmen so weit entfernt, dass es schon an einen kriminellen Akt grenzte.

»Sie sagten, Sie würden alles für mich tun«, begann sie vorsichtig und ballte die Faust, für den Fall, dass seine Hand höher wanderte, »was meinen Sie denn damit, Thomas?«

»Alles, was Sie wollen«, stieß er hervor, »alles, was Sie von mir verlangen.«

Eigentlich fand sie den Anblick der Männerhände auf ihren Knien widerlich, aber sie war neugierig, wie weit Thomas gehen würde, wenn sie ihn nicht aufhielte.

»Für einen Diener nehmen Sie sich außergewöhnliche Freiheiten heraus, Thomas«, sagte sie hochnäsig.

»Ich kann nichts dagegen tun, Miss, selbst wenn Sie mich dafür auspeitschen ließen«, erwiderte er. Mit hochrotem Gesicht blickte er sie an. »Sie sind so hübsch, ich würde wirklich alles für Sie tun.«

Wieder senkte er den Kopf und küsste sie auf das Knie. Dann schob er ihren Rock noch ein wenig höher und ließ seine Finger über ihre Schenkel gleiten. Joanna zog scharf die Luft ein. Sie konnte nicht verstehen, warum sie leise Erregung empfand. Sie mochte doch Männer gar nicht, warum ging dann ihr Atem auf einmal rascher?

Das ist nur Neugier, sagte sie sich. *Ich bin schließlich alt genug, um zu erfahren, wie Männer vorgehen.*

Diese Erklärung stellte sie zufrieden. Wenn sie nur neugierig war, dann konnte sie Thomas auch weitermachen lassen, bis sie wusste, was er tat. Aber nur dieses eine Mal, sagte sie sich. Wenn er zur Bedrohung für ihre Tugend würde, würde sie ihn sofort aufhalten. Thomas, der immer noch vor ihr hockte, drückte sein Gesicht zwischen ihre Schenkel. Sofort presste Joanna die Knie zusammen, damit er nicht mehr auf ihr Höschen starren konnte. Errötend keuchte sie auf.

»Hören Sie sofort auf«, rief sie aus. »Hören Sie auf, Thomas.«

Ihr Höschen war fast durchsichtig, und er konnte vermutlich deutlich ihre Löckchen durch den dünnen Stoff sehen. Es war ein grauenhafter Gedanke, dass ein Mann ihre Muschi anglotzte. Zum ersten Mal in ihrem Leben wünschte sie sich, die dicke, schwarze Wollunterwäsche der Dienstboten zu tragen.

»Das ist wunderschön, Miss«, sagte Thomas respektvoll.

Joanna spürte seinen heißen Atem auf ihrem Bauch und wusste, dass ihre schlimmsten Befürchtungen wahr geworden waren – ein lüsterner Mann starrte direkt zwischen ihre gespreizten Beine.

»Ich habe so etwas Schönes noch nie in meinem Leben gesehen«, erklärte Thomas begeistert. »Sie besitzen eine wahre Schönheit, Miss.«

»Geben Sie sich keinen falschen Erwartungen über Ihre Stellung hin«, erwiderte Joanna warnend, »Sie sind ein unverschämter Kerl und nehmen sich unglaubliche Freiheiten heraus. Ich werde mich über Sie beschweren und dafür sorgen, dass Sie entlassen werden.«

Sein Kopf steckte fest zwischen ihren Knien, und unwillkürlich fragte sie sich, wie es wohl sein würde, von einem Mann geleckt zu werden. Würde sich seine Zunge anders anfühlen als die einer Frau? Aber natürlich würde sie sich nie von einem Mann lecken lassen und schon gar nicht von diesem schamlosen Gesellen.

Thomas hob den Kopf und blickte sie mit glänzenden Augen an.

»Darf ich Sie berühren, Miss?«, fragte er erregt. »Soll ich Sie lecken?«

Es kam ihr vor, als könne er ihre Gedanken lesen, es war furchtbar. Joanna presste ihre Knie noch fester zusammen, damit er nicht wieder seinen Kopf dazwischen steckte.

»Wie können Sie es wagen!«, rief sie aus. »Ich weiß zu viel über die Männer und ihre widerliche Lüsternheit, als dass ich das zulassen würde – Sie bilden sich ein, ich würde mich wie ein Dienstmädchen mit Ihnen ins Stroh legen, während Sie auf mir liegen und garstige Dinge mit mir tun. Ist es nicht so?«

»Nein, Miss«, protestierte er. »Ich kenne meinen Platz und würde Sie nie um so etwas bitten. Ich habe nicht im Traum daran gedacht.«

»Sie lügen«, erwiderte Joanna. »Ihre sexuelle Erregung ist ja nicht zu verleugnen.«

Mit der Schuhspitze tippte sie auf die lange Ausbuchtung in seiner Reithose.

»Ihre brutale Lust ist nur zu offensichtlich. Sie beleidigen mich mit Ihrem Ansinnen.«

»Das ist doch keine Beleidigung«, sagte er grinsend. »Es ist doch ganz normal, dass der Schwanz eines Mannes steif wird, wenn er das sieht, was ich gesehen habe.«

»Sie haben behauptet, Sie würden alles für mich tun«, erinnerte Joanna ihn. »Dann wollen wir doch einmal damit anfangen, dass Sie Ihr *Ding* aus der Hose holen.«

Thomas schwieg. In Gedanken war er damit beschäftigt, seine Zunge in ihre Muschi zu stecken.

»Ich würde nie versuchen, Sie flachzulegen, Miss«, sagte er schließlich. »Das würde ich bei einer Dame wie Ihnen nie versuchen. Ich hatte lediglich gehofft, ich könnte Sie ein wenig lecken, um Ihnen zu zeigen, wie sehr ich auf Sie stehe.«

»Erwarten Sie von mir etwa, dass ich Ihnen glaube, dass Sie Frauen nicht auf den Rücken werfen, um sie mit brutaler Macht zu nehmen?«, fragte Joanna kühl. »Oder wollen Sie behaupten, ihre Stellung habe Sie Höhergestellten näher gebracht, und jemand habe Ihnen beigebracht, wie Sie sich einer Dame gegenüber zu benehmen haben?«

Thomas hockte sich auf die Fersen und legte die Hände vor die Ausbuchtung in seiner Hose.

»Ja, genau«, erwiderte er grinsend. »Ich war zuerst Stallbursche bei Sir Romilly Graunton. Er war schon ein wenig betagt, und seine Gattin hatte eine Schwäche für junge, kräftige Männer, wenn Sie wissen, was ich meine, Miss.«

»Ich weiß keineswegs, was Sie meinen«, sagte Joanna knapp. »Das müssen Sie mir schon erklären, aber nur, wenn es nicht unanständig ist.«

»Kräftig bedeutet in dem Fall kräftig genug, um es ihr mindestens zweimal hintereinander zu besorgen. Und Ihre Ladyschaft machte es am liebsten mit den Dienstboten. Wenn es sein musste, nahm sie auch mit Lakaien vorlieb.«

»Ich kann mir nicht vorstellen, dass Damen von Rang ihren Dienstboten erlauben, vertraut und respektlos mit ihnen umzugehen«, erklärte Joanna spröde, »und vor allem nicht in körperlicher Hinsicht. Sie sagen mir nicht die Wahrheit, Thomas.«

»Doch Miss, es ist die reine Wahrheit. Lady Harriet ließ sich jeden Tag vom Hauspersonal verwöhnen. Ich arbeitete draußen, deshalb sah sie mich nicht so oft, sonst wäre sie sicher schon früher auf mich aufmerksam geworden. Meistens ritt sie zusammen mit einem Diener aus, für den Fall, dass sie stürzte. In Wirklichkeit war er jedoch nicht dazu da, Reitunfälle zu verhindern, sondern nur für die Bedürfnisse Ihrer Ladyschaft.«

Joanna wurde blass. »So etwas Empörendes habe ich noch nie gehört.«

»Lady Harriets Favorit war Harry Plantly«, fuhr Thomas fort. »Er war Lakai – ein großer Kerl mit Schultern so breit wie eine Tür. Man sagte von ihm, er habe ein Ding wie ein Esel. Ich habe sie oft zusammen ausreiten sehen, und wenn sie zurückkamen, war Harry immer völlig fertig, so sehr hatte sie ihn beansprucht.«

»Wollen Sie damit etwa sagen, dass die unanständigen Vorkommnisse zwischen Herrin und Diener in der freien Natur stattgefunden haben?«, fragte Joanna mit großen Augen.

»Ein paar Meilen vom Haus entfernt gab es genug Scheunen und Heuschober, um alle unanständigen Vorkommnisse aufzunehmen«, erwiderte Thomas. »Ich fiel ihr zum ersten Mal auf, als ich ihr in den Sattel half. Sie sagte zwar nichts, aber am nächsten Tag kam sie alleine zu den Stallungen. Harry war nicht dabei.«

»Wie alt waren Sie damals?«, fragte Joanna.

»Das kann ich Ihnen nicht sagen«, erwiderte Thomas, »weil ich nicht genau weiß, wie alt ich überhaupt bin. Ich bin ein Findelkind, wissen Sie.«

»Und wie alt war Lady Harriet?«

»Einige Jahre älter als ich«, erwiderte Thomas. »Sie war eine schöne, üppige Frau mit langen blonden Haaren und schweren, großen Titten.«

»Benehmen Sie sich«, warnte Joanna ihn. »In meiner Gegenwart dürfen Sie solche Wörter in Bezug auf eine Dame von Rang nicht in den Mund nehmen.«

»Ich bitte um Entschuldigung, Miss. Ich sage jetzt nichts mehr, es scheint Sie zu verärgern.«

»Nein, fahren Sie ruhig fort. Ich bin entschlossen, diese schändliche Geschichte bis zu Ende anzuhören.«

»Lady Harriet sagte mir, die anderen Dienstboten seien alle mit den Vorbereitungen für ein großes Dinner am Abend beschäftigt. Es würden Gäste erwartet, sagte sie, unter anderem ein Herzog und ein Bischof.«

»Es scheint mir äußerst ungewöhnlich, dass so hochrangige Männer in einem Haus verkehren, dessen Herrin so wenig tugendhaft ist«, erklärte Joanna.

»Wenn Sie das sagen, Miss. Allerdings könnte ich Ihnen einige Geschichten über die Gäste in Graunton Hall erzählen.«

Während Thomas dahockte und von Ereignissen berichtete, die besser in Vergessenheit geraten würden, sah Joanna, dass er sich die Ausbuchtung in seiner Hose rieb. Offensichtlich versuchte er, sich selbst ein wenig zu trösten.

»Ich ritt also an jenem Tag zusammen mit Ihrer Ladyschaft aus«, sagte er, »und nachdem wir eine Weile über Land geritten waren, band sie ihren Wallach an einem Baum fest und befahl mir, nach ihrem Sattelgurt zu sehen, der ihr ein wenig locker erschien.«

»Wenn der Sattel heruntergerutscht wäre, hätte sie stürzen können, und Sie hätten ihre Unterwäsche gesehen«, warf Joanna entsetzt ein.

»Nein«, erwiderte Thomas grinsend. »Ich überprüfte den Gurt, und es war alles in Ordnung. Und was das Enthüllen ihrer Unterwäsche angeht, so zog sie sich selber den Rock hoch.«

»O nein!«, rief Joanna aus.

»Unter ihrem Rock trug sie Reithose und Stiefel«, fuhr Thomas lüstern fort, »und es überraschte mich gar nicht, dass ihre Hose aufgeknöpft war und sie kein Höschen trug. Und so sah ich ihren haarigen Busch – ein großartiger Anblick für einen heißblütigen Jungen wie mich.«

»Wollen Sie mir etwa weismachen, dass Lady Harriet ihre intimsten Teile vor einem Stallburschen entblößte?«, fragte Joanna ungläubig.

»Ja, genau. Wortwörtlich sagte sie: *Steh nicht wie ein Idiot da herum, Thomas. Komm und leck mich.*«

»Nein!«

»Doch. Sie zog ihre Handschuhe aus und streckte mir ihre Muschi hin. Um ehrlich zu sein, hatte ich bis dahin noch nie etwas davon gehört, dass man eine Frau lecken konnte. Die Jungen, die ich kannte, steckten ihr Ding in jedes Mädchen, das sie ließ, und stießen drauflos. Mit Lady Harriet war es anders – sie lachte mich aus, weil ich so langsam war, und sagte mir, ich solle vorwärts machen. Also leckte ich sie.«

»Nehmen Sie die Hände von Ihrer Hose«, befahl Joanna. »Es ist unschicklich, wenn Sie sich in meiner Gegenwart anfassen.«

»Entschuldigung, Miss, ich wollte Sie nicht beleidigen«, entgegnete er. »Ich habe es getan, ohne nachzudenken – ich wollte Sie nicht erzürnen.«

»Wurde die unwürdige Episode mit Lady Harriet wiederholt?«

»Als sie merkte, was für ein kräftiger Junge ich war, musste ich drei- oder viermal in der Woche mit ihr ausreiten. Aber es reichte ihr nicht aus, wenn ich sie leckte. Meistens stieg sie vom Pferd und legte sich unter eine Hecke. Sie hob ihren Reitrock und spreizte die Beine für mich, und dann musste ich sie besteigen und auf ihr reiten. Ah, davon konnte sie nie genug bekommen.«

Joanna starrte den Kutscher mit aufgerissenen Augen an. Seine Worte verstörten und erschreckten sie. Er jedoch nahm ihr Schweigen als Aufforderung, mit seinem unzüchtigen Bericht fortzufahren.

»Manchmal hatte sie es auch gerne auf andere Art«, sagte er. »Es gab Tage, da kniete sie sich auf allen vieren ins Gras und entblößte ihren üppigen weißen Hintern. Das war ein wundervoller Anblick – mein Prügel wurde sofort steif, wenn sie mir befahl, sie von hinten zu nehmen.«

»Genug«, sagte Joanna. »Das ist ungeheuerlich, und ich werde Sie für Ihre Schamlosigkeit bestrafen. Stehen Sie auf und ziehen Sie sich die Hose aus.«

»Jetzt sofort?«

»Auf der Stelle«, befahl sie.

Thomas erhob sich und knöpfte seine Reithose auf. Sein *Ding* ragte steif und hart aus dem Hosenschlitz heraus. Joanna zog zitternd die Luft ein, als sie dieses hassenswerte sexuelle Instrument betrachtete. Sie hatte noch nie zuvor ein männliches Geschlechtsteil gesehen, weder im schlaffen noch im steifen Zustand, aber die Tatsache, dass Phyllis Stacey-Talbot diese Körperteile schon gemalt hatte, machte sie mutig. Wenn Phyllis diese Furcht erregende Erfahrung überlebt hatte, ohne vergewaltigt worden zu sein, dann würde ihr sicherlich auch nichts passieren.

Sie starrte auf Thomas' pochendes *Ding* und dachte, dass ihr Misstrauen gegen Männer durchaus gerechtfertigt war. Es war ziemlich lang und so dick, dass sie es kaum mit ihren Fingern hätte umspannen können. Allerdings hatte sie auch nicht die Absicht, es zu berühren. Die Vorstellung, von so einem Gerät durchbohrt zu werden, war einfach grässlich. Sie schauderte, konnte jedoch den Blick nicht abwenden.

»Gefällt Ihnen der Anblick, Miss?«, fragte Thomas kühn.

»Gebildete Ladys können diesen Teil des männlichen Körpers nicht beurteilen«, erwiderte Joanna hochnäsig. »Ich bin wesentlich weiter herumgekommen als die meisten jungen Damen, aber so etwas habe ich noch nie gesehen, und ich kann gar nichts dazu sagen.«

Ihr stieg die Röte ins Gesicht, als sie auf das entblößte *Ding* blickte. Einerseits stieß es sie ab, aber auf der anderen Seite war sie auch auf seltsame Weise davon fasziniert. Ihre Antwort jedoch hatte Thomas nicht entmutigt. Wie jeder Mann interpretierte er sie auf seine Weise.

»Mein Prügel steht Ihnen jederzeit zu Diensten«, sagte er. »Sie können darüber verfügen.«

»Seien Sie nicht so anmaßend«, erwiderte sie erbost.

Sie verstand nicht, was Thomas mit seinen Worten meinte. Was konnte man denn mit so einem Ding anderes machen, als es einer Frau zwischen die Beine zu stoßen? Wenn es wirklich noch weitere Möglichkeiten gab, so waren sie sicher fürchterlich – möglicherweise standen sie in dem indischen Buch, nach dem sie Gwendolen gefragt hatte.

»Stecken Sie ihn sofort wieder weg und machen Sie Ihre Hose zu«, sagte sie verächtlich.

»Erst wollten Sie ihn sehen, und jetzt haben Sie ihn sich kaum angeschaut«, beklagte er sich. »Er hat noch keiner Dame etwas zuleide getan.«

»Wir wollen die Frage, ob Lady Harriet einen Schaden davongetragen hat oder nicht, einmal außer Acht lassen«, erwiderte Joanna in frostigem Tonfall. »Anscheinend war sie moralisch so tief gesunken, dass Sie es gar nicht mehr schlimmer machen konnten.«

Thomas hatte keine Ahnung, was Joanna damit meinte. Lady Harriet liebte es, regelmäßig zu bumsen, und er und die anderen Diener hatten ihr diesen Gefallen getan. Was sollte daran falsch sein?

»Ich bin mir jedoch sicher«, fuhr Joanna fort, »dass dieses grässliche *Ding*, das Sie so stolz vor sich hertragen, großen Schaden bei Dienstmädchen und Küchenmägden angerichtet hat. Stecken Sie es jetzt weg.«

»Sehen Sie doch, Miss, er wird immer größer«, erklärte Thomas zufrieden. »Ich bin schnell erregt – ein Blick auf Ihren Pelz, und schon bin ich bereit.«

»Sie sind ein unverschämter Kerl«, entgegnete Joanna. Hoffentlich war er nicht schon so erregt, dass er ihr nicht mehr gehorchte.

»Da Sie gerade von Dienstmädchen reden«, sagte er, »ich hatte jede in Graunton Hall, als ich für Sir Romilly gearbeitet habe, sogar die Köchin Annie, und die war schon über vierzig und hatte Titten wie Bierfässer.«

»Du meine Güte!«, seufzte Joanna. »Ist denn keine Frau sicher vor Ihnen?«

Thomas missverstand diese Aussage und begann, mit seinen Eroberungen zu protzen. »Auch hier hatte ich schon alle Hausmädchen«, prahlte er. »Es vergeht kein Tag, an dem ich nicht ein oder zwei von ihnen flachlege.«

Tödlich verlegen sprang Joanna auf und rannte aus dem Kutscherhaus. Der Regen hatte aufgehört, aber sie merkte es nicht. Besorgt blickte sie sich auf halbem Weg noch einmal um, weil sie Angst hatte, Thomas könnte ihr nachgelaufen kommen. Ihre Jungfräulichkeit war jedoch nicht in Gefahr, denn Thomas stand immer noch dort, wo sie ihn verlassen hatte. Mit offenem Mund blickte er ihr nach, und dabei glitt seine Hand rhythmisch an seinem Schaft auf und ab. Joanna keuchte angewidert auf und floh.

Sie war sich nicht sicher, wer in diesem Spiel die Oberhand behalten hatte. Sie hatte Thomas demütigen wollen, indem sie ihm befahl, sich zu entblößen, aber sie wusste ja nicht, dass ein grober Klotz wie er Lust dabei empfand, einer Frau sein erigiertes Ding zu zeigen. Und letztendlich war sie die Gedemütigte, weil sie sich seinen nackten Prügel anschauen musste.

Plötzlich hörte sie ein Stöhnen von den Ställen her und blieb stehen. Als sie sich neugierig umblickte, sah sie, wie Thomas von Kopf bis Fuß bebte und sein Sperma in hohem Bogen auf den Strohballen spritzte, auf dem sie gesessen hatte.

8

Die Direktorin entspannt sich

Die Direktorin von St. Winifrith war Miss Nesta Rees-Morgan – eine Dame von knapp vierzig Jahren, mit dunklen Haaren und Augen, üppig gebaut, mit runden Brüsten und prallem Hinterteil. Gegen Mitte ihres ersten Schuljahres lud sie Joanna zum Mittagessen in ihre Privatgemächer ein. Der Anlass war bedeutend, weil ein reiches Ehepaar aus Bristol die Schule besuchte. Sie hießen Wrutchley, und die Frau war entfernt mit dem Marquis von Trowbridge verwandt.

Mr. und Mrs. Wrutchley waren Eltern von Zwillingstöchtern, für die sie ein geeignetes Mädchenpensionat suchten. Die Schweiz war ihnen zu weit entfernt, aber sie gaben zu erkennen, dass ihnen St. Winifrith sehr empfohlen worden sei.

»Wer hat es Ihnen empfohlen?«, fragte Joanna höflich, als sie vor dem Essen ein Glas Sherry tranken.

»Eine liebe Freundin – Petronella Dalrymple-Bittersley«, erwiderte Mrs. Wrutchley. Sie war eine dünne, schmalbrüstige Frau, die nach dem letzten provinziellen Schrei gekleidet war.

»Sie war vor ungefähr fünfzehn Jahren als Schülerin hier«, fuhr Mrs. Wrutchley fort, »und sie erzählt ständig von ihrer glücklichen Zeit in St. Winifrith.«

Joanna vermutete sofort, dass diese Dalrymple-Bittersley während ihrer Schulzeit wohl ausgiebig befingert worden war, wenn sie noch Jahre später so davon schwärmte. Falls sie in ihrer Jugend hübsch und heißblütig gewesen war, hatte sie wahrscheinlich damals die Aufmerksamkeit des gesamten Lehrkörpers auf sich gezogen, und die Freuden, die sie da erfahren hatte, würde keine junge Dame jemals vergessen. Andererseits ließ die Formulierung »liebe Freundin« vermuten, dass Mrs. Wrutchley und diese Dalrymple-Bittersley miteinander spielten, wenn Mr. Wrutchley nicht zu Hause war.

Als ihr dieser Gedanke kam, sah Joanna Mrs. Wrutchley auf einmal in einem anderen Licht. Sie war ungefähr vierzig, mit braunen Haaren und einem langen Gesicht. Ihr Körper war dünner, als es der Mode entsprach – sie hatte kaum Brüste oder Hüften. Joanna kam es so vor, als habe Mr. Wrutchley schon vor Jahren das Interesse an seiner Frau verloren. Aber das war ja auch von Männern, diesen gefühllosen Monstern, nicht anders zu erwarten. Er war ein wohlhabender Mann und konnte sich sicher eine Geliebte halten – irgendein armes Geschöpf, an dem er seine Lust befriedigte.

Ganz offensichtlich hatte sich Mrs. Wrutchley in ihrem Hunger nach Zuneigung an ihre Freundin Petronella gewandt, um bei ihr Wärme und Lust zu suchen.

Die Zwillinge der Wrutchleys, Elinor und Marianne, waren achtzehn Jahre alt, schlank, mit mittelbraunen Haaren, und man konnte sie unmöglich auseinander halten. Dies versprach interessante Verwicklungen, wenn die Mädchen in St. Winifrith aufgenommen würden.

Mr. Miles Wrutchley war ein bedeutender Weinhändler, und er wollte, dass seine Töchter fließend und elegant Französisch parlieren lernten, deshalb war auch Joanna zu der Runde hinzugebeten worden, da sie Sprachen unterrichtete.

Wenn die Direktorin wichtige Gäste hatte, musste Thomas Snape einen schwarzen Frack anziehen und bei Tisch bedienen. Es gab nicht allzu viel für ihn zu tun, weil die Hausmädchen das Essen auftrugen, aber er wirkte äußerst beeindruckend, wenn er, die rauen Arbeitshände in weißen Baumwollhandschuhen verborgen, um den Tisch herumging und Wein einschenkte.

Joanna saß neben Mr. Wrutchley, und während sie ihm von ihren Erfahrungen als Lehrerin in einer Schweizer Schule berichtete, drehte sie sich einen Moment lang um. Sofort stieg ihr die Röte ins Gesicht, und ihre Stimme zitterte. Thomas stand hinter ihrem Stuhl, und sie sah deutlich die Ausbuchtung in seiner Hose. Als er feststellte, dass Joanna ihn bemerkt hatte, starrte er sie lüstern an. Offensichtlich hatte er schon wieder unanständige Gedanken.

Joanna wandte sich entschlossen von diesem vulgären Schauspiel ab und unterhielt sich weiter mit Mr. Wrutchley. Sie würde sich eine drastische Maßnahme für Thomas einfallen lassen müssen, sagte sie sich. Ihr war jetzt klar, was er mit seiner Aussage, er stünde auf sie, gemeint hatte. Die obszöne Wahrheit war, dass ihr schöner junger Körper zum Objekt seiner widerlichen sexuellen Tagträume geworden war.

Joanna errötete und erbleichte abwechselnd wegen den Bildern, die ihr ungewollt durch den Kopf gingen – Thomas' Fantasien dessen, was er gerne mit ihr machen würde. In ihrer Vorstellung sah sie sich völlig nackt auf dem Bett liegen, und Thomas' raue Hände strichen über ihre Brüste, bis die Nippel sich aufrichteten und hart wurden. Er glotzte mit lüsternen Blicken auf ihr lockiges Dreieck.

In dieser Schreckensvision beugte er sich grinsend über sie. Auch er war nackt – ein dichter, schwarzer Haarpelz bedeckte seine Brust, und sein Ding stand wie ein Fahnenmast in einem Nest aus dunklen Löckchen. In Joannas Vorstellungskraft war es Furcht erregend groß und so dick wie ihr Handgelenk.

Sie erschauerte bei dem Gedanken, wie sich Thomas schwer auf ihren Bauch legte und seinen massiven Prügel in sie hineinrammte. Ihre Muschi würde weit über das erträgliche Maß gedehnt werden. Immer wieder würde er in sie hineinstoßen, und dabei vor tierischer Lust laut stöhnen. Und dann würde er seinen Saft in sie hineinspritzen...

Hastig trank sie einen Schluck Wein, um das entsetzliche Bild aus ihrem Kopf zu verbannen. Nach einer Weile verließ Thomas das Zimmer, um eine Flasche Portwein zu holen, und sie konnte wieder leichter atmen. Kurz darauf sah sie jedoch durch die offene Tür, wie er die Brüste eines Hausmädchens befingerte. Er ergriff die Hand des Mädchens und führte sie vorne an seine Hose, wo die Ausbuchtung war. Entsetzt biss Joanna sich auf die Lippe, als ihr klar wurde, dass er das Mädchen wahrscheinlich bumsen würde, wenn das Mittagessen vorüber war.

Abgesehen von diesem Ereignis verlief das Essen jedoch gut. Papa und Mama Wrutchley erklärten, sie seien beeindruckt von dem, was sie gesehen und gehört hätten. Sie versprachen, die Angelegenheit zu überdenken und Miss Rees-Morgan so schnell wie möglich Bescheid zu geben. Dann brachen sie mit ihren Zwillingstöchtern auf, um den Nachmittagszug nach Bristol zu erreichen. Thomas Snape fuhr sie in der Schulkutsche zum Bahnhof.

Dieses Mal gibt es für den lüsternen Kerl wenigstens nichts zu belauschen, dachte sich Joanna. Es werden keine Röcke hochgezogen und hübsche Spielzeuge gezeigt, um seine Fantasie anzuregen und ihn steif werden zu lassen. Das geschieht ihm recht, diesem impertinenten Kerl.

Die Direktorin bat Joanna, noch ein Weilchen zu bleiben, damit sie das Ergebnis des Besuchs besprechen konnten. Joanna hatte sich für das Mittagessen besonders schick angezogen – sie trug ein gut geschnittenes, rosafarbenes Satinkleid, das ihre Figur hervorragend zur Geltung brachte. Auch Miss Rees-Morgan war äußerst elegant in Dunkelblau. Für ein Tageskleid, fand Joanna, war es allerdings ein wenig tief ausgeschnitten.

Doch wirkte es nicht zu gewagt, sondern war sehr geschmackvoll, wie alles an Miss Rees-Morgan. Man sah jedoch deutlich den Ansatz ihrer großen, runden Brüste, und schon während des Essens war Joanna aufgefallen, wie Mr. Wrutchley ihr wiederholt in den Ausschnitt gestarrt hatte.

So sehr Joanna Männer auch verabscheute, sie war nicht völlig unschuldig in diesen Dingen und fragte sich, ob die Direktorin das Kleid wohl absichtlich angezogen hatte, um die Aufmerksamkeit des männlichen Gastes zu erregen, damit er St. Winifrith positiv gegenüberstand. Aber das war doch einer so hochgestellten

Persönlichkeit wie Miss Rees-Morgan sicher nicht zuzutrauen, oder?

Sie gingen in das komfortable Wohnzimmer, und die Direktorin bat Joanna, sich neben sie auf das grüne Samtsofa zu setzen. Sie wolle mit ihr über die Wrutchley-Zwillinge sprechen, sagte sie, und dann machte sie geheimnisvolle Andeutungen über die Probleme, die daraus entstehen könnten, dass man die Mädchen nicht auseinander halten konnte.

»Wir können ja nicht darauf bestehen, dass sie sich unterschiedlich kleiden«, sagte Miss Rees-Morgan, »es gab nie irgendwelche Kleidervorschriften bei uns.«

»Ich habe eine Idee«, erklärte Joanna. »Wir könnten die Mädchen bitten, sich andersfarbige Bänder an die Bluse oder das Kleid zu stecken – zum Beispiel rosé für Elinor und violett für Marianne. Dann könnten wir sie auseinander halten.«

»Das ist ein sinnvoller Vorschlag«, stimmte Miss Morgan-Rees ihr zu, »aber nehmen wir einmal an, es fällt etwas Ungewöhnliches vor – eine Situation, zum Beispiel, in der die Zwillinge keine Kleider tragen. Wie wollen Sie sie dann unterscheiden?«

Joanna überlegte. Was für eine Situation sollte das sein? Ihr fiel nur das Offensichtliche ein – aber meinte die Direktorin das? Joanna kannte Miss Rees-Morgan nur als Vorgesetzte und elegante Frau. Sie war eine wirkliche Dame. Und doch trug sie heute ein Kleid, das lüsternen Männern gestattete, auf ihre Brüste zu starren – vielleicht war ihre hochmütige Haltung ja nur Fassade?

Wenn das so war, dann konnte es auch sei, dass dieses Vorbild an Eleganz ein intimes Interesse an jungen Mädchen hatte und sie offenbar nackt sehen wollte. Joanna warf der Direktorin einen aufmerksamen Blick zu, bevor sie ihre Frage beantwortete, und als sie den Anflug eines Lächelns sah, beschloss sie, aufrichtig zu sein.

»Wenn die Zwillinge bei mir nackt wären«, sagte Joanna, »dann würde es nicht die geringste Rolle spielen, welches Mädchen welches wäre.«

»Ja, wahrscheinlich haben Sie Recht«, erwiderte die Direktorin lächelnd. »Das ist eine aufreizende Aussicht, finden Sie nicht auch? Nackte eineiige Zwillinge!«

»Ich hoffe, die Eltern schicken die Mädchen hierher«, erklärte Joanna, »dann würde aus der Aussicht Wirklichkeit.«

Das Thema hatte ihre Fantasie geweckt, und sie schwieg einen Moment, während sie sich vorstellte, auf einem Bett zu liegen, die nackte Elinor auf der einen und die nackte Marianne auf der anderen Seite. Bei der Vorstellung entschlüpfte ihr ein leiser Seufzer.

»Haben Sie seit Ihrer Zeit als Lehrerin jemals zwei gleich aussehende, junge Damen nackt gesehen?«, fragte Nesta Rees-Morgan.

»Nein, Zwillinge noch nie«, erwiderte Joanna.

Lächelnd strich Nesta Joanna über die Wange.

»Was für eine schöne Haut Sie haben«, sagte sie. »Sicher hat die reine Bergluft in der Schweiz Ihnen diesen Teint geschenkt.«

Sie fuhr mit dem Finger die Linien von Joannas Mund nach und ließ die Hand dann tiefer gleiten, bis sie Joannas Brüste durch den Stoff ihres Kleides streichelte. Joanna blickte sie unter halbgesenkten Lidern an.

»Ich weiß nicht, ob ich Ihnen das erzählen sollte«, sagte sie schließlich in vertraulichem Tonfall, »aber ich hatte eine sehr liebe Freundin in dem Schweizer Pensionat, die mich überredet hat, meinen ganzen Körper der klaren Bergluft und der Sonne auszusetzen. In England gilt das sicher als unschicklich.« Ihr gefiel die Berührung von Nestas Händen durch den dünnen Stoff – sie knetete und streichelte ihre Brüste auf erregende Art und Weise.

»Ihre Freundin war vermutlich Französin«, sagte Nesta, »es heißt, sie seien sehr leidenschaftlich in der Liebe. Erzählen Sie mir alles darüber, liebe Joanna – hat diese Freundin auch so mit Ihren Brüsten gespielt, wenn Sie zusammen die Sonne und die Landluft genossen haben?«

»Wir waren sehr eng befreundet«, murmelte Joanna, »und sie hat köstliche Dinge mit mir gemacht. Und ich mit ihr.«

Natürlich hatte Joanna mehr als nur eine Freundin in der Schweizer Schule gehabt, unter den Lehrerinnen wie unter den Schülerinnen. Da waren Madeleine Dumont und Ulrika von Elmsdorf, Renata Pola, Maria Getz und Trudi Altberger, Renée Dubois, Jeanne Lebrun und viele andere. Es war eine lange, glückliche Liste von Freundinnen, die Joanna Nesta jedoch erst enthüllen wollte, wenn sie sie besser kannte.

»Du hast eine entzückende Sanduhr-Figur«, sagte Nesta vertraulich zu ihr. »Es wäre faszinierend, dir die Kleider auszuziehen und deine bloßen Brüste zu streicheln. Haben sie hübsche rosige Nippel?«

»Ja«, murmelte Joanna.

Sie war sich jetzt ganz sicher, dass sie und die Direktorin enge Freundinnen werden würden.

»Sie sehen aus wie Rosenknospen, sagt man mir immer«, erwiderte sie.

Sie wartete darauf, dass Nesta sie in ihr Schlafzimmer bat, weil das zwangsläufig der nächste Schritt war. Dann würde sie sich ausziehen lassen, damit Nesta ihre Titten begutachten konnte, die bisher noch jeden verführt hatten. Nesta würde sie küssen und lecken. Und dann würde sie ihr die Hand zwischen die Beine legen und die Schönheit ihrer Muschi bewundern. So verliefen diese kleinen Episoden immer.

Es kam jedoch keine Einladung. Die Direktorin streichelte weiter Joannas Brüste durch den Stoff, als ob ihr das genügen würde. Aber das war doch unmöglich, schließlich hatte sich noch niemand, der Joanna jemals angefasst hatte, damit begnügt. Und kurz darauf zeigte sich, dass auch Nesta keine Ausnahme war.

»Deine Haare sind von einem wunderschönen Dunkelblond«, erklärte sie. »Sehen deine Löckchen unten genauso aus?«

»Ja«, erwiderte Joanna und spreizte ein wenig die Beine, damit Nestas Hand zu ihrem Höschen gleiten konnte. Aber die Direktorin zögerte noch.

»Wenn ich das Kompliment zurückgeben darf«, sagte Joanna, »so nehme ich an, dass Ihre Löckchen ebenso rabenschwarz sind wie die Haare auf Ihrem Kopf.«

»Ja«, erwiderte Nesta. »Sie sind glücklicherweise dicht und glänzend.«

»Es wäre mir ein Vergnügen, sie zu sehen«, sagte Joanna.

»Nicht nur ein Vergnügen«, entgegnete die Direktorin ernst, »sondern auch ein beachtliches Privileg.«

»Selbstverständlich«, sagte Joanna ein wenig verwirrt über den herablassenden Tonfall der Direktorin.

»Ich bin noch neu in St. Winifrith, aber ich habe ein

ungewöhnliches Gerücht gehört«, fuhr sie hoffnungsvoll fort.

»Gerüchten solltest du niemals Glauben schenken«, erwiderte Nesta verschmitzt lächelnd, »es sei denn, sie sind ganz unerhört, dann sind sie nämlich meistens wahr. Was hast du denn gehört?«

»Es war ein so unglaubliches Gerücht, dass ich es kaum glauben wollte«, erwiderte Joanna. »Man hat mir erzählt, dass eine Persönlichkeit von großer Bedeutung in St. Winifrith ihr Dreieck in Herzform gestutzt hat. Haben Sie so etwas schon einmal gehört?«

»Wer hat dir denn das erzählt?« Nesta zog amüsiert die Augenbrauen hoch.

»Spielt das eine Rolle?«

»Eine solche Geschichte ist wirklich kaum zu glauben«, erklärte Nesta. »Hast du jemals eine Frau kennen gelernt, die ihre intimen Teile so ungewöhnlich und künstlerisch hergerichtet hat?«

»Nein, noch nie«, gab Joanna zu, »nicht, dass ich wüsste. Aber niemand kann sagen, welche Geheimnisse zwischen den Beinen von Frauen verborgen liegen. Es heißt ja, stille Wasser seien tief – und manche der züchtigsten Frauen schmücken sich unter ihren Röcken vielleicht auf die ungewöhnlichste Art und Weise.«

»Wenn ein Funken Wahrheit an dem Gerücht wäre, das du gehört hast«, fragte Nesta, »was würdest du dann von der betreffenden Person denken? Was würdest du tun?«

»Ich glaube, ich könnte meine Neugier nicht zügeln«, antwortete Joanna, ohne zu zögern. »Ich müsste es mir einfach anschauen.«

»Und wenn du diesen besonderen Busch gesehen

hättest, was dann? Wäre deine Neugier dann befriedigt?«

»Ihn nur anzuschauen, würde mir wahrscheinlich nicht ausreichen«, erwiderte Joanna, die das Gefühl hatte, vor großen Entdeckungen zu stehen. »Ich würde sicher eine Menge Fragen stellen. Wie die Frau auf die Idee gekommen ist, und ob es viel Mühe macht, ihn so zu stutzen. Und ganz bestimmt würde ich ihn berühren und bewundern wollen.«

Nesta nickte zustimmend und zog ohne viel Umstände ihren Rock hoch, bis Joanna ihre Schenkel und ihr Höschen sehen konnte. Dann zog sie ihr Höschen herunter und spreizte die Beine. Voller Bewunderung blickte Joanna auf das herzförmige Venusdreieck aus glänzenden, schwarzen Löckchen.

»Oh!«, rief sie aus.

»Ist das alles, was du zu sagen hast?«, fragte Nesta. »Nur ›oh‹?«

»Die Überraschung hat mich sprachlos gemacht«, erwiderte Joanna. Vorsichtig streichelte sie die zarte Haut von Nestas Bauch, bevor sie ihre Hand zu dem Löckchenherz gleiten ließ.

»Wie du siehst, stimmte das Gerücht, das du gehört hast«, erklärte Nesta. »Vermutlich hat dir Phyllis Stacey-Talbot von meinem Geheimnis erzählt. Sie stutzt und rasiert das Herz immer für mich – sie ist äußerst begabt und tut es gern.«

Joanna war ganz bezaubert von dem Anblick und überlegte, ob sie Phyllis wohl bitten sollte, mit ihren Schamhaaren das Gleiche zu machen.

»Sie hat mir ihr Album gezeigt«, sagte sie zu Nesta, »und ich war sehr beeindruckt von ihrem künstlerischen Talent. Aber ihre Fähigkeiten als Friseurin beeindrucken mich fast noch mehr.«

»Sie hat ein paar sehr hübsche Bilder in ihrem Album«, erwiderte Nesta. »Manchmal bringt sie es abends mit, und wir sehen uns die Zeichnungen gemeinsam an. Du wirst jedoch kein Bild von mir darin finden.«

»Das stimmt – es gibt keines von Ihnen. Warum?«

»Ich habe mich nie von ihr zeichnen lassen«, erklärte Nesta mit frostigem Lächeln. »Ich möchte nicht mit dem Lehrkörper und den Mädchen in einem Album verewigt sein – dazu bin ich mir zu viel wert!«

»Ja, da haben Sie wahrscheinlich Recht«, gab Joanna zu. »Aber haben Sie nie daran gedacht, dass Phyllis vielleicht heimlich eine Zeichnung von Ihnen angefertigt hat?«

»Das würde sie nie wagen«, erwiderte Nesta überzeugt, »zumindest glaube ich das nicht. Aber du hast mich da auf einen Gedanken gebracht – ich werde es ihr sofort strengstens verbieten.«

»Aber vielleicht sagt sie Ihnen nicht die Wahrheit«, wandte Joanna ein. Es freute sie, dass sie die selbstbewusste Nesta verunsichert hatte. »Wenn ich so malen könnte wie Phyllis, würde ich mir ein Aquarell von Ihrer Muschi im Goldrahmen in mein Schlafzimmer hängen.«

»Also gefällt dir, was du siehst?« Nesta zog die Augenbrauen hoch. »Findest du meine persönliche Frisur nicht ein wenig zu außergewöhnlich?«

»Sie ist anbetungswürdig«, erwiderte Joanna und streichelte Nestas lange Schamlippen, die von den herzförmig frisierten dunklen Haaren eingerahmt waren.

Nesta spreizte ihre Beine noch ein wenig weiter, und Joanna schob ihre Finger in die Öffnung. Die Klitoris war fest und bereits feucht, und Joanna glitt leicht mit den Fingerspitzen darüber.

»Die Herzform sieht wunderschön und so außergewöhnlich aus«, erklärte sie, »Sie müssen sehr stolz darauf sein, Nesta.«

Es war kühn von ihr, die Direktorin mit ihrem Vornamen anzureden, da sie sich erst so kurz kannten, aber Joanna fand, dass die Umstände diese Vertrautheit rechtfertigten. Schließlich war es nicht verboten, die Person mit Vornamen anzureden, deren Muschi man gerade befingerte.

»Reizend von dir, das zu sagen«, murmelte Nesta. »Ich bin in der Tat sehr stolz darauf. Nur meine engsten Freunde dürfen es sehen.«

»Dürfen sie es auch berühren?«, fragte Joanna.

»Meine liebsten Freunde schon, aber sonst niemand.«

»Dann wäre ich gerne eine liebe Freundin von Ihnen.«

»Du berührst mich ja schon«, erklärte Nesta, »und du hast sicher schon gemerkt, dass dies mit meiner Einwilligung geschieht.«

»Darf ich wirklich?«, hauchte Joanna.

»Hast du nicht eben gesagt, dass du das Herz bewundern möchtest?«

»O ja, ich bewundere es, Nesta«, erwiderte Joanna mit halb geschlossenen Augen. Ihre Finger kreisten eifrig um die nasse Knospe, und sie drückte die Schamlippen auseinander, um mehr Spielraum zu haben.

»Ich glaube, ich komme gleich«, seufzte Nesta.

Ihr weicher Bauch bebte. Sie zog Joannas Hand weg und spreizte ihre Beine ganz weit. »Ich möchte deine Zunge spüren«, sagte sie.

Das war keine Bitte, sondern ein Befehl. Schließlich war Nesta die Direktorin in St. Winifrith und Joannas Vorgesetzte. Gehorsam kniete Joanna sich auf den Teppich und beugte den Kopf über Nestas Muschi.

»Liebe Joanna«, sagte die Direktorin verträumt und strich Joanna über den Kopf, als diese begann, sie nach allen Regeln der Kunst zu lecken.

»Was für eine entzückende junge Frau du doch bist«, murmelte Nesta. »Wir beide werden gute Freundinnen werden, das wusste ich vom ersten Tag an, als ich dich sah.«

Ihre glänzenden schwarzen Löckchen und ihre Muschi dufteten nach Verbenen – ein elegantes Parfüm, das sehr gut zu ihr passte. Joanna leckte sie, bis Nesta sich aufbäumte und vor Lust zuckte.

Als die Wellen des Orgasmus abgeebbt waren, setzten sich die beiden Damen nebeneinander auf die Couch und plauderten miteinander. Nesta fand kein Wort des Dankes für die intimen Aufmerksamkeiten, die Joanna ihr hatte zuteil werden lassen. Offensichtlich sah sie es als ihr gutes Recht an, befriedigt zu werden, wann immer sie es wünschte, und Joanna fragte sich, ob sie das wohl mit allen Lehrerinnen so machte.

»Ich möchte dich gerne etwas fragen«, sagte Nesta. »Man hat mir erzählt, dass junge Mädchen auf dem Festland viel härter bestraft werden als in britischen Schulen.«

»Ich glaube, das stimmt«, erwiderte Joanna. Die Bestrafung junger Damen interessierte sie sehr, weil sie Kontrolle bedeutete.

»Vor vielen Jahren«, begann Nesta, »ging es in den Internaten strenger zu als heute. Widerspenstige Mädchen bekamen Stockhiebe auf den nackten Hintern, jedenfalls habe ich das gelesen. Die Direktorinnen führten Bestrafungsbücher, in die sie alle Einzelheiten eintrugen.«

»Das wusste ich nicht.«

»In der ersten Schule, an der ich zu Beginn meiner Laufbahn unterrichtete«, fuhr Nesta fort, »habe ich in einem staubigen Schrank solche Bücher gefunden. Da sie niemand haben wollte, habe ich sie behalten. Sie sind eine anregende Lektüre.«

»Mussten die Mädchen sich vorbeugen und den Rock hochziehen, um ihren Hintern zu entblößen«, fragte Joanna, »oder wurden sie vollständig nackt ausgezogen?«

»Das hing von der Schwere ihres Vergehens und von der Laune der Person ab, die die Bestrafung durchführte«, erwiderte Nesta.

Joannas großes Interesse an den Gebräuchen vergangener Zeiten schien ihr zu gefallen, weil sie die Hand auf Joannas Oberschenkel legte und sie zu streicheln begann.

»Ich habe Berichte gelesen, nach denen das ungehorsame Mädchen auf der untersten Sprosse der Bibliotheksleiter stehen musste«, fuhr Nesta fort. Ihre Wangen färbten sich rosig vor Lust. »Mit den Händen musste sie sich an der höchsten Sprosse festhalten, und dann wurden ihre Knöchel und ihre Handgelenke an der Leiter festgebunden, so dass sie sich nicht mehr bewegen konnte.«

»War das Mädchen nackt?«

»Ja, völlig nackt – es musste sich vor der Direktorin vollkommen ausziehen«, erwiderte Nesta mit belegter

Stimme. »Bevor sie festgebunden wurde, musste sie jedes Kleidungsstück ablegen, das sie trug. Durch die Sprossen waren ihre Brüste und ihre Muschi zugänglich.«

»Sie beschreiben die Szene so eindrücklich, dass mir ganz heiß wird«, murmelte Joanna. »Warum mussten ihre intimen Teile denn zugänglich sein – schlug man sie auch auf die Brüste?«

»Wenn das Mädchen gefesselt und hilflos war«, sagte Nesta, »schlug die Direktorin ihr auf den nackten Hintern. Die Lehrerin, die das Mädchen angezeigt hatte, half ihr dabei. Die Direktorin verabreichte der jungen Dame mindestens sechs, und manchmal sogar zwölf Hiebe mit der Birkenrute.«

»Glauben Sie, sie hat fest zugeschlagen?«, flüsterte Joanna mit gerötetem Gesicht. »Haben die Mädchen geschrien?«

»Die Strenge der Bestrafung hing von der Laune der Direktorin ab. Wenn sie fertig war, wurde das wimmernde Mädchen nicht losgebunden, sondern die beiden Lehrerinnen spielten erst einmal ausgiebig mit ihren Brüsten und der Muschi.«

»Was für ein Vergnügen, bei einer solchen Bestrafung dabei sein zu dürfen«, seufzte Joanna entzückt. »Ich hätte das wehrlose Mädchen stundenlang befingert.«

»Schließlich«, beendete die Direktorin ihren Bericht, »wurden die Fesseln des Mädchens gelöst, aber die Bestrafung war noch nicht vorüber. Es musste sich, immer noch nackt, auf den Boden knien, der Direktorin die Hand küssen und ihr für die Strafe danken.«

»Ein äußerst wichtiger Abschluss«, murmelte Joanna.

»Dann zog die Direktorin ihren Rock hoch und verlangte von der Schülerin, ihr zum Zeichen der Unterwerfung den Pelz zu küssen«, sagte Nesta. »Was hältst du davon?«

»Die Zeiten haben sich leider geändert«, erwiderte Joanna traurig. »Heutzutage dürfen wir ja widerspenstige Mädchen nicht mehr schlagen. Ein leichter Klaps, wenn sie die Regeln zu offensichtlich gebrochen haben, mehr wagen wir ja gar nicht mehr.«

»Das behauptest du, aber mir ist zu Ohren gekommen, dass du die Mädchen doch härter bestrafst«, erwiderte Nesta und packte Joannas Oberschenkel mit festem Griff. »Wir müssen uns einmal ernsthaft unterhalten, bevor du Probleme deswegen bekommst. Aber zuerst möchte ich über deine Erfahrungen an der Schweizer Schule hören.«

»Was soll ich Ihnen denn über meine Jahre im Ausland berichten?«, murmelte Joanna.

»Durftest du die Mädchen dort streng bestrafen?«

Joanna spürte das Interesse der Direktorin, und so fiel es ihr leicht, eine Geschichte zu erfinden, die Nesta zufrieden stellen würde.

»Die Lehrer dort dürfen ihre Schüler viel strenger bestrafen als wir hier«, erwiderte sie. »Manche Leute behaupten sogar, dass die Strafen dort fast grausam sind, aber das denken nur diejenigen, die von den Bedürfnissen junger Mädchen nichts verstehen. Sie und ich, wir wissen es besser.«

Sie wünschte, Nesta würde aufhören, ihren Schenkel durch das Kleid zu drücken, und sie endlich richtig berühren.

»Grausam? Erzähl mir davon«, hauchte Nesta mit gerötetem Gesicht.

»Das Hauptproblem ausländischer Mädchen ist ihr

ungesundes Interesse an Männern«, begann Joanna. »Wenn man diese Tendenz nicht unter Kontrolle bekommt, verfolgen sie jeden jungen Mann, der erreichbar ist. Das Pensionat, an dem ich unterrichtete, lag recht isoliert, aber es ist nicht möglich, die Mädchen vollständig abzuschirmen. Es gibt immer männliches Personal und Boten. Am schlimmsten waren jedoch die Jungen aus dem nahe gelegenen Dorf.«

»Willst du damit andeuten, dass die jungen Damen dort ein sexuelles Interesse an Männern zur Schau stellten?«, fragte Nesta schockiert.

»Ich fürchte, ja«, entgegnete Joanna betrübt. »Es war unsere Pflicht, sie davon abzubringen und jedes Mädchen zu bestrafen, das sich selbst vergaß und gegen Anstand und gute Sitten verstieß.«

»Ja, ja«, seufzte Nesta und schob endlich ihre Hand unter Joannas Höschen. »Diese Dorfjungen – was haben sie denn Schlimmes angerichtet?«

»Es ging mehr um das, was sie gerne getan hätten«, erwiderte Joanna, »und die schamlose Art, wie sie ihre Absichten kundtaten.«

»Wie meinst du das?«

»Wenn diese Jungen mittags aus der Dorfschule kamen, machten sie sich auf den Weg zum Internat. Das gesamte Gelände war von Eisenzäunen umgeben, aber diese Kerle versammelten sich dahinter und riefen nach den Mädchen. Jeder dieser Jungen, die im Alter von elf bis fünfzehn waren, hatte eine Ausbuchtung in der kurzen Hose.«

»Ihre Glieder waren erigiert?«, fragte Nesta. »Das ist ja unerhört. Und wie reagierten die jungen Damen auf diesen Anblick?«

»Wir mussten sie vom Zaun und von den Jungen fern halten und sie ins Haus zurücktreiben«, erwiderte Joanna, »aber ein oder zwei Mädchen schlichen sich entgegen den strengen Anordnungen immer wieder zurück.«

»Das ist ja empörender Ungehorsam!«, rief Nesta aus. »In solchen Fällen hilft nur strengste Bestrafung. Hast du sie ausgepeitscht, Joanna?«

»Wenn sie das erste Mal nicht gehorchten, mussten sie sich vorbeugen, die Röcke heben und das Höschen herunterziehen, und dann habe ich ihnen mit dem Stiel einer Haarbürste den nackten Hintern versohlt, so dass sie sich wanden und wimmerten.«

»Köstlich«, sagte Nesta. »Und beim zweiten Mal?«

»Wenn ein Mädchen zum zweiten Mal ungehorsam war, musste sie das Höschen ausziehen, sich rücklings auf das Sofa legen und das Kleid bis zu den Brüsten hochziehen. Und dann habe ich ihr mit einem Wildledergürtel auf den Bauch geschlagen.«

Nestas Finger rieben eifrig über Joannas feuchte Knospe. »Ja«, flüsterte sie, »du hast sie auf den nackten Bauch geschlagen. Was für Bestrafungen gab es sonst noch? Hast du auch auf die Muschis geschlagen?«

»Bei wiederholtem Ungehorsam, ja«, seufzte Joanna und spreizte ihre Beine weiter, weil bereits die ersten Zuckungen ihren Körper durchrannen.

»Wie? Wie?«

»Ab und zu habe ich ein Mädchen dabei erwischt, wie es durch die eisernen Gitterstäbe das entblößte *Ding* eines Jungen streichelte. Die Dorfjungen waren so lüstern, dass sie sich bereitwillig die Hosen aufknöpften. Ein solches Mädchen musste sich nackt ausziehen und sich mit weit gespreizten Beinen auf die Couch in meinem Arbeitszimmer legen.«

Joannas Stimme bebte, während sie diese beschämenden Episoden erzählte – und Nesta atmete schwer, während sie ihr lauschte.

»Es gibt nichts Besseres, als den Anblick einer jungen brünetten oder blonden Muschi, die sich dem Kuss der Peitsche darbietet«, flüsterte Joanna heiser. »Sie können sich nicht vorstellen, wie erregend das ist!«

»Doch, das kann ich«, erwiderte Nesta atemlos, »ich habe oft schon selber diese Erregung verspürt. Aber das ist ein anderes Thema. Was für eine Peitsche hast du denn benutzt, wenn ein junges Mädchen nackt vor dir lag?«

»Einen verknoteten Strumpf«, sagte Joanna, »schließlich wollte ich die zarten Schamlippen nicht verletzen, weil ich sonst nach der Bestrafung nichts mehr damit hätte anfangen können. Ein Mädchen, das wiederholt ungehorsam gewesen war, bekam fünf Schläge mit dem Strumpf auf die Muschi.«

»Haben sie geschrien?«

»Beim ersten Schlag, ja, und für gewöhnlich auch beim zweiten. Aber danach keuchten und wanden sie sich nur noch.«

»Ich würde liebend gern ein nacktes junges Mädchen mit einem Stöckchen verprügeln und zusehen, wie sie sich unter den Schlägen windet«, sagte Nesta leise, während sie eifrig Joannas nassen Knopf bearbeitete. »Allein der Gedanke daran bringt mich schon zum Höhepunkt. Aber in diesen aufgeklärten Zeiten steht ein solches Vergnügen leider außer Frage.«

»Hier in England vielleicht, aber in manchen Teilen

Europas ist es noch möglich«, erwiderte Joanna. »Vielleicht sollten Sie einmal ein Pensionat im Ausland besuchen – Sie fänden es sicher äußerst befriedigend.«

»Wenn du auf eine entblößte Muschi geschlagen hast, kam dein Opfer, bevor du mit ihr fertig warst?«, fragte Nesta.

»Um ehrlich zu sein, erregte mich die Bestrafung häufig so sehr, dass ich kam, bevor ich noch den letzten Schlag austeilen konnte«, seufzte Joanna. »Mir zitterten die Knie, und alle Kraft wich aus meinem Körper – und ein plötzlicher Orgasmus verhinderte, dass ich mit der Bestrafung fortfahren konnte.«

»Und wenn du dich dann wieder erholt hattest?«, keuchte Nesta. »Wäre ich an deiner Stelle gewesen, hätte ich dann sicher die Strafe verdoppelt. Ich hätte dem Mädchen den nackten Hintern verprügelt, bis es gekreischt hätte.«

Eine Welle der Lust überspülte Joanna, und sie hörte nicht mehr, was die Direktorin sagte. Sie bäumte sich auf, und ihre Beine zitterten.

»Das war gut«, sagte Nesta zustimmend. »Du kommst sehr elegant, meine Liebe. Da wir uns jetzt besser kennen, musst du mir von den Mädchen erzählen, denen du hier den Hintern versohlt hast. Wie oft hast du die Mädchen hier schon so bestraft?«

»Nur ab und zu«, erwiderte Joanna ausweichend. »Es begann mit Clarice Pomfrey-Keble und Stella Proyle – ich habe sie dafür bestraft, dass sie sich in der Öffentlichkeit gestreichelt haben.«

»Ich verstehe«, erwiderte die Direktorin. »Das hätte ich auch getan. Ist eine von ihnen denn gekommen, während du ihnen eine Tracht Prügel verabreicht hast?«

»Ich legte mir Clarice über den Schoß«, murmelte Joanna, »und nachdem ich ihr den Hintern versohlt hatte, konnte ich nicht widerstehen und befingerte ihre Muschi, bis sie kam. Dann ließ ich Stella kommen und machte das Gleiche mit ihr. Sie erwies sich als so eifrig, dass ich sie dreimal befriedigte, bevor ich sie gehen ließ.«

»Wir beide werden sicher sehr gute Freundinnen werden«, erklärte Nesta lächelnd. »Wir haben viel gemeinsam, meine Liebe – geh noch einmal auf die Knie und leck mich.«

9

Ein edler Körperschmuck

Phyllis Stacey-Talbots Skizze von Joannas hübschem Spielzeug war ein wahres Kunstwerk, darin waren sich die beiden Frauen einig, als sie an einem Nachmittag zusammen in Phyllis' Zimmer saßen. Sie hatte die Muschi in Lebensgröße gezeichnet und sie leicht koloriert, um das Dunkelrosa der Schamlippen und die blonden Härchen einzufangen.

»Das ist eines meiner besten Werke«, erklärte Phyllis stolz lächelnd. »Ich brauche es bloß anzusehen, und schon werde ich feucht und heiß zwischen den Beinen.«

»Ja, die Muschi ist wirklich hübsch«, erwiderte Joanna unbescheiden. »Du kannst mir erzählen, was du willst, aber du hast bestimmt in ganz St. Winifrith noch keine schönere gesehen.«

Phyllis trug heute gestreift – eine schwarzweiß gestreifte Bluse und einen grauweiß gestreiften Rock. Sie saß mit Joanna auf dem Diwan unter einem Landschaftsgemälde, auf dem Olivenbäume, zerfallene Mauern und nackte Nymphen, die in einem Fluss badeten, dargestellt waren.

»Hübsch ist nicht das richtige Wort für deine Muschi«, erklärte Phyllis.

»Warum nicht?« Fragend zog Joanna die Augenbrauen hoch.

»Junge Mädchen haben eine hübsche Muschi«, erwiderte Phyllis. »Das Wort suggeriert Unschuld und Zartheit. Deine Pussy wölbt sich hochmütig vor und verlangt nach Aufmerksamkeit.«

»Wie nett du das gesagt hast! Allerdings ist deine Zeichnung nicht auf dem neuesten Stand.«

»Warum?«

»Meine Pussy mag ja hochmütig und schön sein, aber ich möchte gerne ihre Erscheinung verändern. Man hat mir gesagt, du seiest besonders gut im Frisieren von Pelzen.«

»Du hast gesehen, was ich für Nesta getan habe, nicht wahr?«, fragte Phyllis stolz.

»Die Herzform steht ihr sehr gut«, bestätigte Joanna, »sie wirkt elegant und hat Klasse. Sie sieht dadurch zehn Jahre jünger aus.«

»Du bist noch nicht alt genug, um zehn Jahre jünger auszusehen, du bist ja fast noch ein Mädchen.«

»Meinst du denn, ich soll meine Löckchen nicht frisieren?«

»Doch, das mache ich gerne – du wirst danach anziehender aussehen denn je. Ein Blick zwischen deine Beine, und niemand in St. Winifrith wird dir mehr einen Wunsch abschlagen können.«

»Ist das bei der Direktorin auch der Fall?«

»Nesta hat noch mehr Vorzüge als nur eine attraktive Pussy, aber ich muss zugeben, es ist schon ein großer Vorteil. Aber in erster Linie ist sie natürlich eine Vorgesetzte, und deshalb kommen alle Lehrerinnen nur zu gern ihren Wünschen nach.«

»Das dachte ich mir schon«, erwiderte Joanna nickend. »Und wie können wir mich in eine Vorgesetzte verwandeln?«

»Komm in mein Schlafzimmer, dann zeige ich es dir.«

»Was willst du mir zeigen, Phyllis?«

»Wie viel Erfahrung ich mit Spielzeugen habe.«

»Das weiß ich schon. Du sollst mir die Härchen stutzen, nichts anderes.«

»Ich werde dich frisieren und gleichzeitig liebkosen, meine Liebe.«

»Wie lange brauchen wir?«

»In zwanzig Minuten könnten wir fertig sein«, erwiderte Phyllis achselzuckend, »aber ich habe keine Eile. Wenn du keine Zeit hast, komm besser an einem anderen Tag wieder.«

»Ich habe den ganzen Nachmittag frei.«

Phyllis führte Joanna in das angrenzende Schlafzimmer und half ihr aus dem rosafarbenen Kleid, dem Hemdchen und dem eng geschnürten Korsett, das die Brüste hochpresste.

»Ich muss für das Frisieren also vollkommen nackt sein, was?«, fragte Joanna. »Du willst mich doch nur zwischen den Beinen verschönern.«

»Selbst wenn ich dir nur die Fingernägel maniküren wollte, müsste ich dich dabei nackt sehen«, erwiderte Phyllis grinsend. »Setz dich aufs Bett.«

Eifrig zog sie ihr Höschen und Strümpfe aus, und ehe sich Joanna versah, lag sie nackt auf dem Bett, ohne einen Faden auf dem wunderschönen Leib. Phyllis ergriff eine kleine, abgerundete Schere und beugte sich über sie.

»Du hast eine aufregende Möse«, sagte sie, »sie braucht

gar nicht viele Haare, auch wenn die Löckchen eine hübsche Farbe haben. Wenn ich sie in Herzform gebracht habe, werden die Schamlippen noch mehr vorstehen als jetzt. Ich werde sie noch einmal für mein Album malen müssen.«

»Es freut mich, dass dir meine Muschi gefällt«, erwiderte Joanna. »Ich war auch immer sehr zufrieden damit.«

»Spreiz deine Beine«, sagte Phyllis leise.

»Den Seiten in deinem Album nach zu urteilen hast du schon vielen Mädchen zwischen die Beine geschaut«, bemerkte Joanna, während sich Phyllis an ihr zu schaffen machte.

»Dutzenden«, erwiderte Phyllis und begann, die Härchen von Joannas blondem Busch zu beschneiden, »und ich habe auch schon alle Lehrerinnen hier gehabt – sie alle schätzen meine Talente.«

»Was findest du schöner – blonde oder dunkle Löckchen?«, fragte Joanna. »Einen dichten Busch oder leichten Flaum? Was gefällt dir am besten?«

»Immer das, was ich gerade vor mir sehe«, erwiderte Phyllis mit wissendem Lächeln. »Ich finde Vielfalt erregend, wie die meisten Menschen übrigens.«

»Meiner Erfahrung nach sind Mösen sehr unterschiedlich«, fuhr Joanna fort, »aber in gewisser Hinsicht sind sie auch alle gleich.«

»Am erregendsten ist es, eine neue Muschi zu befingern«, meinte Phyllis. »Jedes Mal, wenn meine Hand in ein Höschen gleitet, versuche ich mir vorzustellen, wie die Pussy wohl aussieht, ob sie dicht oder spärlich behaart ist, ob die Löckchen blond oder dunkel sind.«

»Nesta Rees-Morgan hat wunderschöne schwarze

Löckchen«, sagte Joanna, »aber du hast keine Zeichnung von ihrer Möse.«

»Du solltest immer daran denken, dass Nesta gerne ihre eigenen Spielchen spielt«, erwiderte Phyllis kryptisch.

Während sie Joanna die Schamhaare stutzte und plauderte, streichelte sie sie nicht, aber die Wirkung war dieselbe. Joanna war aufs Äußerste erregt und nass.

»Du hast eine unartige Möse«, kicherte Phyllis. »Sie wölbt sich mir entgegen, als ob ich sie berühren würde. Ich sollte sie wohl besser mal ein wenig beruhigen, bevor du dich auf dem Bett wälzt und mich bei der Arbeit behinderst.«

Sie schob ihren Mittelfinger in Joanna hinein und rieb mit raschen, leichten Bewegungen über ihre Knospe. Joanna stöhnte auf und ihre Beine begannen zu zucken, und schon nach ein paar Sekunden hatte sie einen Orgasmus.

Als sie wieder zu Atem gekommen war, sagte sie träge: »Was für Spielchen spielt Nesta denn so?«

»Nesta ist dominant«, erwiderte Phyllis. »Sexuelle Grausamkeit und körperliche Qualen erregen sie am meisten. Wenn sie es wagen würde, würde sie jedes Mädchen hier an der Schule ausziehen und so lange auspeitschen, bis es käme. Aber sie darf sich nicht gehen lassen, weil es einen Skandal geben würde, wenn jemand es herausfände, und dann wäre sie wahrscheinlich ihre Stelle los. Also geht sie niemals so weit.«

»Fasst sie die Mädchen überhaupt an?«

»Nicht dass ich wüsste. Sie geht kein Risiko ein, sondern beschränkt sich lieber auf einige wenige Gespielinnen unter den Lehrerinnen.«

»Ich musste mich hinknien und sie lecken«, gestand Joanna. »Macht sie das immer so?«

»Das ist eines ihrer Lieblingsspiele«, bestätigte Phyllis. »Hat sie bei dir auch nackt auf ihrem großen Ledersessel gesessen und ausgesehen wie eine Kaiserin auf ihrem goldenen Thron?«

»O ja, es war sehr beeindruckend«, seufzte Joanna.

»Das gäbe ein fantastisches Gemälde für die nächste Sommerausstellung der Royal Academy. Wahrscheinlich würde es den ersten Preis gewinnen, und jeder Sammler würde Unmengen von Geld dafür hinblättern, um es sich in sein Schlafzimmer hängen zu können.«

»Eine nackte Kaiserin auf ihrem Thron«, murmelte Joanna, »eine mächtige Potentatin, umgeben von knienden Sklaven, die sie verehren. Aber dieses Bild müsstest du schon selber malen, Phyllis. Einem Mann würde Nesta sich nie nackt zeigen, das wäre viel zu gefährlich. Der Anblick ihres Körpers würde sofort seine Lust wecken, und er würde versuchen, sie zu vergewaltigen.«

»Das stimmt – einen Mann müsste man wahrscheinlich anketten, während er sie malt«, pflichtete Phyllis ihr bei. »Und sie würde darauf bestehen, dass er nackt wäre, wobei sein *Ding* wie ein Pinsel hochstünde. Er würde darum betteln, sie berühren zu dürfen, aber das würde sie einem Mann nie gestatten. Dieses Privileg ist Sklavinnen wie dir und mir vorbehalten.«

»Du hast sie offenbar auch geleckt.«

»Das haben wir alle getan.« Phyllis nickte zufrieden.

»Nesta redet gern darüber, Mädchen auszupeitschen«, fuhr Joanna fort. »Tut sie es denn wirklich?«

»Die Mädchen nicht, aber ein oder zwei Lehrerinnen lassen sich nackt ausziehen und sich den Hintern auspeitschen.« Phyllis verzog das Gesicht. »Ich mag das nicht. Du kannst ruhig nein sagen, Nesta denkt deswegen nicht geringer von dir, im Gegenteil, ich habe das Gefühl, sie verachtet diejenigen eher, die es zulassen.«

»Sie hat mir von früher erzählt, als Mädchen noch ausgepeitscht werden durften«, sagte Joanna, und bei der Erinnerung an ihr Gespräch mit der Direktorin durchlief sie ein Schauer.

»Ja, davon hat sie mir auch erzählt«, erwiderte Phyllis. »Ich habe sogar spezielle Bilder für sie gezeichnet, von einem Mädchen, das nackt an eine Bibliotheksleiter gefesselt war. Den imaginären Opfern gebe ich dann die Gesichter von Mädchen hier aus St. Winifrith.«

»Benutzt Nesta denn bei ihren Spielen eine echte Peitsche?«, flüsterte Joanna mit glänzenden Augen. »Oder ein Bambusstöckchen, damit die Hiebe richtig brennen?«

»Sie hat eine schwarze Nilpferdpeitsche aus Südafrika«, erwiderte Phyllis schaudernd. »Irgendein Bewunderer hat sie ihr wohl mal geschenkt.«

»Das klingt ja schrecklich – das reinste Folterinstrument.«

»Es sieht auf jeden Fall Furcht erregend aus«, stimmte Phyllis zu. »Du musst sie bitten, sie dir einmal zu zeigen – deine Muschi wird sich vor Schreck zusammenziehen. Allerdings benutzt sie sie nicht wirklich bei ihren Opfern, sondern kitzelt sie damit nur am Bauch und an den Brüsten, um ihnen Angst einzujagen. Für Bestrafungen benutzt sie ein ganz normales Holzlineal.«

»Fesselt sie ihre Opfer denn?«

»Du bist ja äußerst interessiert«, sagte Phyllis grinsend. »Möchtest du dir gerne den Hintern versohlen lassen? Wenn du dich von Nesta bestrafen lässt, zieht sie dich nackt aus und fesselt dir die Handgelenke. An der Wand in ihrem Schlafzimmer gibt es einen Haken, den du allerdings nicht sehen kannst, weil ein Bild darüber hängt. Ihr Opfer muss sich mit dem Bauch zur Wand stellen und wird an den Armen an diesem Haken aufgehängt.«

»Das klingt ja köstlich grausam«, meinte Joanna.

»So kann sich das Opfer nicht rühren«, fuhr Phyllis mit einem dünnen Lächeln auf dem Gesicht fort, »und Nesta kann ihm den Hintern auspeitschen.«

»Du scheinst ja alles darüber zu wissen«, erklärte Joanna. »Offenbar hat Nesta dich schon einmal ausgepeitscht.«

»Nur ein Mal. Mir hat es nicht gefallen. Nesta glaubt, wenn sie einen nur lange genug auspeitscht, bekäme man einen Orgasmus. Das mag ja bei manchen funktionieren, aber bei mir nicht. Sie musste mich mit den Fingern zum Höhepunkt bringen. Aber bei dir scheint dieses Gerede einiges zu bewirken – wenn ich dich jetzt zweimal streichle, dann kommst du schon wieder.«

»Der kalte Stahl der Schere auf meiner Haut erregt mich«, erwiderte Joanna. »Ich fange an zu zittern und werde ganz nass.«

»Das war bis jetzt noch bei jeder Frau der Fall, der ich den Busch gestutzt habe«, versicherte Phyllis ihr. »Lieg still und spreiz deine Beine noch ein bisschen, damit ich dich beruhigen kann.«

»Ja, beruhige mich«, erwiderte Joanna und erbebte bei der Berührung von Phyllis' Fingern.

»Wäre es nicht hübsch, wenn alle in St. Winifrith herzförmige Bären hätten?« bemerkte Phyllis. »Das wäre doch viel besser als die blöden Schulkrawatten, die die Männer immer tragen.«

»Nein, das wäre nicht richtig«, seufzte Joanna, die kurz vor einem heftigen Orgasmus stand. »Wenn alle das Gleiche hätten, dann würde mein Busch ordinär aussehen.«

»Du würdest nie ordinär aussehen, glaub es mir«, erwiderte Phyllis.

Stöhnend kam Joanna zum Höhepunkt.

»Das sehe ich gerne«, lobte Phyllis sie. »Und um dich zu beruhigen, nur Nesta und du, ihr habt herzförmige Bären. Es steht dir gut – sollte ein Mann jemals dein Spielzeug zu Gesicht bekommen, wird er vor Lust aus dem Häuschen geraten.«

»Ich würde eher sterben als einem Mann meine Muschi zu zeigen«, sagte Joanna, wobei sie den Vorfall im Kutscherhaus völlig verdrängte.

»Gut gesprochen«, erwiderte Phyllis zustimmend. »Wenn eine Frau sich das *Ding* eines Mannes hineinstecken lässt, ist sie für ihr Leben ruiniert.«

»Ja, entsetzlich«, sagte Joanna mit schwacher Stimme.

»Geschändet und ruiniert«, fuhr Phyllis fröhlich fort.

»Sie sind so riesig«, murmelte Joanna. »Es muss einer Frau doch wehtun, wenn ein Mann in sie eindringt – es könnte sogar tödliche Folgen haben.«

»Hast du schon jemals das *Ding* eines Mannes gesehen?«, wollte Phyllis wissen.

»Natürlich nicht«, murmelte Joanna mit geschlossenen Augen. Das war allerdings nicht die Wahrheit, denn Thomas hatte ja im Kutscherhaus sein steifes *Ding* für sie aus der Hose geholt. Es war ihr vorgekommen wie ein Ungeheuer, das den zarten Körper einer Frau auseinander reißen konnte.

»Es ist wichtig, die Bedrohung, die auf Frauen lauert, zu kennen«, erklärte Phyllis. »Bleib einen Moment so liegen.«

Sie trat zu einer glänzend polierten Mahagonikommode an der Wand und holte ein Album aus der obersten Schublade. Immer noch völlig bekleidet, setzte sie sich auf das Bett neben die nackte Joanna und reichte ihr das Album.

Es war in dunkelgrünes Marocain-Leder gebunden und genauso groß wie das Erinnerungsalbum, hatte allerdings weniger Seiten.

»Sieh es dir an und lern daraus«, sagte Phyllis und tätschelte freundschaftlich Joannas Schenkel.

Ein angstvoller Schauer überlief Joanna, als sie das Album aufschlug. Ihre Furcht wurde bestätigt – es enthielt lebensgroße Zeichnungen des männlichen *Dings*.

Auf den beiden ersten Seiten waren schlaffe Glieder dargestellt, über denen sich ein dichter Busch kräuselte. Unten baumelten große, runde Objekte.

»Als du mir erzählt hast, dass Männer vor dir die Hosen heruntergelassen haben, um von dir gezeichnet zu werden«, sagte Joanna, »wusste ich zuerst gar nicht, ob ich dir glauben sollte.«

»Du wirst in meiner Sammlung vierzehn verschiedene Glieder finden«, erwiderte Phyllis, »alle sozusagen in der Blüte des Lebens. Und natürlich ist jedes Glied schon einmal in einer Frau gewesen.«

»Ach du meine Güte!«, rief Joanna aus, als sie umblätterte und auf ein steifes, *Ding* stieß, »das ist ja riesig!«

»Nein«, erwiderte Phyllis und betrachtete ihre Zeichnung kritisch. »Ich würde sagen, das ist die Durchschnittsgröße für Männer in England.«

Fasziniert betrachtete Joanna den steifen Schaft, der von einem roten Köpfchen gekrönt war.

»Hattest du beim Zeichnen keine Angst, dass dein Modell sich auf dich stürzen und in dich eindringen würde?«, flüsterte Joanna. »Wie bist du nur unverletzt entkommen?«

»Ein Löwenbändiger im Zirkus unterwirft die wilden Tiere allein durch die Kraft seiner Persönlichkeit«, erwiderte Phyllis. »So ähnlich ist es auch bei Männern – mit einem starken Willen kann man sie in Schach halten, selbst wenn sie erregt sind.«

»Ich wäre wahrscheinlich sprachlos vor Angst gewesen, wenn ich ein *Ding* in dieser Größe vor Augen gehabt hätte«, erklärte Joanna. »Ich verstehe gar nicht, wie du so ruhig bleiben konntest.«

»Wenn ein Löwenbändiger Angst hat, riechen die Tiere das«, erwiderte Phyllis. »Außerdem ist dieses Glied wirklich nur durchschnittlich groß, es wirkt lediglich so gewaltig, weil es so dick ist.«

»Ich wage gar nicht zu fragen, wer der Mann ist«, sagte Joanna und betrachtete die Zeichnung aufmerksam. »Ist er ein Freund von dir?«

»Er ist ein Bekannter von mir, der in London Musik unterrichtet. Es war nicht leicht, ihn dazu zu überreden, seine Hose herunterzulassen. Er behauptete, er sei schüchtern und noch keine Frau habe sein *Ding* gesehen.«

»Männern kann man kein Wort glauben«, erklärte Joanna. »Wahrscheinlich hat er schon zahllose Mädchen damit durchbohrt.«

»Er wollte wohl eher mich dazu bringen, mein Höschen auszuziehen, damit er mich nehmen konnte«, erwiderte Phyllis, »aber andererseits hat er vielleicht sogar die Wahrheit gesagt. Als ich ihm nämlich die Hose aufmachte, hing sein *Ding* schlaff herunter, und ich musste selber Hand anlegen, damit es steif wurde.«

»Du hast es berührt?«, rief Joanna empört aus. »Konntest du dich denn dazu überwinden?«

»Als Künstlerin darfst du nicht zimperlich sein«, erwiderte Phyllis. »Ich wollte ihn doch um jeden Preis zeichnen. Und es könnte stimmen, dass er noch keine Frau angefasst hatte, denn plötzlich stöhnte er und spritzte seinen Samen auf meinen Rock.«

»So nahe warst du ihm?«, fragte Joanna atemlos.

»Er hat sich natürlich entschuldigt«, erwiderte Phyllis lachend, »und ist knallrot geworden, und sein Ding war sofort wieder schlaff. Es hat eine Viertelstunde gedauert, bis es sich wieder aufrichtete, und diese Zeichnung ist das Ergebnis.«

»Kann ich mir dein Album einmal für ein oder zwei Tage ausleihen?«, fragte Joanna. »Diese männlichen Körperteile sind obszön, aber wie du schon sagtest, es ist wohl wichtig, die schreckliche Bedrohung zu verstehen, die von den Männern ausgeht.«

»Du kannst dir alle Zeichnungen in Ruhe anschauen«, erwiderte Phyllis lächelnd. »Du wirst feststellen, dass sie alle unterschiedlich sind.«

»Unterschiedlich und doch auch gleich«, sagte Joanna, »weil ihr einziger Zweck ist, in die Frau einzudringen und sie zu schänden.«

Phyllis nickte und schlug eine neue Seite auf, auf der ein *Ding* zu sehen war, das so dicht von schwarzem

Kräuselhaar umgeben war, dass es direkt in einem afrikanischen Dschungel zu stehen schien.

»Ich weiß nicht, warum«, bemerkte Phyllis, »aber keiner von den Männern, die mir Modell gestanden haben, wollte mir erlauben, seinen Busch zu stutzen. Dieses Glied hier, zum Beispiel – wenn es schlaff herunterhängt, kannst du es vor lauter Haaren kaum sehen. Wenn man die Löckchen ein wenig zurückschneiden würde, dann würde es viel größer und stärker wirken, aber der betreffende Mann ist so stolz auf seine Körperbehaarung, dass er nichts davon hergeben will.«

Verwundert schüttelte Joanna den Kopf.

»Wer ist das?«, fragte sie. »Du scheinst ja seltsame Bekanntschaften zu haben, wenn ich das sagen darf.«

»Sein Name ist Alfred Bullington, und ihm gehört ein Laden für Künstlerbedarf in Oxford, wo ich immer meine Aquarellfarben und Pinsel kaufe.«

»Wie, um alles in der Welt, hast du ihn denn dazu gebracht, dir sein *Ding* zu zeigen, damit du es malst? Schließlich zeichnest du ja keine Porträts!«

»Männer bilden sich auf ihre sexuelle Stärke so viel ein, dass sie lieber ihr *Ding* als ihr Gesicht malen lassen«, erwiderte Phyllis achselzuckend. »Das Bild hier habe ich an einem Nachmittag im Hinterzimmer von Bullingtons Laden gemalt. Als er sein Glied herausholte und ich die starke Behaarung sah, musste ich es einfach malen. Leider zeigte ich ihm meinen Eifer zu deutlich, und er zwang mich gegen meinen Willen zu einem Handel.«

»Ich wage es kaum, dir weiter zuzuhören«, keuchte Joanna. »Was für eine Schändlichkeit verlangte er denn von dir?«

»Er sagte, er ließe mich sein *Ding* nur zeichnen, wenn ich nackt arbeitete.«

»Du hast dich natürlich geweigert!«

»Wie hätte ich denn dann dieses Bild malen sollen? Mir kam der Handel nur fair vor, also zog ich meine Kleider aus und malte ihn nackt. Die ganze Zeit über starrte er mich lüstern an und machte schlüpfrige Bemerkungen über meine Brüste und meine Muschi, und was er gerne mit mir anstellen würde. Der Vorteil für mich dabei war, dass sein *Ding* wie ein Fahnenmast stand, während ich zeichnete.«

»Aber Männer sind doch Wilde«, murmelte Joanna entsetzt. »Hattest du keine Angst, dass er dich vergewaltigt?«

»Er hat mir sein Wort gegeben, mich nicht zu berühren«, erwiderte Phyllis, »und als ich fertig war, habe ich ihm den Rücken zugedreht, damit er sich reiben konnte, bis es ihm kam.«

»Ich werde Männer nie begreifen«, sagte Joanna. »Aber es spielt ja auch keine Rolle, meine Freundinnen reichen mir völlig aus.«

»Meine bitten mich immer um alle möglichen Gefallen«, erwiderte Phyllis, »genau wie du.«

»Was tust du denn für sie, außer ihnen die Löckchen zu stutzen?«, murmelte Joanna und schob ihre Beine noch ein wenig weiter auseinander, als sie den kalten Stahl der Schere an der zarten Haut ihres Bauches spürte.

»Es gibt eine Lehrerin hier«, sagte Phyllis vorsichtig. »Ich will ihren Namen nicht nennen, aber sie spielt leidenschaftlich gerne mit sich selbst.«

»Wer tut das nicht?«

»Sie macht es von morgens bis abends. Einmal hat sie mir gestanden, dass ihr persönlicher Rekord bei vierzehn Mal an einem Tag lag.«

»Wenn sie alleine dazu in der Lage ist, kannst du nicht mehr viel zu ihrer Lust beitragen«, erwiderte Joanna.

»Du irrst dich. Ich kann ihre Löckchen schneiden – sie hat nur noch ein kleines Dreieck. Ihre Schamlippen sind unbehaart und glatt, und das steigert ihr Entzücken an ihrem Körper. Außer mir zeigt sie ihre Muschi kaum jemandem.«

»Wer ist es?«, fragte Joanna.

»Das musst du schon selbst herausfinden«, sagte Phyllis schmunzelnd, »aber auch wenn du es weißt, wird sie sich nicht von dir anfassen lassen. Sie genießt ihre Lust lieber allein und im Geheimen.«

»Wie oft stutzt du ihr denn die Schamhaare? Jeden Tag?«

»Einmal in der Woche reicht aus – sie wachsen nicht so rasch.«

»Ich werde schon herausfinden, wer sie ist, und wenn ich jeder einzelnen Lehrerin hier den Finger in die Pussy stecken muss«, gelobte Joanna.

»Jetzt, wo ich dir die Härchen gestutzt habe, siehst du sehr elegant aus«, erklärte Phyllis. »Alle werden dich haben wollen.«

»Woher sollen sie denn wissen, dass ich gestutzt worden bin?«

»Ich beabsichtige, das bekannt zu machen«, erwiderte Phyllis. »Du glaubst doch wohl nicht, dass ich mir solche Mühe mit dir gebe, nur damit du mein Kunstwerk unter deinen Röcken versteckst, oder?«

»Ach, du willst also über mich klatschen?«

»Ich verspreche dir, bis zum Wochenende weiß ganz St. Winifrith von deinen herzförmigen Löckchen, und dann wollen sie es alle sehen.«

»Du Biest!«, entgegnete Joanna. »Ich dachte, das bliebe unser Geheimnis!«

»Das habe ich nie behauptet«, sagte Phyllis und streichelte langsam über Joannas nasse kleine Knospe.

»Du hast Geheimnisse vor mir«, stöhnte Joanna, während die ersten Zuckungen sie durchliefen. »Warum denn?«

»Ich habe dir noch lange nicht alles erzählt, es ist doch viel spannender, wenn du es selber herausfindest«, erwiderte Phyllis und sah zu, wie sich Joanna stöhnend und keuchend unter ihren Händen wand. »Es gibt auch ein Mädchen, das eine völlig glatte Muschi hat – ohne ein einziges Haar, ohne jeden Flaum. Ich weiß nicht, ob es an einer Erbkrankheit oder einer anderen Erkrankung liegt.«

»Eine völlig glatte Muschi?«, fragte Joanna, die nach ihrem Orgasmus vollkommen entspannt dalag. »Vielleicht hat sich ihre Entwicklung nur verzögert?«

»Sie ist schon weit über die Jahre hinaus, in denen bei jungen Mädchen die ersten Härchen zwischen den Beinen sprießen und sie sie ihren Freundinnen zeigen.«

»Was, wie wir wissen, zu gegenseitigen Vergleichen von Löckchen und Muschis und zu Berührungen und Streicheln führt«, sagte Joanna und lächelte in der Erinnerung an ihre Schulzeit.

»Ja, bei mir war das so«, erwiderte Phyllis, »aber dieses Mädchen wird niemals Haare zwischen den Beinen bekommen. Sie wird ihr jungfräuliches Aussehen ihr ganzes Leben lang behalten.«

»Es kann sehr angenehm sein, eine glatte Muschi zu streicheln«, meinte Joanna versonnen. »Ich werde mir die junge Dame mal anschauen – wer ist sie?«

»Verity Grindlesham-Pascoe«, erwiderte Phyllis, »ein großes, blondes Mädchen mit kleinen Brüsten.«

»Ich kenne sie«, sagte Joanna sofort. »Sie ist sehr gut in Französisch.«

»Wenn du dich mit ihr anfreundest, wirst du feststellen, dass Verity die französische Sprache noch besser beherrscht, als du dachtest – sie weißt sogar, was *soixante-neuf* bedeutet.«

»In Indien nennen sie es ›die Lotusblüte lecken‹ – das habe ich vor ein paar Tagen herausgefunden«, sagte Joanna.

»Ich brauche dich wohl kaum zu fragen, wer dir das beigebracht hat. So – jetzt habe ich deine Möse genug frisiert. In anderer Hinsicht bleibt mir jedoch noch viel zu tun.«

»Ich wäre auch enttäuscht, wenn du das außer Acht ließest«, erklärte Joanna.

»Ich habe noch niemals eine Freundin enttäuscht«, erwiderte Phyllis.

»Noch niemals?«

»Doch, einmal«, gab Phyllis zu. »Die Freundin, die ich eben erwähnt habe, die sich so gerne selber streichelt.«

»Die vierzehn Orgasmen an einem Tag gehabt hat? Ich bin mir nicht sicher, ob ich das glaube.«

»Ich wusste nicht, dass sie zu so großer Lust fähig ist, aber sie gefiel mir, und eines Samstags sind wir spazieren gegangen.«

»Und? Und?«

»Es war äußerst dramatisch«, erwiderte Phyllis. »Wir saßen unter einem Baum am Flussufer, und auf einmal lagen wir uns in den Armen und küssten uns.«

»Ihr habt euch nur geküsst?«

»Nein, aber da wir offensichtlich beide den gleichen Gedanken hatten, kann ich nicht mehr sagen, wer von uns zuerst die Hand unter dem Rock der anderen gehabt hat«, erwiderte Phyllis.

»Du hast doch behauptet, sie ließe sich von niemandem berühren«, sagte Joanna, »und jetzt erzählst du mir auf einmal, dass du sie befingert hast.«

»Sie hat mich vom ersten Moment an gemocht – ich weiß nicht, warum. Sie spreizte ihre Beine, und wir kamen beide zur selben Zeit. Danach lachten und plauderten wir, und sie erzählte mir von sich – sie sagte, sie habe sich seit ihrer Schulzeit praktisch immer nur alleine berührt.«

»Was heißt denn hier *praktisch*?«, fragte Joanna und zog ungläubig die Augenbrauen hoch. »Dass nur du und zehn, zwölf andere sie angefasst haben? Hast du ihr etwa erzählt, du seiest auch unberührt?«

Phyllis lachte. »Ich habe ihr gesagt, dass ich es mit jeder Lehrerin und fast jeder Schülerin in St. Winifrith getrieben habe. Und dann haben wir es noch einmal getan.«

»Es gibt so unvermittelte Freundschaften«, bemerkte Joanna, »aber ich muss zugeben, diese hier kommt mir sehr ungewöhnlich vor.«

»Nach einer kurzen Rast spazierten wir bis zu der Brücke, wo die Eisenbahn über den Fluss führt«, berichtete Phyllis, »und dort lehnten wir uns an einen Weidezaun und küssten uns wieder. Ich schob meine

Hand in ihr Höschen, und sie knöpfte meine Bluse auf und spielte mit meinen entblößten Brüsten.«

»Das war ja ein sehr romantischer Samstagnachmittag«, warf Joanna ein.

»Als ein Zug vorbeiratterte, kam meine liebe Gefährtin noch einmal – genau in dem Moment, in dem er auf unserer Höhe war, erreichte sie den Höhepunkt. Fahrgäste blickten aus den Fenstern, und ich winkte ihnen zu, wobei ich meine Gespielin festhielt, weil sie sonst zusammengebrochen wäre, so sehr zitterten ihr die Beine.«

»Und was hat deine anonyme Gefährtin dazu gesagt?«, fragte Joanna.

»Sie machte sich Sorgen. Sie glaubte, alle im Zug hätten sie kommen sehen und würden uns jetzt am nächsten Bahnhof anzeigen. Aber ich beruhigte sie. Sie stand mit dem Rücken zum Zug, und die Leute konnten nur meine nackten Brüste sehen. Trotzdem bestand sie darauf, wieder nach Hause zu gehen.«

»Das verstehe ich nicht. Du hast ihr drei Orgasmen verschafft – mir würde ein solcher Nachmittag gefallen.«

»Als wir hier ankamen, brauchte ich ein wenig Ruhe, aber sie wollte sofort weiterspielen. Also setzten wir uns aufs Sofa, ich schob ihre Röcke hoch und befingerte sie wieder. Mittlerweile war sie völlig nass, und sie kam noch zwei- oder dreimal, bevor sie genug hatte. Dann fasste sie mich an, aber ich hatte nur noch einen Orgasmus, obwohl sie mich lange rieb. Das enttäuschte sie sehr, meinen armen Liebling.«

Joanna reckte sich und griff nach den Bettpfosten am Kopfende. Phyllis fuhr mit einem Elfenbeinkamm durch ihre Löckchen – das Dickicht war jetzt einer ordentlich gestutzten Herzform gewichen. Sie reichte Joanna einen Handspiegel mit Silberrücken, damit sie das Kunstwerk selber betrachten konnte.

»Das ist sehr attraktiv«, meinte Joanna.

»Ich werde dich jetzt noch einmal bearbeiten«, erwiderte Phyllis, »aber ohne Scheren und Kamm.«

Joanna erbebte, als Phyllis' Zunge zwischen ihre Schenkel glitt und um ihre Knospe kreiste. Kleine Schauer der Lust durchrannen sie.

»Mich enttäuschst du bestimmt nie, Phyllis«, seufzte sie.

Phyllis hielt Joannas Beine auseinander, während sie fest über Joannas Klitoris leckte. Joanna schrie auf, und eine Welle der Lust brach über sie herein.

»Letztendlich habe ich auch Imogen nicht enttäuscht«, erwiderte Phyllis und hob lächelnd den Kopf. Unwillkürlich war ihr der Name der geheimnisvollen Freundin entschlüpft. »Sie lag auf dem Rücken mit geöffneten Beinen vor mir – genau wie du jetzt. Ich zog mir das Höschen aus und setzte mich auf sie.«

»Ich komme immer noch«, keuchte Joanna. »Hör nicht auf.«

Grinsend massierte Phyllis mit ihren geschickten Fingern Joannas nasse Muschi.

»Ich lasse dich kommen, bis du zusammenbrichst«, versprach sie. »Das habe ich auch mit Imogen gemacht. Ich habe mich auf ihr Gesicht gesetzt …«

Joanna stöhnte und zitterte heftig.

»Ich habe meine Möse an ihrem Mund gerieben«, fuhr Phyllis fort.

Wieder stöhnte Joanna, so verloren in ihrer überwältigenden Lust, dass sie gar nicht hörte, was Phyllis sagte.

»Ihr Mund stand offen, und sie keuchte. Ich spürte ihren heißen Atem. *Leck mich*, sagte ich zu ihr.«

Joanna schrie ein letztes Mal auf und sank dann erschöpft zurück. Ihre Beine zitterten, und ihr Brustkorb hob und senkte sich.

»Imogens Zunge drang in mich ein«, sagte Phyllis, »und sie umklammerte meine Hinterbacken mit den Händen. Ich kam wie ein Erdbeben – es war, als würde das Innerste nach außen gekehrt. Als ich zur Seite wegrollte, schob sie mir ihre Finger in die Möse, als wollte sie mich auseinander reißen.«

»Ich möchte noch einmal kommen«, bat Joanna drängend. »Jetzt, sofort. Bitte, Phyllis.«

Es gab nur eine Lehrerin in St. Winifrith, die Imogen hieß – Imogen Ethridge, die Haushaltskunde unterrichtete. Sie war auch für das Hauspersonal zuständig. Und während Joanna unter Phyllis' Berührungen vor Lust zitterte, gelobte sie sich insgeheim, ihre Finger zwischen die Beine der Frau zu stecken, die behauptete, vierzehn Mal an einem Tag kommen zu können. Sie wollte wissen, ob das stimmte.

10

Ein Ungeheuer wird demaskiert

Einmal in der Woche kam der Pfarrer von Little Tupping, Reverend Herbert Runcible, nach St. Winifrith, um die jungen Damen in Moral und religiösen Pflichten zu unterweisen. Sie fanden ihn schrecklich langweilig und schützten häufig Kopfschmerzen vor, um seinen Erläuterungen zu entgehen.

Offensichtlich fand auch der Pfarrer diese Besuche nicht besonders erfreulich. Vor ein paar Wochen hatte er behauptet, eine schlimme Gichtattacke habe ihn gelähmt. In dieser Zeit ließ er sich von seinem jungen Vikar vertreten.

Der Hilfsgeistliche, Reverend Rupert Pennythwaite, war zweiundzwanzig Jahre alt. Auf eine etwas weichliche Art sah er gut aus, war allerdings rundlich und wohlgenährt. Gekleidet war er in einen schwarzen, klerikalen Anzug mit strahlend weißem Beffchen. Seine Vorträge waren nicht interessanter als die des Pfarrers, aber die Mädchen zogen ihn Reverend Runcible vor.

Joanna hielt nicht viel von Rupert Pennythwaite, schließlich war er ein Mitglied des männlichen Geschlechts, das sie verachtete. Sicher war er seinen Trieben genauso verfallen wie alle anderen Männer, und daran änderte auch die Tatsache nichts, dass er auf einer altehrwürdigen Universität sein Examen abgelegt und sich durch sein Gelübde verpflichtet hatte, ein reines, keusches Leben zu führen. Mann war Mann, und sie alle hatten ein *Ding* zwischen den Beinen, das eine Bedrohung für junge Damen darstellte.

Allerdings fand Joanna Rupert Pennythwaite eigentlich nicht besonders bedrohlich, weil sie bei ihren Gesprächen mit ihm den Eindruck gewonnen hatte, dass seine Interessen in die andere Richtung zielten. Er belästigte wohl eher verstohlen kleine Jungen.

Deshalb war sie auch aufs Äußerste erstaunt, als Beatrice Skiffingdale eines Morgens in ihr Zimmer gestürmt kam und völlig fassungslos stammelte, der Hilfsgeistlich habe die junge Thelma Nasmyth-Bole belästigt, eine der sieben Nichten des Bischofs von Barchester.

»Das glaube ich nicht!«, rief Joanna aus. »Setz dich, Beatrice, beruhige dich erst einmal und erzähle mir, was geschehen ist.«

Sie ergriff Beatrice an der Hand und führte sie zu einem Sessel.

»Sag mir, was ich tun soll, Joanna«, sagte Beatrice mit hochrotem Gesicht. »Soll ich der Direktorin von dem Vorfall berichten? Möglicherweise wird sie Thelma sofort nach Hause schicken, und dann ist das Leben des armen Kindes auf immer ruiniert. Wenn ich jedoch nichts sage, kommt der garstige Kerl ungeschoren davon. Er wird es wieder tun, und wenn er ihrer überdrüssig ist, wird er sich das nächste Mädchen suchen. Was soll ich bloß tun?«

Joanna setzte sich Beatrice gegenüber und hielt ihre Hände. Ihre Knie berührten sich, und Joanna stieg der Duft von Rosenessenz in die Nase. Hilfesuchend schaute Beatrice sie an, und Joanna küsste sie sanft auf die Wange.

»Erzähl mir zuerst einmal«, begann Joanna, »woher du weißt, dass der Kerl Thelma missbraucht hat. Ich kann mir kaum vorstellen, dass er überhaupt an Frauen interessiert ist. Hat Thelma dir gesagt, dass er sie belästigt hat?«

»Nein, mit ihr habe ich noch gar nicht geredet. Das musst du mit mir gemeinsam tun, ich brauche deine moralische Unterstützung.«

»Aber woher weißt du es denn?«

»Ich habe sie gestern mit ihm am See gesehen«, erwiderte Beatrice verzweifelt. »Was für einen Beweis brauche ich denn noch?«

»Was hast du gesehen?«, fragte Joanna, wobei sie sich bemühte, ruhig zu bleiben. »Hat Thelma im Gras gelegen? Hat der Vikar ihr das Höschen heruntergezogen?«

»Sie standen unter einem Baum«, erwiderte Beatrice.

»Hat er sie geküsst? Hat er seine Hand unter ihren Rock geschoben?«

»Als ich sie zusammen sah, war schon alles vorbei – er hatte sie bereits gehabt.«

»Liebe Beatrice – du gibst selber zu, dass du gar nichts gesehen hast. Warum bist du denn dann so aufgeregt?«

»Es war etwas um sie – eine Atmosphäre, die deutlich machte, dass er Dinge getan hat, die er nicht tun durfte.«

»Wann war das?«

»Gestern Nachmittag gegen fünf. Ich hätte eigentlich sofort eingreifen müssen, aber ich war zu aufgewühlt, und deshalb lief ich weg. Es muss etwas unternommen werden!«

»Was denn? Ich verstehe immer noch nicht, warum du dich so erregst, wenn du doch gar nichts gesehen hast.«

»Ich habe die ganze Nacht wach gelegen«, erwiderte Beatrice. »Was soll ich deiner Meinung nach tun? Soll ich zur Direktorin gehen und ihr alles erzählen?«

»Ehrlich gesagt gibt es wohl wenig zu erzählen«, entgegnete Joanna. »Du weißt, wie ich über Männer denke, ich traue ihnen jede Schlechtigkeit in Bezug auf Frauen zu. Aber tust du in diesem Fall Pennythwaite nicht Unrecht?«

»Ich habe letzte Nacht von ihm und Thelma geträumt«, erwiderte Beatrice ernst. »Die beiden standen, so wie ich sie gesehen habe, unter einem Baum am See. Ich sah, wie er sich herunterbeugte und Thelmas Rock hochzog.«

»Das war ein Traum! Er resultierte nur aus deiner überhitzten Fantasie!«

»Aber ich bin schweißgebadet aufgewacht, und der schreckliche Anblick hat mich die ganze Nacht nicht mehr losgelassen. Es ging mir einfach nicht aus dem Kopf, und ich musste zwei Mal mit mir spielen, um mich zu beruhigen. Selbst jetzt, am hellichten Tag, muss ich noch ständig daran denken!«

»Du erzählst mir am besten alles, vielleicht hilft es dir ja.«

»Ich sah, wie Reverend Pennythwaite seine Hose öffnete, und das *Ding* ragte heraus. Er streichelte es und zeigte es Thelma – es war riesig und geschwollen.«

»Hast du denn eigentlich jemals in deinem Leben das *Ding* eines Mannes gesehen, Beatrice?«, fragte Joanna. »Weißt du, wie es aussieht?«

»Nur bei den klassischen Statuen in Museen, aber ich weiß, dass sie groß und hart werden und sehr gefährlich sind. Meine verheiratete Cousine Belinda hat mir alles darüber erzählt – sie erträgt jede Nacht die Lust ihres Mannes.«

»Ach, die Arme. Eine Freundin von mir ist mit einem Anwalt verheiratet, und sie muss das gleiche entsetzliche Schicksal erdulden – ihr Mann zwingt sie, sich mit gespreizten Beinen auf den Rücken zu legen, und dann stillt er seinen schmutzigen Hunger an ihrem Körper. Aber kommen wir wieder zu Thelma und Reverend Pennythwaite – oder vielmehr, zu deinem Traum über die beiden.«

»Er hielt sein riesiges *Ding* in der Hand und glotzte sie lüstern an. Ich weiß, dass er sich an Thelmas unschuldigem, jungem Körper vergehen wollte – ich versuchte, sie zu warnen, bekam aber keinen Laut heraus. Der Anblick seines entblößten *Dings* lähmte mich.«

Joanna fand, dass Beatrice sich sehr seltsam benahm – offensichtlich steckte mehr dahinter als nur ein Traum.

»Das ist ein malerisches Fleckchen dort unten am See«, warf sie ein. »Du bist dort sicher selbst schon häufig mit Freundinnen spazieren gegangen. Du weißt, wie ich das meine – mit speziellen Freundinnen.«

»Das hat damit überhaupt nichts zu tun«, antwortete Beatrice sofort. »Wie kommst du jetzt darauf?«

»Weil ich es für wahrscheinlicher halte, dass du unter den Bäumen am See gestreichelt und angefasst worden bist.«

Beatrice errötete und nickte zögernd.

»Wer war bei dir?«

»Ich war mit Gwendolen Trelawny vor ein paar Tagen

dort«, erwiderte Beatrice, »und um ehrlich zu sein, war ich diejenige, die sie gestreichelt hat.«

»Ich bin sicher, dass Gwendolen es genauso genossen hat wie du. Aber jetzt lass uns mal logisch denken. Du hast Gwendolen am See gestreichelt, aber das bedeutet keineswegs, dass Thelma vom Vikar belästigt worden ist. Im Traum hast du einfach die Beteiligten ausgetauscht. Der Verstand spielt einem manchmal solche Streiche. Verstehst du, was ich meine?«

»Nein, keineswegs«, entgegnete Beatrice eigensinnig, »es gibt nicht die geringste Verbindung zwischen meinem kleinen Techtelmechtel mit Gwendolen und dem schändlichen Betragen des Priesters gegenüber Thelma. Ich mag ja die Tat nicht mit eigenen Augen gesehen habe, aber ich bin sicher, dass er es getan hat.«

»Ich muss zugeben, dass Thelma ein sehr hübsches Mädchen ist, und immerhin ist auch der Reverend nur ein Mann«, sagte Joanna, »aber selbst unter diesen Umständen ...«

»Jeder möchte Thelma anfassen«, erklärte Beatrice. »Sie hat einfach diese Wirkung auf Menschen.«

»Ganz bestimmt wirkt sie auf dich so«, erwiderte Joanna lächelnd. »Sie ist außergewöhnlich hübsch, aber ich hatte bisher noch nicht das Bedürfnis, ihr näher zu kommen. Du musst deine Fantasien besser unter Kontrolle halten, sonst geht es dir nur schlecht.«

»Das ist keine Fantasie, es ist wirklich geschehen«, sagte Beatrice in entschiedenem Tonfall. »Und ich beabsichtige, mir von Thelma alles erzählen zu lassen.«

»Ich finde, du solltest die Angelegenheit einfach vergessen«, riet Joanna ihr. »Es wird für alle Beteiligten nur

Ärger daraus entstehen, wenn du auf dieser zweifelhaften Anschuldigung beharrst.«

»Jeder Zweifel wird sich auflösen, wenn Thelma mir gesteht, was der Vikar mit ihr gemacht hat. Aber ich möchte, dass du dabei bist, weil ich nicht weiß, ob ich ruhig bleiben kann, wenn sie berichtet, dass der verabscheuungswürdige Mann sein *Ding* in sie gestoßen und ihr die Unschuld geraubt hat. Du bist viel vernünftiger und rationaler als ich, und deshalb ist mir deine Anwesenheit äußerst wichtig. Bitte, sag ja.«

Eigentlich wollte Joanna nichts damit zu tun haben, aber sie mochte Beatrice und wollte ihr gerne helfen. Dankbar schlang Beatrice ihr die Arme um den Hals und gab ihr einen Kuss.

»Thelma wartet in meinem Zimmer«, sagte sie. »Ich habe sie gebeten, um elf dort zu sein.«

Zögernd erhob sich Joanna und ging mit Beatrice in ihr Zimmer, das am Ende des Korridors lag. Thelma Nasmyth-Bole war bereits da, eine schlanke, hübsche Achtzehnjährige mit braunen Haaren, die sehr selbstsicher für ihr Alter war.

Als die beiden Lehrerinnen eintraten, erhob sie sich, lächelte ihnen höflich zu und begrüßte sie.

Joanna erwiderte ihr Lächeln, aber Beatrice setzte sich wortlos an ihren Schreibtisch, um anzudeuten, dass es sich um ein förmliches Gespräch handelte. Kopfschüttelnd setzte Joanna sich auf einen Stuhl an der Wand, sie wollte sich lieber aus dem Verhör heraushalten. Thelma wollte sich ebenfalls setzen, aber Beatrice bedeutete ihr, sie solle stehen bleiben.

»Gestern gegen fünf«, begann sie, »sah ich dich mit Reverend Rupert Pennythwaite am See. Sei so gut und erkläre mir bitte, warum du ohne Begleitung mit einem Mann dort warst.«

»Er bat mich nach dem Unterricht, einen Spaziergang mit ihm zu machen«, erwiderte Thelma, »weil er etwas Wichtiges mit mir zu besprechen habe.«

»Und du hast seiner Bitte Folge geleistet, obwohl du wusstest, dass es unschicklich war?«

Thelma zuckte die Achseln.

»Es war so ein schöner Tag«, sagte sie, »und außerdem ist er doch Priester. Er hat sich wie ein Gentleman benommen. Er ist nicht zu dicht neben mir gegangen, hat nicht versucht, meinen Arm zu ergreifen, und sich höflich mit mir unterhalten. Und er hat mich auf interessante Dinge am Wegesrand aufmerksam gemacht.«

»Was für interessante Dinge?«, fragte Beatrice misstrauisch.

»Auf die Blätter an den Bäumen, die sich rot und golden färben«, erwiderte Thelma, »die Beeren und Nüsse, von denen sich Vögel und Eichhörnchen im Winter ernähren – er hat mir alle möglichen Wunder der Natur gezeigt.«

»Ich verstehe«, sagte Beatrice streng. Wie weit mochte der Vikar wohl mit den Wundern der Natur gegangen sein?

»Als wir am See ankamen, schlug Rupert vor, wir sollten eine kleine Rast machen«, fuhr Thelma fort.

»Habe ich richtig gehört, dass du von Reverend Pennythwaite als Rupert redest?«, fragte Beatrice schockiert. »Vergiss bitte nicht, wo wir sind, Thelma!«

»Er hat mich gebeten, ihn beim Vornamen zu nennen«, erwiderte Thelma, »und ich konnte nichts Schlimmes darin erkennen. Er hat mich auch um Erlaubnis gebeten, mich beim Vornamen nennen zu dürfen.«

»Für einen Priester ist er recht forsch«, sagte Beatrice. »Das grenzt an Respektlosigkeit und Schamlosigkeit – finden Sie nicht auch, Miss Bartholomew?«

»Ja«, erwiderte Joanna. Auch sie war ein wenig schockiert darüber, dass ein unverheirateter Mann und eine junge Lady so rasch so vertraut miteinander geworden waren – und dazu noch an der frischen Luft.

Man wusste doch, dass andere Vertraulichkeiten auf dem Fuß folgten, wenn man erst eine gestattet hatte. Eine scheinbar zufällige Berührung der Hände war oft der Anfang für die Berührung weiterer Körperteile, und schließlich war dann der Weg frei für das Schlimmste.

»Du warst allein mit dieser männlichen Person, niemand konnte euch sehen«, beschuldigte Beatrice Thelma, »fandest du das nicht unschicklich?«

»Nein«, erwiderte das Mädchen, »das ist mir überhaupt nicht in den Sinn gekommen.«

»Das hätte es aber müssen. Was ist als Nächstes geschehen?«

»Wir standen eine Weile unter dem Baum und unterhielten uns. Ich fragte Rupert, was er mir denn so Wichtiges sagen wollte …«

»Du wirst ihn gefälligst Mr. Pennythwaite nennen«, unterbrach Beatrice sie. »Ich fürchte, du begreifst überhaupt nicht, wie sehr du missbraucht worden bist. Miss Bartholomew und ich sind hier, um dir zu helfen, aber du musst uns auch die Wahrheit erzählen und darfst nichts verschweigen.«

Thelma erwiderte nichts und überlegte, was Beatrice wohl mit diesen geheimnisvollen Worten meinte. »Natürlich, Miss Skiffingdale«, sagte sie dann liebenswürdig.

Joanna allerdings merkte deutlich, dass Thelma die Unschuldige spielen wollte, um sich aus dieser peinlichen Situation herauszuwinden.

»Ich fragte Mr. Pennythwaite, was er mir sagen wollte«, fuhr Thelma fort, »und zu meiner Überraschung legte er seine Hände auf meine Hüften und zog mich an sich – viel dichter, als es der Anstand erlaubt.«

»Du meinst, er hat deine Hüften berührt?«, fragte Beatrice. »Denk genau nach – welcher andere Teil seines Körpers außer seinen Händen war noch in physischem Kontakt mit dir? Welcher andere Körperteil? Sag die Wahrheit!«

»Er drückte sich an mich«, sagte Thelma, und ein rosiger Schimmer stieg in ihre Wangen.

»Ich bin mir durchaus bewusst, was Männer mit jungen Damen vorhaben«, entgegnete Beatrice, die ebenfalls errötet war, »welcher Teil seines Körpers genau hat dich berührt – und welcher Teil deines Körpers berührte ihn? Sprich es aus – dein Bauch? Deine Schenkel?«

»Mr. Pennythwaite drückte sich an meinen Bauch«, gab Thelma mit erstickter Stimme zu. »Seine Brust presste sich gegen meine Brüste und quetschte sie. Ich bat ihn, mich loszulassen, aber er schlang die Arme um meine Taille und hielt mich noch fester. Als ich ihm sagte, das dürfe er nicht, erwiderte er, er liebe mich.«

»Er sagte, er liebe dich?«

»Ja. Und er sagte, dass er das Recht habe, mich zu umarmen, da er mich liebe.«

Joanna sah Beatrice ihre Erschütterung an. Sie war leichenblass geworden, und ihr Busen hob und senkte sich. Damit sie sich erholen konnte, beschloss Joanna, ihrer Freundin zu Hilfe zu kommen. Mittlerweile lag es ja auf der Hand, dass Thelma in Kontakt mit einem Mann gekommen war – die Frage war nur, wie weit der Vikar gegangen war.

»Was geschah als Nächstes?«, fragte Joanna ruhig. »Versuchte er dich zu küssen? Hat er dir über den Hintern gestreichelt?«

Stirnrunzelnd erklärte Thelma den beiden Lehrerinnen, wie der Vikar sie angefasst hatte – zuerst seien seine Hände nur über ihren Rock geglitten, um ihre Hinterbacken zu betasten, aber da er damit nicht zufrieden gewesen sei, habe er schließlich den Rock hochgeschoben und sie kühn in den Hintern gekniffen. Er sei sogar so weit gegangen, mit der Hand in ihr Höschen zu fahren und die zarte Haut ihres Hinterteils so fest zu drücken, dass sie gekreischt habe.

Joanna und Beatrice warfen einander entsetzte Blicke zu. Bei dem Gedanken daran, wie sich der Vikar an Thelmas mädchenhaften Köstlichkeiten schadlos gehalten hatte, konnten sie nur den Kopf schütteln.

»Du hast doch sicher gegen diese demütigende Vertraulichkeit protestiert«, sagte Joanna. »Ich bin zutiefst entsetzt, dass ein Mann der Kirche seinen schamlosen Gelüsten so bereitwillig nachgibt.«

»Es ist absolut widerwärtig«, pflichtete Beatrice ihr bei. »Ich bin schockiert.«

»Natürlich habe ich protestiert«, sagte Thelma. »Ich erklärte ihm, er verstoße gegen jeden Anstand, und befahl ihm, sofort aufzuhören.«

»Und hat er aufgehört?«, fragte Joanna ungläubig.

»Nein«, gestand Thelma und schlug die Augen nieder. »Er sagte, er liebe mich so sehr, dass alles erlaubt sei. Er zog auch vorne meinen Rock hoch und drückte mich an sich.«

»Er hat dich an sich gedrückt?«, murmelte Beatrice.

»Etwas Steifes presste sich durch mein Höschen an meinen Bauch«, erwiderte Thelma, wobei sie verdächtig unschuldig klang. »Es war lang und dick. Rupert – ich meine, Mr. Pennythwaite – flüsterte mir ins Ohr, er sei rettungslos in mich verliebt. Er sagte, Leute die sich liebten, täten das die ganze Zeit. Ich wusste gar nicht, was ich denken sollte.«

»Hat er deine Brüste berührt?«, fragte Joanna.

Beatrice stöhnte auf, und Thelma wurde scharlachrot.

»Er knöpfte meine Bluse auf«, erwiderte sie beschämt, »und spielte mit meinen Brüsten. Er sagte, sie seien wunderschön.«

»Dieser verkommene Kerl hat Thelmas bloße Brüste berührt«, sagte Beatrice mit tragischer Stimme. »Ich glaube, ich falle gleich in Ohnmacht.«

»Er hat behauptet, noch nie zuvor ein Mädchen angefasst zu haben«, erklärte Thelma.

»Er hat noch nie zuvor mit Brüsten gespielt?«, rief Joanna aus. »Hast du ihm das geglaubt?«

»Ich wusste nicht, was ich glauben sollte – schließlich ist er Vikar in der Kirche von England und wird eines Tages vielleicht sogar Bischof werden. Ein Mann seines Ranges sollte die Wahrheit sagen und keine Lügen erzählen.«

»Jeder Mann lügt, ohne zu zögern, um die Hände an die Brüste eines Mädchens zu bekommen – auch Priester«, sagte Joanna, »aber fahre fort.«

»Er schob seine Hand vorne in mein Höschen«, sagte

Thelma, und ihr Gesicht wurde noch röter. »Ich sagte ihm, das dürfe er nicht, aber er hörte nicht auf. Er befingerte meine Muschi und gab dabei gurgelnde Geräusche von sich und zitterte wie Espenlaub.«

»Hast du das gehört, Joanna?«, rief Beatrice aus. »Der Schurke hat Thelmas Kätzchen belästigt!«

Joanna war in Gedanken bei ihrem eigenen misslichen Abenteuer in der Londoner Untergrundbahn, als der junge Mann mit dem schwarzen Schnurrbart sein *Ding* an ihrem Hintern gerieben hatte. Offensichtlich hatte der Hilfsgeistliche mit Thelma etwas ganz Ähnliches gemacht.

»Thelma, wir wollen aufrichtig miteinander sein«, sagte Beatrice mühsam beherrscht, weil das Mädchen, das sie anbetete, von einem Geistlichen missbraucht worden war. »Vor Miss Bartholomew brauchst du nichts zu verheimlichen. Sie weiß, dass du und ich eng befreundet sind.«

»Vermutlich haben dich schon einige Mädchen hier in der Schule befingert«, warf Joanna, an Thelma gewandt, ein. »Es wäre unnatürlich, wenn das nicht der Fall wäre.«

Thelma schwieg, nickte jedoch leicht mit dem Kopf.

»Dann ist es dir nicht fremd, wenn jemand deine Muschi berührt«, fuhr Joanna mit verständnisvollem Lächeln fort. »Du wusstest, was Mr. Pennythwaite tat, als er die Hand in dein Höschen schob. Offensichtlich wollte er dir einen Orgasmus verschaffen.«

»Das habe ich auch angenommen«, gab Thelma zu, »aber ich verstand nicht, warum.«

»Wie meinst du das?«, fragte Beatrice verblüfft.

»Ich verstand nicht, warum er mich berühren wollte«,

entgegnete Thelma. »Schließlich sind wir ja nicht verlobt, und selbst dann ist es ungehörig, obwohl ich schon gehört habe, dass verlobte Männer sich diese Freiheit manchmal herausnehmen.«

»Glaub mir, es ist keine Garantie für Sicherheit, mit einem Mann nicht verlobt zu sein«, erklärte Joanna. »Es ist einfach eine Tatsache, dass Männer Sklaven ihrer Lust sind und es ihnen völlig an Anstand fehlt. Sie belästigen Frauen, wann immer sich eine Gelegenheit dazu bietet, und wenn es an öffentlichen Plätzen ist.«

»Hat Mr. Pennythwaite seine Hose aufgeknöpft, während er sich an dich presste?«, fragte Beatrice mit bebender Stimme. Sie dachte an ihren Traum, in dem das steife *Ding* des Geistlichen aus seiner Hose geragt hatte.

»Das könnte gut sein«, erwiderte Thelma. »Ich habe mich zwar nicht getraut, hinzublicken, aber es ist möglich, dass er sein entblößtes *Ding* durch mein Höschen an mir gerieben hat.«

»Das ist ja ganz unglaublich!«, rief Beatrice aus. »Der Mann ist ein degeneriertes Ungeheuer, ob er nun Geistlicher ist oder nicht.«

»Ja, er hat ihre Unschuld verletzt und sie geschändet«, stimmte Joanna zu. »Offensichtlich wollte er seine sexuellen Triebe an Thelmas Körper entladen.«

»Oh, du meine Güte«, seufzte Thelma.

»Wenn ich der Meinung wäre, dass dies seine sofortige Entlassung aus dem Kirchendienst zur Folge hätte und er öffentlich als Ungeheuer gebrandmarkt würde, dann würde ich ohne Zögern sofort dem Pfarrer Bericht erstatten«, sagte Beatrice.

»Würde er denn ernsthaft in Schwierigkeiten geraten?«, fragte Thelma schüchtern.

»Er würde aus der Gemeinde entfernt, und sein Name würde in allen Zeitungen stehen«, erwiderte Beatrice.

»Das ist viel zu gemäßigt«, warf Joanna rachsüchtig ein. »Er sollte nackt ausgezogen und ausgepeitscht werden. Man sollte ihn im Hof an den Handgelenken aufhängen und ihm den nackten Hintern versohlen, während alle Mädchen von St. Winifrith zuschauen.«

»Ich bezweifle, dass irgendetwas geschieht, wenn wir dem Pfarrer von dem Vorfall berichten«, meinte Beatrice bitter. »Ich habe Gerüchte gehört, dass auch der Pfarrer unanständige Dinge mit Dienstmädchen und jungen Gemeindemitgliedern gemacht hat – jedenfalls bevor er die Gicht bekam. Mir kommt es nicht so vor, als sei Reverend Runcible in der Lage, seinen Hilfsgeistlichen für dieses Vergehen zurechtzuweisen.«

»Ich habe auch einiges über ihn gehört«, fügte Joanna verächtlich hinzu. »Es heißt, er habe hier früher mit Vorliebe die Mädchen auf seinem Schoß sitzen lassen, während er sie unterrichtete – und dabei hatte er die Hand unter ihrem Rock.«

Thelma schwieg.

»Oh, es ist so entsetzlich!«, seufzte Beatrice. »Männer sind gemeine Tiere. Aber wir sollten jetzt nicht über die vergangenen Untaten von Reverend Runcible nachdenken, sondern uns überlegen, was wir gegen den Vikar unternehmen.«

»Ja, ich bin furchtbar missbraucht worden«, warf Thelma ein. »Er hat die Hand in mein Höschen geschoben und mich angefasst. Was soll ich bloß tun?«

»Wie weit ist er denn gegangen?«, fragte Joanna. »Wir müssen das ganze Ausmaß kennen, bevor wir uns entscheiden, wie wir vorgehen wollen.«

»Er hat meine Muschi gestreichelt«, erwiderte Thelma.

»Hast du geschrien?«

»Ich war schockiert – mich hat noch niemals ein Mann berührt. Es mag dumm klingen, aber ich war zu entsetzt, um etwas zu tun, selbst, als er sein *Ding* an mir gerieben hat.«

»Du hast gesagt, er habe sich möglicherweise die Hose geöffnet«, sagte Joanna. »Hat er sein *Ding* in dein Höschen gesteckt?«

»Hast du seine nackte Haut gespürt?«, fragte Beatrice atemlos. »Hat er sein *Ding* an deiner bloßen Haut gerieben?«

»Ich war völlig verwirrt«, flüsterte Thelma mit gesenktem Kopf, »aber ich glaube schon, dass er es an meinem Bauch gerieben hat.«

»Hat er irgendetwas gesagt, während er deinen Körper auf so unerhörte Weise missbraucht hat?«, fragte Joanna.

»O, ja, er sagte ständig, wie sehr er mich liebe. Und er erklärte auch, er habe gar nicht gewusst, wie zart und unbefleckt ein junger weiblicher Körper sei. Genau das waren seine Worte – zart und unbefleckt.«

»Er meinte vermutlich, dass du eine Jungfrau bist, die noch nie von einem Mann berührt wurde«, erwiderte Joanna.

»Nein, ich weiß, was er damit meinte«, warf Beatrice ein. »Du kannst es nicht wissen, Joanna, aber Thelma hat nur einen leichten Flaum zwischen den Beinen. Deshalb verglich Mr. Pennythwaite sie unwillkürlich mit einem Kind. Ihre unschuldige Erscheinung hat ihn vermutlich noch stärker entflammt.«

»Sie *ist* unschuldig«, verteidigte Joanna Thelma. »Hast

du denn jemals einem männlichen Wesen – einem Jungen oder einem erwachsenen Mann – erlaubt, sein *Ding* in dein Kätzchen zu stecken, Thelma?«

»Das würde ich nie zulassen!«, erwiderte Thelma empört. »Niemals!«

»Dann bist du immer noch Jungfrau«, stellte Joanna fest, »allerdings nicht unschuldig hinsichtlich deiner Kenntnisse darüber, was Männer Frauen antun. Du hast eben verlobte Paare erwähnt – was weißt du über Männer, die diese Situation ausnutzen?«

Thelma errötete.

»Nur, was mir ältere Freundinnen erzählt haben«, sagte sie. »Sie haben berichtet, wenn man verlobt ist, muss man das *Ding* seines Verlobten anfassen – und man muss sich auf den Rücken legen, sodass er eindringen und stoßen kann.«

»Es fällt mir schwer, es zuzugeben, aber viele junge Damen erleiden diesen Missbrauch ihres Körpers bereits vor der Ehe«, erklärte Beatrice. »Aber die Frage, die sich uns stellt, ist: Hat der Vikar sein *Ding* in dich hineingesteckt?«

»Natürlich nicht«, protestierte Thelma mit hochroten Wangen. »Ich wäre vor Scham gestorben.«

»Wir müssen aber ganz sichergehen«, sagte Joanna freundlich. »Deshalb müssen wir jetzt etwas tun.«

Beatrice ahnte schon, was Joanna vorhatte. Sie stand auf, trat zu Thelma und legte ihr sanft die Hand auf die Schulter.

»Wir wollen nur dein Bestes, Thelma«, sagte sie. »Heb bitte deinen Rock für einen Moment.«

Thelma stand mitten im Zimmer und hob die Röcke, so dass die beiden Frauen ihre Strümpfe und ihr weißes

Höschen sahen. Beatrice kniete sich hin und zog das Höschen auf die Knie herunter. Dann beugte sie sich vor und betrachtete die kaum behaarte Muschi eingehend.

»Glauben Sie mir nicht, Miss Skiffingdale?«, fragte Thelma schmollend. »Ich schwöre, ich habe nie jemanden sein *Ding* in mich stecken lassen.«

»Es geht nicht darum, dass wir dir nicht vertrauen«, antwortete Beatrice und befingerte die entblößte Muschi, »aber in deiner Unschuld bist du möglicherweise von Mr. Pennythwaite getäuscht worden. Männer sind zu allem fähig, wenn ihr *Ding* steif ist, und wie du selbst erzählt hast, war das ja der Fall. Du sagst, er hat es aus der Hose genommen und an deinem entblößten Bauch gerieben – ist das korrekt?«

»Ja«, murmelte Thelma mit schwacher Stimme, während Beatrice ihren Mittelfinger langsam in die Pussy schob.

»In dieser prekären Situation wäre es ihm ein Leichtes gewesen, sein *Ding* in dich hineinzustecken«, fuhr Beatrice mit bebender Stimme fort.

»Aber das hätte ich doch gemerkt«, seufzte Thelma.

»Allerdings kann ich sagen, dass kein männliches Glied deine Muschi geweitet hat, so eng, wie sie meinen Finger umschließt«, keuchte Beatrice. »Gott sei Dank, es ist alles in Ordnung.«

»Er hat sich nur an meinem Bauch gerieben«, stöhnte Thelma, als Beatrices Finger über ihre Knospe glitt. »Es war ganz schnell vorüber – er keuchte und bebte, und ich spürte, wie er auf mich spritzte, mein Höschen und mein Bauch nass wurden.«

Beatrice errötete, als sie das hörte. Keuchend beugte sie sich vor und küsste Thelmas Muschi. Dann packte sie das Mädchen bei den schlanken Schenkeln und begann, sie zu lecken. Joanna sah, wie Thelma schwankte und stöhnte, als die ersten Wellen der Lust über ihr zusammenschlugen. Es beeindruckte sie sehr, wie leicht und schnell Beatrice das Mädchen erregen konnte.

Auch an Joanna war die detaillierte Befragung und der Anblick von Thelmas Möse nicht spurlos vorübergegangen. Ihr Wunsch, zu dominieren, erwachte – sie atmete schneller, und ihre Augen glänzten. Sollte sie Thelma befehlen, sich auf einen Stuhl zu setzen und zuzuschauen, während sie Beatrice auf dem Sofa streichelte? Es wäre faszinierend, Beatrice zu demütigen, während das Mädchen zusah.

Sie würde Beatrices Kleid bis zum Bauch hochschieben, ihr das Höschen herunterziehen und ihren dichten, braunen Pelz enthüllen. Dann würde sie ihr die Schamlippen befingern, bis Beatrice zitternd und keuchend die Beine spreizen würde.

Joanna würde sie grausam beherrschen – sie würde sie dreimal hintereinander ohne Pause zum Orgasmus treiben, bis sie nur noch schrie und schluchzte. Es würde ihr Lust bereiten, Thelmas Reaktion darauf zu sehen. Wahrscheinlich würde der Anblick das Mädchen über die Maßen erregen, und danach würde sie alles für sie tun.

Dann würde Joanna Thelma auf die Knie zwingen, während sie selbst ihren Rock hochziehen und die Beine spreizen würde, und das Mädchen würde ihr gehorsam die Möse mit ihrer herzförmigen Behaarung ausschlecken. Währenddessen würde Beatrice ohnmächtig vom

Sofa aus zuschauen müssen, wie Joanna ihre geliebte Thelma für ihre Lust benutzte. Und wenn sie genügend gedemütigt war, würde Joanna sie dann noch einmal nehmen, während Thelma zuschaute.

11

Laster müssen bestraft werden

In den folgenden Tagen überlegten Beatrice und Joanna, was mit dem Hilfsgeistlichen geschehen sollte. Sie waren sich einig darüber, das Problem selber lösen zu müssen, ohne es der Direktorin vorzutragen. Sonst würde Thelma womöglich, obwohl sie nur ein unschuldiges Opfer war, die Schule verlassen müssen.

Schließlich entwickelten sie einen Plan, wie sie den verderbten Vikar bestrafen und so einschüchtern würden, dass er kein Wort darüber verlauten ließe. Damit ihr Vorhaben auch gelang, weihten sie eine weitere Lehrerin ein – Phyllis Stacey-Talbot.

Reverend Rupert Pennythwaite wirkte nicht besonders stark oder mutig. Er war rundlich und wahrscheinlich auch träge, und sah eher so aus, als würde er bei der kleinsten Drohung das Weite suchen. Andererseits war er ein Mann, und allein deshalb musste er als körperliche Gefahr betrachtet werden.

Drei Frauen würden sicher besser mit ihm fertig werden als zwei. Beatrice, Joanna und Phyllis waren unter dreißig, selbstbewusst und entschlossen. Gemeinsam würden sie schon mit dem verabscheuungswürdigen Rupert fertig werden.

Als Joanna Phyllis erzählte, was am See vorgefallen

war, wurde sie sogar noch zorniger als Beatrice. Durch ihre künstlerischen Studien war sie mit dem männlichen *Ding* vertrauter als die beiden anderen Frauen, und deshalb auch entschlossener, ihn strengstens zu bestrafen.

Während sie bei einem vormittäglichen Glas süßen Sherrys in Phyllis' Zimmer saßen, erzählte sie Joanna und Beatrice von einem Haushalt in Oxford, um ihnen darzulegen, dass ihrer Meinung nach Männer nur wilde Tiere waren. Joanna trug an diesem Tag ein blass mauvefarbenes Kleid, die schwarzhaarige Phyllis war in Grün gekleidet und Beatrice hatte ein schwarzes Satinkleid an, als trauerte sie um die Unschuld der armen Thelma.

Joanna fragte sich, ob Beatrices Höschen wohl auch schwarz war, und beschloss dann, das später nachzuprüfen, um ihre Neugier zu befriedigen. Wenn sie Phyllis verließen und zu Beatrices Zimmer gingen, würde sie Beatrice einfach bitten, ihren Rock zu heben, damit sie nachschauen konnte. Joanna fand die Vorstellung von schwarzem Satin und cremeweißen Schenkeln ungeheuer erregend.

Bei der Familie, von der Phyllis berichtete, handelte es sich um einen Anwalt, der mit Phyllis' Tante verheiratet war. In diesem Haushalt, erklärte Phyllis flüsternd, wurden alle weiblichen Dienstboten auf unvorstellbare Weise sexuell misshandelt. Der Anwalt hieß Ernest Purdington-Scrope und wirkte nach außen hin wie ein Vorbild an aufrechter Moral. Er war eine Säule der ortsansässigen Kirchengemeinde.

In der Familie gab es vier Söhne – Phyllis' Vettern –, die zwischen fünfzehn und neunzehn waren. *Ihr werdet es kaum glauben,* erzählte Phyllis den Freundinnen, *aber in Onkel Ernests Haus werden die Dienstmädchen mindestens zweimal am Tag befingert und geschändet. Nicht nur von Onkel Ernest – das ginge über seine Kräfte –, sondern auch von seinen vier Söhnen. Bei jeder Gelegenheit konnte es den Dienstmädchen passieren, dass sie auf das nächstbeste Möbelstück geworfen wurden.*

»Um Himmels willen!«, rief Beatrice aus. »Zwei Mal am Tag!«

»Sie schieben ihnen die Kleider hoch«, fuhr Phyllis feierlich fort, »lüsterne Hände reißen ihnen das Höschen herunter, um ihren Pelz zu entblößen, und jeden Tag werden sie von den männlichen Organen der fünf Purdington-Scropes geschändet.«

»Wie kann denn so etwas Entsetzliches mitten in Oxford geschehen?«, fragte Beatrice. »Ist es denn möglich, dass man die Dienstmädchen zwingen kann, diese Übergriffe der Männer zu erdulden?«

»Ich fürchte, ja«, erwiderte Phyllis. Sie beschrieb die männlichen Organe der Familienmitglieder so genau, dass Beatrice und Joanna den Eindruck gewannen, sie wisse mehr darüber, als ihr zustand. Ob sie wohl auch ihren Onkel und ihre Vettern dazu überredet hatte, ihr Modell zu stehen?

»Ich kann nicht akzeptieren, dass solche obszönen Grässlichkeiten heutzutage überhaupt noch stattfinden«, erklärte Joanna. »Wenn die Dienstmädchen ständig so missbraucht werden, warum erstatten sie dann nicht Anzeige und verlassen das Haus, um anderswo Schutz zu suchen?«

»So unglaublich es auch sein mag«, erwiderte Phyllis, »aber anscheinend haben diese armen jungen Frauen sich daran gewöhnt, dass ihre Körper der Befriedigung ihres Arbeitgebers und seiner Söhne dienen. Ich schäme mich, mit ihnen verwandt zu sein.«

»Ich kann mir nicht vorstellen, dass sie sich an solche Übergriffe, wie du sie beschrieben hast, gewöhnen können«, sagte Joanna.

»Ich weiß, dass es jeder denkenden Person unerklärlich scheinen mag«, erwiderte Phyllis, während Beatrice entsetzt lauschte, »aber meiner Meinung nach haben sich die armen Dienstmädchen nicht nur daran gewöhnt, sondern empfinden sogar eine Art von Vergnügen dabei, belästigt zu werden.«

Das hielt Joanna jedoch für ganz und gar unmöglich. »Wie kann einem denn ein männliches Glied, das in die Muschi hineingerammt wird, etwas anderes als Scham und Qual bereiten?«, sagte sie empört.

»Ja, genau«, stimmte Beatrice ihr zu, »es muss noch eine andere Erklärung dafür geben, dass die Dienstmädchen bei ihrem Peiniger bleiben.«

»Aber wir wissen doch alle, dass auch verheiratete Frauen bei ihren Ehemännern bleiben, die ihre Körper regelmäßig schänden«, erwiderte Phyllis. »Wie erklärst du dir denn das?«

»Ehefrauen haben keine andere Möglichkeit«, entgegnete Joanna. »Sie waren dumm genug, das Gelübde der Ehe abzulegen und damit ihren Körper ihrem Mann zu übergeben.«

»Und schließlich kommen nur so Kinder zustande«, fügte Beatrice hinzu.

Joanna ignorierte ihren Einwurf und fuhr fort: »Ich habe eine liebe verheiratete Freundin in Guildford. Sie hat mir schon oft berichtet, wie unangenehm es ist, von einem männlichen *Ding* durchbohrt zu werden. Erregend ist es jedenfalls keineswegs. Sie redet zwar nicht über die Qualen, ihre Muschi jedoch hat sich sicherlich auch schon gedehnt und ist schlaff geworden, aber sie stimmt mit mir überein, dass wirkliche Lust nur durch die Zunge einer Frau entsteht.«

»Ich habe Ähnliches von verheirateten Freundinnen gehört«, ergänzte Beatrice nickend. »Sie legen sich nur auf den Rücken, weil es ihre Pflicht ist, aus keinem anderen Grund.«

»Ihr wisst, dass ich euren Ekel vor Männern teile«, erwiderte Phyllis. »Ich persönlich würde einem Mann nie gestatten, dieses widerliche Gerät, das er zwischen den Beinen hat, auch nur in meine Nähe zu bringen. Aber ich muss zugeben, dass mich das steife *Ding* eines Mannes interessiert. Ich habe schon einige gezeichnet – allerdings nur aus künstlerischen Gründen.«

»Ich weiß, es hört sich furchtbar an«, warf Beatrice ein, »aber ich glaube, die Frauen aus den unteren Gesellschaftsschichten sind einfach von Natur aus anders als wir. Das muss doch so sein, wenn sie, wie du sagst, Lust dabei empfinden, vergewaltigt zu werden.«

»Einverstanden – aber stell dir nur einmal für einen Augenblick lang vor, du seiest Dienstmädchen im Hause Purdington-Scrope«, sagte Phyllis grinsend, »und statt der vier Söhne gäbe es vier Töchter.«

»Wie meinst du das?«, fragte Beatrice misstrauisch.

»Angenommen, die jungen Mädchen würden dich ein paarmal am Tag auf ein Sofa oder einen Sessel werfen und dich streicheln. Und auch die Dame des Hauses, meine Tante Emily.«

»Ach, du liebe Güte!«, rief Beatrice aus.

»Du würdest nicht einen Moment lang zögern, dich abwechselnd von den Mädchen und der Frau des Hauses befingern zu lassen.«

»Aber das ist doch etwas anderes«, erwiderte Beatrice mit glänzenden Augen. »Jedes Dienstmädchen wäre entzückt darüber, in einem solchen Haushalt arbeiten zu dürfen.«

Als Reverend Rupert Pennythwaite am Donnerstag der folgenden Woche nach St. Winifrith kam, waren die drei Damen bereit für ihn. Er wurde eingeladen, mit Miss Beatrice Skiffingdale um vier Uhr nachmittags in ihrem Zimmer Tee zu trinken. Stirnrunzelnd nahm er die Einladung an, weil er eigentlich mit Thelma ein wenig hatte spazieren gehen wollen, wenn der Unterricht vorüber war. Aber angeblich gab es etwas Wichtiges zu besprechen, und so hielt er es für klüger, sich bei Beatrice einzufinden.

Drei Minuten nach vier klopfte er an ihre Tür und trat ein. Das Lächeln auf seinem Gesicht erlosch, als er die drei Damen erblickte, die ihn mit unheilvollem Schweigen erwarteten. Nirgendwo war eine Teetasse oder Gebäck zu sehen. Unsicher machte er zwei Schritte vorwärts, als Phyllis hinter ihm bereits die Tür abschloss. Verblüfft wollte er den Mund aufmachen und eine Frage stellen, aber dazu kam es nicht mehr, weil Phyllis ihm einen Stoß versetzte, der ihn mitten ins Zimmer beförderte.

»Was tun Sie da?«, keuchte er.

Drei entschlossene Frauen umringten ihn, so dass er nirgendwohin mehr ausweichen konnte. Sie ergriffen seine Handgelenke und zogen sie ihm auf den Rücken. Sie knöpften ihm Jackett und Weste auf, und als er empört aufschrie, öffnete Phyllis ihm mit einem Ruck die Hose.

Ein paar Knöpfe rissen ab und kullerten auf den Boden. Erschreckt über diesen unzüchtigen Angriff auf seine Person keuchte er auf – selbst Joanna und Beatrice waren erstaunt über Phyllis' Kühnheit.

»Sie haben am vergangenen Donnerstag eine der jungen Damen von St. Winifrith belästigt«, erklärte Beatrice in strengem Tonfall. »Die Rede ist von Miss Thelma Nasmyth-Bole. Was haben Sie dazu zu sagen?«

»Ich versichere Ihnen, Sie irren sich«, erwiderte Rupert rasch. »Ich habe die größte Achtung vor den jungen Damen hier.«

»Mr. Pennythwaite ist ein Lügner, und er belästigt unschuldige Mädchen«, sagte Phyllis streng. »Es hat keinen Zweck, mit ihm zu sprechen. Lasst uns tun, was getan werden muss.«

Sie stand dicht hinter Rupert und versperrte ihm den Weg zur Tür. Außerdem drückte sie ihre Brüste und ihren Bauch an ihn, aber diese Berührung schien ihn eher zu ängstigen.

Er wurde blass, und auf seinen Wangen erschienen zwei rote Flecken – ein Zeichen für sein schlechtes Gewissen. Phyllis wurde noch ein wenig wagemutiger und griff von hinten um seine Taille, um in seine offene Hose zu fassen.

»Hier haben wir das Corpus delicti«, rief sie aus und zog es heraus. Es war schlaff und hatte überhaupt keine Ähnlichkeit mit dem harten Ding aus Beatrices Albtraum.

»Ich finde, wir sollten ihm Gelegenheit geben, sich zu verteidigen«, schlug Joanna vor. Sie war nicht an seinen Unwahrheiten interessiert, aber es amüsierte sie, wie er gedemütigt wurde.

»Ich stimme dir zu«, erklärte Beatrice und blickte voller Empörung auf das schlaffe *Ding*. »Vielleicht hat er ja in einem Anflug von Wahnsinn gehandelt.«

»Ja, genau«, erwiderte Rupert eifrig, »es war ein Anflug von Wahnsinn. Es wird nie wieder vorkommen, ich verspreche es.«

»Wir können Ihren Versprechungen leider keinen Glauben schenken«, erklärte Joanna. Sie stand rechts neben Rupert und hielt seinen Arm auf dem Rücken. In einer plötzlichen Anwandlung von Tollkühnheit zog sie mit der freien Hand sein Hemd aus der Hose, so dass sein bleicher Bauch und seine spärliche Behaarung zu sehen waren.

»Ist Ihnen nicht in den Sinn gekommen, dass Sie mit Ihrem Anflug von Wahnsinn Thelmas Leben ruiniert haben?«, fragte Beatrice.

»Miss Skiffingdale, ich flehe Sie an, lassen Sie mich gehen«, sagte Rupert verzweifelt. »Wenn ich Sie beleidigt haben sollte, so entschuldige ich mich hiermit demütigst.«

»Damit ist es nicht getan«, erwiderte Beatrice, die beobachtete, wie Joanna mit spitzem Finger in den runden Bauch des Geistlichen piekste. »Wir sind nicht nur für die junge Dame, die Sie belästigt haben, verantwortlich, sondern für alle jungen Damen hier.«

»Ich werde nie wieder eine von ihnen belästigen«, gelobte Rupert.

»Das sagen Sie jetzt – aber wir können Ihnen nicht

trauen«, erklärte Beatrice. »Sie behaupten zwar, es habe sich um einen Anflug von Wahnsinn gehandelt, aber dieser Anflug hat immerhin so lange gedauert, dass Sie Ihre Hand in Thelmas Bluse geschoben und sie liebkost haben…«

»Das war nicht richtig von mir«, murmelte Rupert. »Ich schäme mich für mein Verhalten an jenem Tag.«

»Sie haben sich jedoch mit der unzüchtigen Berührung ihres Oberkörpers nicht zufrieden gegeben«, fuhr Beatrice grimmig fort, »sondern haben die Hand sogar noch unter ihre Unterwäsche geschoben. Sie besaßen die Unverfrorenheit, Thelmas kostbarsten Körperteil zu berühren – wie konnten Sie nur so etwas tun?«

»Ich kann es wirklich nicht erklären«, murmelte er mit gesenktem Kopf.

»Wie praktisch!«, spottete Beatrice. »Sie können nicht erklären, warum Sie Ihre Hose aufknöpften und Ihr *Ding* herausholten – wollen Sie uns das etwa weismachen?«

»Es war lediglich ein Moment des Wahnsinns«, wiederholte er mit schwacher Stimme.

»Es dauerte aber wesentlich länger als einen Moment, Thelmas Röcke zu heben und sich an ihr zu reiben«, warf Phyllis ein. »Wir wissen alles über Männer wie Sie – Sie sind ein verderbtes Ungeheuer.«

Ruperts Lage war verzweifelt. Man drückte ihm die Arme schmerzvoll auf dem Rücken zusammen, seine Hose stand weit offen und sein Ding hing sichtbar für die wütenden Frauen, die ihn umringten, heraus.

»Das ist falsch und unzüchtig«, beschwerte er sich mit dem letzten Rest an Mut, den er besaß. »Was Sie hier machen, grenzt an einen verbrecherischen Überfall. Sie müssen mich sofort loslassen, sonst werden Sie ernsthafte Schwierigkeiten bekommen.«

»Fanden Sie es etwa an jenem Tag nicht unzüchtig, sich so lange an Thelma zu reiben, bis Sie mit Ihrem Erguss ihr Höschen beschmutzten?«, entgegnete Phyllis. »Oder ist das in Ihren Augen etwas anderes?«

Bei der Erwähnung des Höschens keuchte Rupert auf, und die drei Frauen reagierten sofort. Auf ein Nicken von Beatrice hin zerrten sie ihn zum Schreibtisch und drückten sein Gesicht auf die Platte. Er schrie auf und wollte sich befreien, aber sie hielten seine Arme fest, und er konnte kaum atmen.

Mit Paketschnur band Beatrice ihm die Arme an den Handgelenken zusammen, wobei sie die Kordel schmerzhaft festzog und sie doppelt verknotete. Er stöhnte vor Entsetzen auf, als sie ihm das Jackett hochschlugen und seine Hosenträger lösten, so dass sie ihm die Hose bis auf die Knöchel herunterziehen konnten.

»Oh, oh, oh«, stöhnte er angstvoll, »was tun Sie da? Lassen Sie mich los, ich flehe Sie an …«

Erbarmungslose Hände zerrten auch seine wollene Unterhose zu den Knien herunter. Das Hemd wurde sorgfältig hochgesteckt, so dass seine runden Hinterbacken frei lagen.

»Sie sind ein abartiger Mensch, der unschuldige junge Mädchen schändet«, sagte Beatrice in scharfem Tonfall. »Es ist an der Zeit, dass Sie Ihre gerechte Strafe bekommen.«

»Was für ein runder, fleischiger Hintern«, sagte Phyllis glücklich. »Er ist einfach perfekt für das, was wir mit ihm vorhaben.«

Sie und Joanna drückten Rupert auf den Schreibtisch, während Beatrice begann, ihm den nackten Hintern zu versohlen. Sie hatten lange hin und her überlegt, was für ein Instrument sie verwenden sollten. Natürlich war es eine Möglichkeit, sein Hinterteil mit einem hölzernen Lineal zu prügeln, aber auch ein Bambusstöckchen aus dem Garten oder eine Peitsche aus den Stallungen wäre nicht schlecht gewesen. Ein breiter Lederriemen wäre ebenfalls in Betracht gekommen, oder auch eine neunschwänzige Katze – das wäre ein erstklassiger Hinternwärmer, hatte Joanna gemeint.

Phyllis empfahl Birkenzweige. Das würde Striemen auf dem Hinterteil des Vikars hinterlassen, erklärte sie, und ihm eine Lektion erteilen, die er so schnell nicht wieder vergessen würde.

Beatrice wandte ein, dass zu professionelle Geräte der Bestrafung viel zu viel Gewicht verliehen. Wenn er wirklich blutige Striemen zurückbehalten würde, dann würde das, was er Thelma angetan hätte, an Bedeutung verlieren, weil sich der Geistliche dann als Opfer weiblicher Brutalität sehen würde.

Wichtig sei doch vor allem die geistige Wirkung der Strafe, führte sie aus. Und so einigten sich die drei Freundinnen schließlich darauf, ihm den nackten Hintern mit der Hand zu versohlen, weil das am demütigendsten war.

Der Moment war gekommen – Beatrice eröffnete die Prozedur, indem sie fest auf Ruperts entblößtes Hinterteil schlug, und zwar in einem stetigen Rhythmus abwechselnd auf jede Backe. Rupert schrie in verletztem männlichen Stolz auf und versuchte, nach hinten zu treten. Das gelang ihm jedoch nicht, weil seine Beine durch

Hose und Unterhose gefesselt waren, und deshalb konnte er Beatrices Schlägen nicht entgehen.

Wie vereinbart schlug sie zwölfmal zu. Joanna und Phyllis sahen mit Vergnügen, wie sich sein Hintern rosig färbte und Rupert sich keuchend auf dem Schreibtisch wand. Nach dem zwölften Schlag war Beatrices Gesicht ebenso rot wie Ruperts Hinterteil. Mit einem zufriedenen Seufzer tauschte sie den Platz mit Phyllis.

»Habe ich fest genug zugeschlagen?«, fragte sie ihre Freundinnen. Die beiden nickten und versicherten ihr, sie habe ihre Sache gut gemacht.

Phyllis schob sich die Ärmel ihres grünen Kleides hoch und rieb sich in freudiger Erwartung die Hände, während sie den nackten, geröteten Hintern betrachtete. Sie kniff fest hinein, und Rupert quiekte auf.

»Wie viele unschuldige Jungfrauen haben Sie geschändet, junger Mann?«, fragte sie spöttisch. »Ich habe nicht eine Minute lang angenommen, dass Thelma die Erste war, die Sie missbraucht haben. In wie vielen Höschen hatten Sie schon Ihre Hand? An wie vielen Mädchen haben Sie Ihr elendes *Ding* schon gerieben? Gestehen Sie das Ausmaß Ihrer beschämenden Übergriffe, oder tragen Sie lieber die Konsequenzen?«

»Ich habe so etwas noch nie getan«, wimmerte Rupert. »Sie müssen mir glauben – letzte Woche war es das erste Mal.«

»Keine von uns glaubt Ihnen auch nur ein Wort«, erwiderte Phyllis drohend. »Wir haben Sie im Verdacht, dass Sie Ihre Lust bei jedem Mädchen suchen, das Ihnen in die Finger fällt.«

»Nein, nein«, winselte er. »Thelma war die Erste – und sie war auch die Letzte, ich gebe Ihnen mein Wort.«

»Sie können uns mit Ihren Lügen nicht täuschen«, sagte Phyllis. »Sie sind viel weiter gegangen, als sich nur an den Bäuchen der Mädchen zu reiben. Sie haben Ihr *Ding* in ihre Muschis gesteckt und Ihre Lust befriedigt, indem Sie die Unschuld der Mädchen zerstörten – geben Sie es ruhig zu.«

In ihrem Eifer, das ganze Ausmaß von Ruperts ungeheuren Untaten zu enthüllen, hatte Phyllis jede Schicklichkeit vergessen und Wörter gebraucht, die für ein Gespräch zwischen einer Dame und einem Mann völlig unpassend waren. Sie hatte *Muschi* und *Bauch* gesagt, und erstaunlicherweise hatten diese Wörter aus dem Mund eines weiblichen Wesens eine heftige Wirkung auf Rupert. Er stöhnte und begann zu beben.

»Ich hatte ihn noch nie in einer jungen Dame«, sagte er in klagendem Tonfall. »Das kann ich gar nicht. Die bloße Berührung von nackter Haut erregt mich so sehr, dass ich sofort zum Höhepunkt komme. Ich fürchte, die Freuden der Penetration werde ich nie kennen lernen, auch nicht, wenn ich verheiratet bin.«

»Lügen, Lügen, Lügen«, sagte Phyllis laut und versetzte ihm bei jedem Wort einen kräftigen Schlag auf den nackten Hintern. Er schrie auf.

»Das geht so nicht«, bemerkte Joanna, »am Ende hört ihn noch jemand, bei all dem Lärm, den er macht, Wir müssen ihn knebeln. Hast du irgendetwas da, was wir ihm in den Mund stopfen können, Phyllis?«

»Ein Taschentuch«, erwiderte sie, »aber es ist klein. Außerdem hat es einen Spitzenrand und in der Ecke sind meine Initialen aufgestickt. Ich möchte es ungern hergeben – am Ende verschluckt er es noch und erstickt daran.«

»Wie wäre es mit einem Strumpf?«, fragte Beatrice. »Er wird danach natürlich ruiniert sein, aber es ist ja für einen guten Zweck.«

Phyllis nickte und rollte rasch einen ihrer zarten, grauen Strümpfe herunter. Sie zerknüllte ihn in der Hand und wollte ihn gerade Rupert in den Mund stopfen, als er sich aufbäumte und einen lauten Hilfeschrei ausstieß. Aber es nützte ihm nichts, weil die drei Frauen ihm mehr als gewachsen waren. Beatrice rammte ihm ihren Handrücken unters Kinn und Joanna packte ihn im Nacken und drückte ihm den Kopf wieder fest auf die Schreibtischplatte.

»Sei still«, befahl sie, »du machst es nur noch schlimmer.«

»Er ist ungezogen«, stellte Phyllis fest. »Er wollte der Bestrafung für sein Vergehen entkommen, aber er wird es schon noch lernen.«

Rupert biss die Zähne zusammen und weigerte sich, den Mund aufzumachen, damit die Frauen ihm den Knebel hineinstecken konnten. Phyllis jedoch löste das Problem, indem sie ihm einfach so lange die Nase zuhielt, bis er den Mund öffnen musste, um Luft zu holen. Dann stopfte sie rasch den Knebel hinein.

»Das wird ihn zum Schweigen bringen«, sagte Phyllis. »Ich habe schon daran gedacht, mein Höschen auszuziehen, um es ihm in den Mund zu stecken, aber er ist wahrscheinlich so verderbt, dass ihm das am Ende noch Lust bereitet.«

»Ach du lieber Himmel«, murmelte Beatrice, »das kann ich mir nicht vorstellen.«

»Phyllis hat absolut Recht«, sagte Joanna ernst. »Männer sind so besessen von ihrem Trieb, dass sie Dinge tun, die sich keine anständige Frau vorstellen kann. Ich erröte, wenn ich euch das erzähle, aber als ich im Ausland unterrichtete, hat mir eine Freundin von einem Mann erzählt, der immer die Höschen seiner Schwester getragen hat.«

»So etwas Schmutziges habe ich noch nie gehört«, erwiderte Beatrice angeekelt, »das kann doch unmöglich stimmen.«

»Doch, es stimmt«, versicherte Joanna ihr. »Die Freundin, die mir davon erzählt hat, ist die Schwester des Mannes.«

»Das überrascht mich überhaupt nicht«, warf Phyllis ein. »Ich habe schon von seltsameren Praktiken gehört.«

»Doch, ich finde es erstaunlich«, sagte Beatrice. »Warum will der Mann unbedingt Frauenhöschen tragen? Gehört er zu diesen Perversen, die schamlose Dinge mit anderen Männern tun?«

»Soweit ich weiß, nicht«, entgegnete Joanna. »Seine Schwester – eine reizende junge Dame namens Monique – hat mir erzählt, er stelle unentwegt den Frauen nach. Sie sagte mir, er spräche unbegleitete Frauen auf öffentlichen Plätzen an und begleite sie nach Hause. Dort ergeht er sich dann in unnatürlichen Praktiken, die sie mir nicht beschreiben konnte.«

»Und dabei trug er ihr Höschen?«, fragte Beatrice ungläubig.

»Offensichtlich, ja. Monique berichtete mir, dass die geliehenen Kleidungsstücke am nächsten Tag, wenn er sie zurückgab, immer einen großen Fleck vorne hatten. Und den Grund können wir uns wohl denken.«

»Du sagtest, deine Freundin hieße Monique«, warf Beatrice ein. »Ist sie Französin?«

»Ja, Monique Dumont. Der Name ihres Bruders ist Marcel, und die Familie wohnt in Paris. Monsieur Dumont sucht vor allem Plätze wie das Moulin Rouge und die Folies Bergères auf, um seine abartige Lust zu befriedigen.«

»Ein Franzose«, sagte Beatrice kopfschüttelnd, »na ja, wir wissen ja, dass sie zu allen Lastern fähig sind.«

»Die Nationalität hat damit gar nichts zu tun«, erwiderte Phyllis, »Männer sind überall in Europa gleich. Du erinnerst dich doch an Vanessa Dunlington – sie war bis vor einem Jahr Schülerin hier.«

»Ein großes, dünnes, dunkelhaariges Mädchen«, bestätigte Beatrice.

»Sie hatte einen pechschwarzen Busch«, sagte Phyllis. »Sie wollte nicht, dass ich ihn schneide, hatte es aber gern, wenn ich ihn kämmte. Sie gestand mir, dass ihr Onkel, Lord Chaunceton, oft Frauenunterwäsche trug.«

»Aber doch nicht Vanessas!«, rief Beatrice entsetzt aus. »Doch nicht die Höschen von diesem lieben, süßen Kind!«

»Nein, offenbar hatte es Seine Lordschaft lieber ein wenig gewöhnlich. Die jüngeren Dienstmädchen auf Chaunceton Castle mussten ihre Pflichten mit blankem Hintern versehen, während er ihre Höschen trug.«

»Das kann ich mir bei einem Adeligen kaum vorstellen«, erklärte Beatrice resigniert seufzend. »Wie entwürdigend für die Familie. Weißt du denn, wie viele Hausangestellte es auf Chaunceton Castle gibt?«

»Diese Frage habe ich Vanessa auch gestellt, und sie teilte mir mit, dass es nie weniger als dreißig Dienstmädchen sind. Seine Lordschaft trägt gern jeden Tag ein anderes Höschen.«

»Hatte Vanessa eine Vorstellung von den unaussprechlichen Dingen, die ihr Onkel mit den Dienstmädchen machte?«, fragte Beatrice. Sie klang interessierter, als sie es eigentlich hätte sein dürfen.

»Ich glaube«, erwiderte Phyllis angeekelt, »dass Lord Chaunceton Lust dabei empfindet, sich völlig bekleidet auf das Sofa in seiner Bibliothek zu legen, während das Dienstmädchen, dessen Höschen er gerade trägt, ihm die Hose aufknöpft und sein *Ding* manipuliert, bis es erigiert ist und er seine Befriedigung findet.«

»Wie entwürdigend«, sagte Joanna. »Aber wir sollten uns jetzt wieder unserer eigentlichen Aufgabe zuwenden – diesem verabscheuungswürdigen Kerl, der hier mit seinem nackten Hintern liegt und hofft, dass wir mit ihm fertig sind.«

»Ach tatsächlich?«, sagte Phyllis. »Da hat er sich leider geirrt.«

Sie nahm wieder ihre Position links hinter Rupert ein und schlug zu. Rupert bäumte sich schon beim ersten festen Schlag auf und gab ein ersticktes Grunzen von sich.

»Ich habe vergessen, wie viele Schläge ich ihm versetzt habe, bevor wir abgebrochen haben, um einen Knebel zu finden«, meinte Phyllis grinsend.

»Drei oder vier, glaube ich«, erwiderte Beatrice.

»Nein, weniger. Am besten fängst du noch mal von vorne an«, schlug Joanna vor.

»Du hast Recht«, erwiderte Phyllis. »Wir zählen die ersten einfach nicht und beginnen noch einmal. Hörst du das, du Mädchenbelästiger? Du bekommst weitere zwölf Schläge von mir verpasst!«

Da er nicht verständlich antworten konnte, wand Rupert sich noch heftiger auf dem Schreibtisch, als Phyllis' Hand immer wieder auf seinen scharlachroten Hintern heruntersauste.

»Zwölf!«, verkündete sie schließlich triumphierend. »Seht nur, wie zornrot seine Backen geworden sind! Ich bin ganz stolz auf meine Leistung, aber jetzt tut mir die Hand weh. Du bist an der Reihe, Joanna.«

»Mit dem größten Vergnügen«, erwiderte Joanna, und sie tauschten die Plätze. Joanna fuhr mit den Fingerspitzen über Ruperts scharlachrotes Hinterteil und spürte die Hitze der Haut. Sie lächelte böse, als sie mit den Fingernägeln darüberkratzte und sah, wie er sich wand.

»Bis jetzt hattest du zwei Dutzend Hiebe«, teilte sie Rupert mit, »vielleicht auch ein paar mehr, so genau haben wir nicht mitgezählt. Jetzt bekommst du zwölf von mir – und das sollst du spüren. Danach ist Miss Skiffingdale ein zweites Mal an der Reihe, ebenso wie Miss Stacey-Talbot und ich. Bis dahin wirst du dir hoffentlich darüber klar geworden sein, dass du nie wieder eine junge Dame anfasst. Aber ob wir aufhören, dir den Hintern zu versohlen oder nicht, wissen wir jetzt noch nicht so genau.«

Nachdem sie ihr Opfer fast zu Tode erschreckt hatte, hob sie die Hand und schlug so fest zu, wie sie konnte. Sie verprügelte ihn nicht nur für sein Verhalten Thelma gegenüber, sondern auch für die Belästigung, die sie in der Londoner Untergrundbahn hatte erdulden müssen. Rupert war ein Mann, und alle Männer waren gleich. Er hatte sein *Ding* an Thelma gerieben, und in Joannas überhitzter Fantasie hatte er auch in der Untergrundbahn hinter ihr gestanden.

»Wenn es nach mir ginge, würdest du in der Öffentlichkeit nackt ausgezogen und ausgepeitscht«, sagte sie. »Ich würde einen Eimer voll eiskaltem Wasser über dein *Ding* schütten, um es abzukühlen – und auf die Stirn würde ich dir ein P malen, damit jeder wüsste, dass du ein Perverser bist.«

Rupert stöhnte so laut, dass man es durch den Knebel hörte. Die Frauen grinsten sich an, und Joannas Augen glänzten.

»Du reibst dich gerne an wehrlosen Frauen, nicht wahr?«, rief sie. »Ich werde dir bessere Manieren beibringen.«

Immer wieder schlug sie zu, in einem stetigen Rhythmus, und jeder Schlag traf genau dort auf die zarte Haut des Hinterns, wo es am meisten schmerzte. Rupert wand sich hin und her, und auf einmal bäumte er sich heulend auf und sank dann auf der Schreibtischplatte zusammen.

»Ach, du meine Güte«, kicherte Phyllis, »das haben wir aber nicht erwartet, oder, meine Damen?«

Sie ergriff Joannas Handgelenk und hinderte sie daran, weiter zu schlagen. Rupert zuckte noch ein paarmal und lag dann still da.

»Was haben wir nicht erwartet?«, fragte Beatrice verwirrt. »Was meinst du damit?«

»Wir brauchen ihn nicht mehr festzuhalten«, erklärte Phyllis. »Er wird uns nicht weglaufen, nicht jetzt, jedenfalls. Helft mir mal, ihn umzudrehen.«

Mit vereinten Kräften drehten sie Rupert auf die Seite. Er hatte die Augen geschlossen und wehrte sich nicht. Auf dem Schreibtisch hatte sich eine Pfütze gebildet. Sein *Ding* war immer noch steif und ragte in die Höhe, die Spitze glänzte feucht.

»Ach du meine Güte – seht nur, wie groß es ist«, sagte Beatrice entsetzt und schlug die Hand vor den Mund. »Und seht euch nur an, was er auf meinem Schreibtisch gemacht hat.«

»Er hat uns wohl die Wahrheit gesagt, was seinen vorzeitigen Höhepunkt angeht«, erklärte Phyllis mit dünnem Lächeln. »Mehr, als ihr aufs Bein zu spritzen, wird er einer Frau wohl nie antun.«

»Das allein ist schon unaussprechlich gemein«, warf Joanna heftig ein.

»Zumindest wird er seine Prügelstrafe nicht so schnell vergessen«, sagte Phyllis. »Mit seiner Schwäche hat er sich selbst beschämt.«

Joanna sah die Dinge jedoch nicht so gelassen wie Phyllis.

»Er schämt sich doch gar nicht«, sagte sie ärgerlich. »Sieh ihn dir doch an, er lächelt – es hat ihm wohl gefallen. Deshalb haben wir ihn nicht hierher kommen lassen.«

»Wir wollen einmal hören, was er jetzt zu sagen hat«, meinte Beatrice, und Phyllis zog Rupert den Strumpf aus dem Mund.

»Sie hatten Ihre Rache, meine Damen«, sagte er mit schwacher Stimme. »Lassen Sie mich jetzt gehen. Ich werde Sie auch nicht verraten.«

»Das reicht nicht«, erklärte Joanna. »Ich bin dafür, dass wir ihn wieder umdrehen und ihm den Hintern so lange versohlen, bis er seine Lust noch einmal herausspritzt. Immer und immer wieder. Wir müssen ihn prügeln, bis wir ihn von seinen schlimmen Gewohnheiten kuriert haben – und wenn wir den ganzen Tag dafür brauchen.«

»Ich halte das nicht für richtig«, erwiderte Phyllis mit fester Stimme. »Wir haben ihn unterworfen, aber bevor wir ihn gehen lassen, möchte ich gerne noch sein *Ding* für meine Sammlung zeichnen. Ich werde ihn mit in mein Zimmer nehmen – und du bleibst hier, Joanna. Du hast dich viel zu sehr erregt. Beatrice wird dich beruhigen.«

»Lassen Sie mich gehen«, flehte Rupert. »Ich bin erschöpft.«

»Kommen Sie«, erklärte Phyllis und packte ihn am Ohrläppchen. »Ziehen Sie Ihre Hose hoch und folgen Sie mir. Ihr *Ding* ist schlaff geworden, aber ich mache es gleich wieder steif, damit Sie mir Modell stehen können – Sie können mein Höschen anziehen.«

»Oh Gott«, hauchte Rupert, und die Augen traten ihm fast aus den Höhlen.

12

Entfesselte weibliche Kraft

Wochen waren vergangen, seit Joanna und Florence Wentworthy zum Bahnhof gefahren waren, um Gwendolen Trelawny abzuholen. Während dieser Fahrt hatten höchst angenehme Intimitäten zwischen Florence und Joanna stattgefunden, und auch zwischen den beiden Frauen und der blonden Gwendolen. Aber bestimmte Aspekte dieser Kutschfahrt waren nicht so erfreulich gewesen.

Wenn Joanna daran dachte, dass Thomas Snape sie beobachtet hatte, dann stieg ihr die Röte in die Wangen. Und später hatten seine Beobachtungen ihn dazu ermutigt, Joanna zu belästigen.

Und als ob diese entwürdigende Episode nicht genug wäre, unternahm Thomas einen weiteren Angriff auf Joannas Tugend. Da Reverend Rupert Pennythwaite St. Winifrith nicht seinen wöchentlichen Besuch abstattete, bat Florence Joanna in ihrer Eigenschaft als stellvertretende Direktorin, nach Little Tupping zu fahren und nachzuforschen, ob der Hilfsgeistliche vielleicht krank war.

Joanna wusste ganz genau, warum Rupert Pennythwaite nicht in Erscheinung trat. Er schämte sich, weil sie ihn gedemütigt hatten. Aber das wollte sie Florence nicht sagen, weil sie und ihre Freundinnen vereinbart hatten, Stillschweigen über ihre Strafaktion zu bewahren.

So machte sie sich also auf den Weg nach Little Tupping. Es gab auch noch einen weiteren Grund, warum der Vikar sich scheute, St. Winifrith seinen wöchentlichen Besuch abzustatten. Nach der Bestrafung hatte Phyllis ihn noch zusätzlich gedemütigt.

Sie erzählte Beatrice und Joanna, dass er sich in ihrem Zimmer zunächst geweigert hatte, seine Hose herunterzulassen, als sie sein *Ding* für ihre Sammlung zeichnen wollte. Eigensinnig stand er da und hielt seine Hose fest – die meisten Knöpfe waren abgesprungen –, und erst als Phyllis eine drohende Geste machte, ließ er sie resigniert sinken. Sie befahl ihm, sein Hemd hochzuziehen. Sein *Ding* war schlaff und tropfte, was, wie Phyllis ausführte, kein Wunder war, nachdem er eben erst auf Beatrices Schreibtisch gekommen war.

Für ihr Vorhaben war es nutzlos. Das sagte sie Rupert auch unverblümt, woraufhin er wieder errötete und murmelte, sie demütige ihn. Phyllis ließ sich jedoch auf keine Diskussion mit ihm ein, zog rasch unter dem Rock ihr Höschen aus und reichte es ihm.

Mit hochrotem Gesicht schlüpfte er hinein. Das Höschen war noch warm von ihrem Körper, und der Effekt war dramatisch. In dem Moment, in dem der dünne Stoff über seine Schenkel und sein schlaffes Glied glitt, richtete es sich auf und wurde hart. Er kam auf der Stelle und ergoss seine Flüssigkeit in das Höschen.

Reverend Pennythwaite hatte nur seine gerechte Strafe erhalten, sagte sich Joanna, während sie nach Little Tupping fuhr. Ihre natürliche Lust daran, Männer leiden zu lassen, wurde auf dieser Fahrt jedoch empfindlich von Thomas Snape beeinträchtigt.

Da es ein schöner Tag war, fuhren sie in einem offenen Zweisitzer, der nur von einer Stute gezogen wurde. So musste Joanna dicht neben Thomas auf der Polsterbank sitzen, wobei sich ihre Ellbogen und Schenkel berührten. Seinen lüsternen Blicken nach zu urteilen, vermutete sie, dass er sich ihr nähern wollte.

Es war ein frischer, klarer Herbsttag im Oktober – Joanna trug ihren besten braunen Mantel mit Pelzkragen und dazu einen passenden Pelzmuff, um ihre Hände warm zu halten. Thomas strich sich ständig grinsend über den altmodischen Backenbart. Die ersten zehn Minuten schwieg er, wie es sich für einen Diener schickte, aber als sie die verlassene Landstraße nach Little Tupping erreicht hatten, begann er zu reden.

»Miss«, sagte er, »erinnern Sie sich an den Tag, als Sie ins Kutscherhaus kamen und mich mein Gerät herausholen ließen? Möchten Sie es jetzt auch gerne anschauen?«

»Wie können Sie es wagen!«, erwiderte Joanna empört. »Ich verbiete Ihnen, sich vor mir zu entblößen. Und Ihr schmutziges Verhalten im Kutscherhaus habe ich keineswegs provoziert!«

»Doch«, sagte er selbstbewusst. »Sie haben mir befohlen, mir die Hose aufzuknöpfen, das können Sie nicht leugnen.«

»Das haben Sie völlig missverstanden«, erklärte sie. »Es war meiner Aufmerksamkeit nicht entgangen, dass Sie sexuell erregt waren, und ich wollte nur erreichen, dass Sie Scham empfanden.«

»Ich dachte eher, Sie wollten ihn spüren«, sagte Thomas. »Ich habe einen großen Hammer – das hat Lady Harriet immer behauptet, und sie kannte sich aus. Sie können ihn jetzt anfassen, wenn Sie wollen.«

Zu Joannas Entsetzen knöpfte er seinen Mantel auf. Seine Reithose stand bereits offen, und sein *Ding* ragte steif heraus. Es war bedrohlich dick und pochte. Die Vorhaut war zurückgeschoben und legte einen Furcht erregenden roten Kopf frei.

»Sie wissen doch, dass ich auf Sie stehe, Miss«, sagte er heiser und zuckte mit den Hüften, so dass sein *Ding* in die Luft stieß. »Als man mir gestern sagte, dass ich heute mit Ihnen nach Little Tupping fahren muss, wurde mein Gerät steif und hat sich nicht wieder beruhigt. Ich habe heute Nacht von Ihnen geträumt.«

»Sie müssen sofort damit aufhören«, erwiderte Joanna mit fester Stimme. »Stecken Sie es weg, oder ich beschwere mich über Sie, wenn wir wieder in St. Winifrith sind.«

»Das bezweifle ich«, sagte Thomas. »Sie wollen doch sicher nicht, dass ich erzähle, was Sie und Miss Wentworthy mit dem blonden Mädchen gemacht haben, das Sie vom Bahnhof abgeholt haben, oder?«

»Thomas, eines sollten Sie wissen«, erwiderte Joanna und versuchte, ruhig zu bleiben, »was immer Sie sich auch einbilden, gesehen zu haben, ich werde Ihnen nie erlauben, mich zu berühren – und ich werde auch Sie nie anfassen. Bitte, merken Sie sich das!«

»Letzte Nacht durfte ich sie berühren«, erklärte er ihr grinsend. »Sie standen an der Wand, und ich hatte meine Hand unter Ihr Kleid geschoben. Ich habe Ihre Pussy gestreichelt, und es gefiel Ihnen – ich durfte gar nicht mehr aufhören.«

»Ich bin nicht verantwortlich für Ihre obszönen Träume«, erwiderte Joanna scharf. »Sie finden nur in Ihrem Kopf statt und haben nichts mit der Realität zu tun.«

Ihr stieg die Röte in die Wangen, als sie daran dachte, dass ihr schöner Körper zum Objekt von Thomas' beleidigenden Fantasien geworden war. Er hatte geträumt, sie *stünde an der Wand!* Das war unglaublich!

»Sie haben mir die Hose aufgeknöpft, Miss, und mein Gerät herausgeholt. Dann haben Sie damit gespielt und behauptet, es sei das Schönste, was Sie je in der Hand gehabt hätten!«

»Ach du lieber Himmel!«, murmelte Joanna.

Schaudernd überlegte sie, was wohl als Nächstes kam – wahrscheinlich der Bericht darüber, wie Thomas sein *Ding* in sie gestoßen und seine Lust in ihre geliebte Muschi gespritzt hatte. Glücklicherweise blieb ihr diese Schilderung jedoch erspart, weil ihnen ein Vierspänner entgegenkam.

Thomas grunzte verärgert und machte seinen Mantel wieder zu. Als die Kutsche an ihnen vorbei war, konnten sie bereits die ersten Häuser von Little Tupping erkennen. Die Straße wurde belebter, und Thomas hatte keine Gelegenheit mehr, einen weiteren unanständigen Vorstoß zu unternehmen.

Reverend Herbert Runcible empfing Joanna höflich und bot ihr einen Sherry und ein Stück Madeira-Kuchen an. Er teilte ihr mit, Mr. Pennythwaite habe vor zwei Tagen gekündigt und sei mit dem Zug an einen unbekannten Ort gefahren. Dem Pfarrer hatte er lediglich gesagt, er müsse ihn wegen dringender Familienangelegenheiten verlassen.

Diese Erklärung überraschte Joanna nicht, aber das konnte sie dem Pfarrer ja wohl kaum sagen. Allerdings würde Reverend Runcible sich den Grund für den überstürzten Aufbruch schon denken können, wenn nur die Hälfte der Geschichten stimmte, die man sich über ihn erzählte.

Die Rückfahrt mit Thomas war genauso schrecklich wie die Hinfahrt. Sie waren kaum aus der Stadt heraus, als er erneut seinen Mantel aufknöpfte und sein steifes *Ding* schon wieder enthüllte – so lang und hart wie eh und je ragte es aus seinem Hosenschlitz.

»Die Küchenmagd des Pfarrers hat mir eine Tasse Tee angeboten, während ich auf Sie gewartet habe, Miss«, teilte er Joanna mit lüsternem Grinsen mit. »Sie heißt Minnie, und sie hat sich auf meinen Schoß gesetzt und mit meinem Gerät gespielt. Ich habe sie früher schon einmal flachgelegt, und sie kriegt einfach nicht genug von mir. Auch heute früh hat sie fast schon wieder meinen Saft verschüttet, wenn Sie wissen, was ich meine. Ich musste sie bremsen, weil sie sich unbedingt auf den Küchentisch legen und von mir gebumst werden wollte. Aber ich habe dankend abgelehnt, weil ich mich für Sie aufsparen wollte.«

Joanna entsetzte der Gedanke, dass Thomas das als Kompliment meinte und sie eigentlich geschmeichelt sein sollte, dass er sie einer Küchenmagd vorzog. Sie wollte ihn jedoch nicht verärgern, und so lächelte sie schwach und schlug lediglich vor, er solle sich bedecken.

»Jetzt kann ich nicht mehr aufhören«, sagte er, »jetzt muss ich es auch zu Ende bringen. Wissen Sie, was? Sie geben mir Ihren Pelzmuff, und ich stülpe ihn mir über mein Gerät und stelle mir vor, es sei der echte Pelz zwischen Ihren Beinen.«

»Ganz gewiss nicht!«, erwiderte sie empört. »Ich dulde nicht, dass mein teurer Muff durch die Berührung mit einem Ihrer Körperteile ruiniert wird.«

»Sie sind bloß so schüchtern, weil wir draußen sind«, erwiderte Thomas. »Ich verstehe ja, dass Sie eine Dame sind, die es nur drinnen macht, aber so lange kann ich nicht mehr warten. Geben Sie mir Ihr Taschentuch, damit ich meinen Kumpel bedecken kann, wenn Ihnen so viel daran liegt.«

In ihrer Unschuld missverstand Joanna die Absicht des lüsternen Kerls und reichte ihm ihr Taschentuch. Es war aus feinstem weißen Leinen, mit Spitzen eingesäumt und ihrem Monogramm in einer Ecke – und es duftete nach Lavendelwasser. Grinsend drapierte Thomas es über sein pochendes *Ding* und steckte das verpackte Paket wieder in seine Hose. Erleichtert seufzte Joanna auf, als er sie zuknöpfte.

»Ah, das fühlt sich gut an«, sagte Thomas und ließ die Peitsche schnalzen, damit das Pferd in Galopp verfiel.

Joanna klammerte sich mit beiden Händen an der Bank fest, während die Kutsche über die unebene Straße rumpelte. Sie fragte sich, ob die Lust Thomas wohl den Verstand benebelt hätte, und rief ihm zu, er solle langsamer fahren, bevor sie umkippten. Aber Thomas trieb das Pferd nur noch mehr an.

Entsetzt starrte Joanna ihn an. Sie erwartete jeden Moment, dass ihr letztes Stündlein geschlagen habe. Thomas keuchte und sein Gesicht wurde immer röter, und auf einmal begann sein ganzer Körper zu zucken, und er verdrehte die Augen. Schockiert realisierte Joanna, dass er offensichtlich sein Sperma in ihr Taschentuch spritzte.

Die restliche Heimfahrt verlief ohne Zwischenfälle, nachdem Thomas seine Befriedigung gehabt hatte. Schweigend saß er mit einem albernen Grinsen auf dem Gesicht neben ihr, während die Stute wieder in einen gemäßigten Trab verfiel. Joanna rückte so weit von ihm weg, wie es möglich war, und blickte eisern geradeaus.

In St. Winifrith angekommen, ging Joanna sofort in ihr Zimmer, um sich von dem schrecklichen Erlebnis mit dem Kutscher zu erholen. Sie hatte leichte Kopfschmerzen. Rasch zog sie Hut und Mantel aus und legte sich mit einem feuchten Tuch über den Augen aufs Bett. Sie hatte es in Rosenwasser getaucht – eigentlich wäre ihr Lavendel lieber gewesen, aber es würde lange dauern, bis sie es wieder benutzen konnte, nachdem der Kerl ihr Taschentuch so beschmutzt hatte.

Trotz ihres Abscheus und dem Pochen in ihren Schläfen ging ihr der Anblick von Thomas' entblößtem *Ding* nicht aus dem Kopf. Es war so groß, dachte sie entsetzt, so dick und stark. Die Küchenmagd des Pfarrers musste verstört sein, dass sie es unbedingt in sich spüren wollte. Dass ihr Thomas in dieser Hinsicht die Wahrheit gesagt hatte, daran zweifelte sie keine Minute – er mochte ja nicht besonders intelligent sein, aber verlogen war er nicht.

Das Taschentuch jedenfalls war sie für alle Zeit los. Sie hatte zwar noch ein weiteres Dutzend ähnlicher Taschentücher, aber es war doch ein Furcht erregender Gedanke, dass ihr Eigentum so beschmutzt und missbraucht worden war. Vielleicht behielt Thomas es ja sogar als Souvenir und benutzte es häufiger für seine verderbten Zwecke, wenn er alleine in seinem Kutscherhaus saß.

Seltsamerweise störte es Joanna, dass die Küchenmagd Thomas' *Ding* angefasst hatte. Er hatte behauptet, sie schon häufig besessen zu haben, und überhaupt brüstete er sich damit, auch alle weiblichen Dienstboten in St. Winifrith gebumst zu haben. Bei dem Gedanken daran lief Joanna ein Schauer über den Rücken.

Wahrscheinlich stimmten seine Prahlereien sogar, nach dem, was sie bei dem Mittagessen mit Mr. und Mrs. Wrutchley und ihren Zwillingen erlebt hatte. Bei dieser Gelegenheit hatte sie ja gesehen, dass er die Brüste des Hausmädchens befummelt und die Hand des Mädchens auf die Ausbuchtung seiner Hose gepresst hatte.

Der Fall war klar: Thomas hatte, um es mit seinen eigenen beschämenden Worten auszudrücken, jedes Mädchen vom Hauspersonal in St. Winifrith *gebumst*. Er hatte sein *Gerät*, wie er es nannte, in sie alle gestoßen. Ob wohl auch Mrs. Gorley dazugehörte?, fragte sich Joanna.

Männer taten das natürlich – was konnte man anderes von diesen Tieren erwarten? Jeder wusste, dass Männer es mit Hausmädchen trieben, wann immer sich ihnen die Gelegenheit dazu bot. Erschaudernd dachte Joanna an Phyllis' Bericht von der Familie Purdington-Scrope in Oxford, wo der Vater und seine vier Söhne regelmäßig die Dienstmädchen missbrauchten.

Gleichermaßen abscheulich war das Verhalten eines früheren Militärbeamten, mit dem Joanna leider entfernt verwandt war. Es handelte sich um Colonel Trumpton-Hasmerry, der als Invalide aus der Armee ausgeschieden war, nachdem er bei der Belagerung von Mafeking verwundet wurde. Der galante Colonel war nie verheiratet gewesen, war aber während seines Militärdienstes weithin dafür bekannt, dass er sämtlichen jungen Frauen in seiner Umgebung nachstellte.

Obwohl der Colonel an den Rollstuhl gefesselt war, beeinträchtigte dies in keiner Weise seine fleischlichen Gelüste, nur dass er sich jetzt auf die weiblichen Angestellten in seinem Haushalt beschränkte. Er lebte in Effingham in Surrey, wo ein Hausmädchen namens Sara und eine Köchin namens Hilda für ihn sorgten, die er tagsüber ständig anfasste.

Wenn Sara ihm eine Tasse Tee oder ein Glas Whisky brachte, fasste er ihr sofort unter den Rock und ließ seine Hand über ihre bloßen Schenkel in ihr Höschen gleiten. Sie mochte sich noch so sehr winden, er befahl ihr, stillzustehen, damit er in Ruhe ihre Muschi erforschen und mit dem Finger in ihre Spalte eindringen konnte. Das musste sie mehrmals am Tag erdulden. Die Köchin wurde in der gleichen verderbten Weise behandelt – morgens und nachmittags rollte der Colonel mit seinem Rollstuhl in die Küche, um zu überprüfen, wie weit die Vorbereitungen für sein Mahl gediehen waren. Und während sie ihm berichtete, was es zu essen gab, zog er ihr das Höschen herunter und fasste ihr unter den Rock.

Da er nicht mehr Treppen steigen konnte, hatte der Colonel sich einen Raum im Erdgeschoss als Schlafzimmer eingerichtet. Jede Nacht mussten die beiden Dienstmädchen sein Bett teilen, wobei Sara nackt auf der einen und Hilda auf der anderen Seite lag. Wenn er ihre Muschis ausgiebig gestreichelt hatte, zog Colonel

Trumpton-Hasmerry sein altmodisches Nachthemd bis zur Taille hoch und bestieg mit der Hilfe des einen Mädchens das andere.

Er bumste sie rasch und gründlich, und dann kam das andere Mädchen an die Reihe. Die Dienstmädchen stellten diese Behandlung nicht in Frage – bereitwillig ließen sie sich jede Nacht vom Colonel besteigen.

Der Ruf des Colonels war weit über Effingham hinausgedrungen, und Joanna schämte sich insgeheim für ihn. Aber so unzüchtig sein Verhalten auch sein mochte, darum ging es im Augenblick nicht, weil Joanna überlegte, ob sich die Haushälterin von St. Winifrith und Florence Wentworthy wohl näher standen, als die Schicklichkeit es erlaubte. Mrs. Gorley, die Haushälterin, war dunkelhaarig, und ihrem Erscheinen nach zu urteilen, wohl Mitte dreißig. Sie war kräftig gebaut und hatte beeindruckende Titten, die so groß waren, dass man gut sein Gesicht darin verbergen konnte. Mrs. Gorleys Kleider saßen immer hauteng über ihrem dicken Bauch und ihrem runden Hintern. Wenn sie ging, sah man ihre muskulösen Schenkel unter dem Rock. Ihrer Haarfarbe nach zu urteilen, war auch der Pelz zwischen ihren Beinen dicht und dunkelbraun.

Entgegen aller Etikette verspürte Joanna auf einmal den Wunsch, Mrs. Gorleys Bären zu sehen. Sie wollte der Haushälterin das Höschen herunterziehen und die muskulösen Schenkel und den üppigen Busch einmal aus der Nähe betrachten. Und sie wollte Mrs. Gorleys Muschi berühren.

Joanna zog ihr Kleid hoch und spreizte die Beine. Durch ihr dünnes Höschen berührten ihre Fingerspitzen die vertraute Weichheit ihrer Schamlippen. Ihre

Kopfschmerzen vergingen, und sie spürte bereits die ersten Zuckungen der Lust. Aber heute reichte es ihr nicht aus, alleine mit sich zu spielen. Sie setzte sich auf, überlegte kurz und dann machte sie sich auf die Suche nach Mrs. Gorley.

Das Büro der Haushälterin lag im hinteren Teil des Hauptgebäudes, neben der Wäschekammer. Es war ein kleines Zimmer, in dem ein Schreibtisch, eine Anrichte und zwei Stühle standen. Joanna klopfte an die Tür und trat ein, ohne die Aufforderung abzuwarten. Mrs. Gorley saß am Schreibtisch und zeichnete Rechnungen ab. Als sie Joanna sah, lächelte sie ihr freundlich zu.

»Was für eine nette Überraschung, Miss Bartholomew«, sagte sie. »Möchten Sie sich setzen? Was kann ich für Sie tun?«

Joanna setzte sich und überlegte. Sie wusste nicht recht, wie sie es anfangen sollte. Schließlich konnte sie ja wohl kaum direkt nach der Freundschaft zwischen Mrs. Gorley und Florence Wentworthy fragen. Mrs. Gorley bemerkte ihre Verwirrung und sprang hilfreich ein.

»Darf ich mir die Bemerkung erlauben, dass Sie ein wenig humpelten, Miss Bartholomew, als Sie eben ins Zimmer gekommen sind? Ich hoffe, Sie haben sich nicht verletzt«, sagte sie.

»Ich bin zu schnell aus der Kutsche gesprungen, als ich eben aus Little Tupping zurückgekommen bin«, erwiderte Joanna, »und habe mir das Knie ein wenig verrenkt.«

»Offensichtlich bereitet es Ihnen Schmerzen«, sagte Mrs. Gorley. »Soll ich mir Ihr Knie einmal anschauen? Ich habe Erfahrung mit solchen Dingen, weil die jungen Damen auch immer mit ihren Verletzungen zu mir kommen.«

»Ich glaube nicht, dass es die Mühe lohnt«, erwiderte Joanna, »aber Sie können trotzdem gerne einen Blick darauf werfen.«

Ida stand auf und kniete sich vor Joanna auf den Teppich. Sie schlug Joannas hellgrauen Rock über das Knie.

»Hier ist eine leichte Schwellung«, sagte sie, »aber es ist nichts Ernsthaftes.«

»Was für eine Erleichterung«, seufzte Joanna. Es überraschte sie, dass sie kaum zwei Minuten, nachdem sie das Zimmer der Haushälterin betreten hatte, schon mit hoch geschobenem Rock und gespreizten Beinen dasaß. Es war erstaunlich leicht gegangen.

»Als Sie sich das Knie verrenkt haben, haben Sie da einen stechenden Schmerz verspürt?« Ida ließ ihre Hand innen an Joannas Schenkel emporgleiten. »Hier, zum Beispiel«, sagte sie. »Hat es hier wehgetan?«

»Ich bin mir nicht sicher«, murmelte Joanna. Ihre Gedanken rasten.

Das breite Gesicht der Haushälterin war ausdruckslos, aber immerhin lag ihre Hand auf Joannas bloßem Schenkel, sie musste also etwas spüren. Mit ihren dunkelbraunen Augen blickte sie Joanna direkt an.

»Möglicherweise haben Sie sich nämlich den Muskel an der Innenseite des Schenkels gezerrt«, erklärte Ida Gorley. »Sollte das der Fall sein, müssen Sie für einige Tage das Bett hüten.«

»Das wäre sicher sehr angenehm«, erwiderte Joanna lächelnd, »aber ich fürchte, das kann ich nicht rechtfertigen.«

»In schweren Fällen kann es sogar zu einer Zerrung

in den Lenden kommen«, fuhr Ida fort. »Sportler ziehen sich manchmal diese Verletzung zu. Dadurch müssen sie ihre Aktivitäten im Schlafzimmer für eine Zeit lang einstellen, aber bei Frauen ist diese Verletzung selten, und sie hat auch keine Auswirkung auf ihr Vergnügen.«

Mit diesen Worten schob sie ihre Hand unter Joannas Höschen.

»Aber bei Ihnen scheint mir das nicht der Fall zu sein«, erklärte sie. »Sie sind noch einmal davongekommen.«

Da ihre Untersuchung beendet war, nahm sie ihre Hand von Joannas Dreieck, legte sie jedoch flach auf ihren Bauch.

»Ich sollte jedoch besser gründlich vorgehen«, verkündete sie, und im nächsten Moment streichelte sie Joannas kostbares Spielzeug.

»Warten Sie«, unterbrach Joanna die Haushälterin in dem Versuch, die Führung zu übernehmen. »Bevor Sie weitermachen, möchte ich gerne über Sie und Miss Wentworthy Bescheid wissen.«

»Wie meinen Sie das, Miss Joanna?«, fragte Ida. Mit den Fingern drückte sie die Lippen von Joannas Muschi auseinander und streichelte ihre kleine, rosa Knospe.

»Sie wissen genau, was ich meine«, keuchte Joanna. »Haben Sie Intimitäten mit ihr ausgetauscht?«

»Sie haben nicht das Recht, mich danach zu fragen«, erwiderte Ida lächelnd. »Das geht Sie nichts an, auch wenn Sie eifersüchtig sind.«

»Ich bin nicht eifersüchtig«, sagte Joanna nachdrücklich. Mittlerweile hatte Ida zwei Finger in ihre Muschi geschoben und rieb sie sanft. »Ich bin nur um den Ruf von St. Winifrith besorgt. Sollte etwas zwischen Ihnen und Miss Wentworthy stattgefunden haben, so muss es geheim bleiben.«

»Wenn ich es Ihnen erzähle, ist es ja kein Geheimnis mehr«, erwiderte Ida und ließ ihre Fingerspitzen über Joannas feuchten Knopf gleiten.

»Es würde einen Skandal geben, wenn es außerhalb der Schule bekannt würde«, keuchte Joanna. Ida ging sehr geschickt mit ihrer Muschi um, und sie würde gleich kommen.

»Vielleicht«, erwiderte Ida, »aber angenommen, ich stelle Ihnen die gleiche Frage – würden Sie mir von den Intimitäten zwischen Ihnen und Miss Wentworthy erzählen?«

»Ich?«, murmelte Joanna. Ihr versagte die Stimme, als die ersten Zuckungen des Höhepunkts sie überwältigten.

»Sie brauchen gar nicht so schüchtern zu tun«, erwiderte Ida in vertraulichem Tonfall, »ich weiß, dass Sie einander regelmäßig das Höschen ausziehen. Und mit Miss Stacey-Talbot und Miss Skiffingdale machen Sie es genauso. Sie sind noch kein halbes Jahr hier, aber Sie haben schon zahlreiche Freundinnen gewonnen.«

»Das ist etwas anderes – und Sie sind anmaßend.« Joannas Stimme zitterte und klang schrill.

»Ich habe anmaßende Finger«, erwiderte Ida schmunzelnd. »Und damit habe ich es Ihnen besorgt, Miss Joanna. Sie kommen gleich!«

Joanna stöhnte, und ihr ganzer Körper bebte. Grinsend hielt Ida ihre Knöchel fest. »Oh, oh, oh«, stöhnte Joanna. Ida zog ihr Höschen herunter, um den herzförmigen Bären aus blonden Löckchen zu enthüllen.

»Sehr elegant«, sagte sie. Dann schwang sie sich Joannas Beine über die Schultern und schob ihre Zunge tief zwischen die nassen Lippen ihrer zuckenden Muschi.

Joanna wurde von Gefühlen überschwemmt, und es dauerte einige Zeit, bevor sie wieder zu Atem kam. Erschöpft lehnte sie sich auf dem Stuhl zurück, und Ida legte ihre warme Wange an Joannas Schenkel.

»Ich glaube nicht, dass je ein Mann diese hübsche Muschi berührt hat«, erklärte Ida und streichelte über Joannas Schamlippen.

»Natürlich nicht! Wie können Sie nur so etwas Schreckliches aussprechen! Ich betrachte die rohen Bedürfnisse von Männern als unnatürlich – es ist ekelhaft, dass sie ihr steifes *Ding* in den zarten Körper einer Frau hineinstoßen und sie schänden. Ich werde mich nie einem Mann hingeben – niemals!«

Ida schmunzelte wieder.

»Erregen Sie sich nicht so«, sagte sie. »Warum sind Sie eigentlich so eilig aus der Kutsche gesprungen? Hat Thomas Sie belästigt?«

Es freute Joanna, dass sie mit jemandem über Thomas und seine abartigen Gewohnheiten reden konnte. Sie berichtete, dass er während der Fahrt sein *Ding* entblößt und ihr vorgeschlagen habe, es anzufassen. Flüsternd gestand sie, dass er ihr Taschentuch ruiniert habe. Ida lauschte nachdenklich.

»Ihr herzförmiger Busch sieht aus wie eine Valentinskarte, die Sie jedem überreichen können, den Sie mögen«, sagte sie.

»Sie haben mir gar nicht zugehört«, erwiderte Joanna ungeduldig. »Was soll ich denn mit Thomas machen? Wenn er so weitermacht, liege ich eines Tages noch auf dem Rücken und er auf mir.«

»Bei mir hat er es auch versucht«, erwiderte Ida, »aber ich habe ihn weggeschickt. Ich habe ihm erklärt, er solle mit den Dienstmädchen spielen. Sie stehen auf ihn, und das meine ich wortwörtlich, weil sie sich oft im Stehen von ihm nehmen lassen.«

»Und was soll ich tun?«, fragte Joanna.

»Da wir jetzt Freundinnen sind, brauchen Sie sich deswegen keine Sorgen mehr zu machen. Ich werde schon mit ihm fertig – er hört auf mich.«

»Ich wäre gerne Ihre Freundin, Ida«, sagte Joanna. »Kann ich mich wirklich darauf verlassen, dass Sie mir diesen widerlichen Mann vom Leib halten? Wenn Ihnen das tatsächlich gelingen sollte, wäre ich Ihnen überaus dankbar.«

»Überlass das nur mir, Liebes«, erwiderte Ida vertraulich. Ihre Hände glitten zu Joannas herzförmigem Busch.

»Wenn nun jemand hereinkommt und uns so sieht?«, sagte Joanna. »Unser beider Ruf wäre ruiniert, und wir würden sofort entlassen.«

»Dann musst du mit in mein Schlafzimmer kommen«, erklärte Ida.

Joanna nickte. Um dem schrecklichen Thomas Snape zu entkommen, hatte sie sich schon wieder mit jemandem vom Personal eingelassen. Andererseits hatte Ida Gorley eine bemerkenswerte Fähigkeit an den Tag gelegt, ihr Lust zu schenken – das war ja auch nicht zu verachten.

Das Schlafzimmer war klein und spärlich möbliert. Joanna betrachtete das altmodische Messingbett mit der Patchworkdecke und stellte sich vor, was für köstliche Dinge Ida wohl dort mit ihr anstellen würde. Sie wollte Idas erfahrene Hände am ganzen Körper spüren.

»Sollen wir uns hinlegen, Ida?«, fragte sie.

»Zuerst müssen wir unsere Kleider ablegen«, erwiderte die Haushälterin, die die Situation völlig beherrschte.

Ida wollte der schönen Joanna Bartholomew die höchsten Freuden bereiten – sie würde sich erst zufrieden geben, wenn sie beide ihren Hunger gestillt hätten. Rasch zog sie Joanna aus und drückte sie aufs Bett. Dann legte sie ihre eigenen Kleider ab. Joanna betrachtete den stämmigen Körper, den sie gleich berühren würde.

Idas Titten waren rund und schwer, mit großen, festen Brustwarzen. Ihr dichtes Vlies aus dunkelbraunen Löckchen verdeckte fast die dicken, vorstehenden Lippen ihrer Muschi. Joanna konnte die Stärke und Entschlossenheit der Frau, der sie sich für die nächsten Stunden ausgeliefert hatte, beinahe spüren. Ihr Spielzeug wurde feucht vor Vorfreude und Erwartung.

Ida kniete sich auf das Bett, wobei ihre Brüste herunterhingen und ihr runder Hintern wie der Vollmond aufragte. Joanna griff nach ihren Titten und presste ihre Fingernägel hinein. Ida stöhnte vor Lust auf und steckte Joanna eine Brustwarze in den Mund, so dass sie daran saugen konnte. Dann begann sie wortlos, Joannas Muschi zu streicheln, und innerhalb weniger Minuten spürte Joanna, wie die Wellen des Orgasmus über ihr zusammenschlugen.

Immer noch wortlos glitt Ida an ihr herunter, wobei ihre schweren Brüste Joannas Bauch streiften, und senkte den Kopf zwischen die Beine der jungen Lehrerin.

Mit der Zunge drang sie in Joannas Spielzeug ein und leckte an dem kleinen Knopf. Joanna schrie auf, weil sie ein erneuter Orgasmus überschwemmte – der dritte innerhalb von zehn Minuten. In ihrer Erregung klammerte sie sich an Idas runden Hintern.

»Was tust du mit mir…«, seufzte sie, »was machst du da…«

Wieder kam sie, und genauso heftig wie die ersten beiden Male. Zitternd und wimmernd lag sie da. Ida streichelte sie immer weiter.

»Du kommst«, befahl Ida. Und wieder erreichte Joanna geräuschvoll den Höhepunkt. Ein seltsamer Gedanke durchzuckte sie. Mit Ida war es nicht wie mit einer Frau, sondern eher so, als würde sie von einem Mann genommen. Joanna hatte das Gefühl, vergewaltigt zu werden, so hart ging Ida mit ihr um, aber es war trotzdem unglaublich erregend.

»Ida, du bist wundervoll«, seufzte sie, »aber jetzt hör auf…«

Ida ignorierte sie jedoch völlig und legte sich auf sie, so dass ihre fleischigen Schamlippen sich an Joannas Möse rieben. Joanna schwanden fast die Sinne unter Idas Gewicht, aber als sie spürte, wie Ida sich an ihr rieb, kam sie noch einmal.

»Du bist reizend, Joanna«, flüsterte Ida ihr ins Ohr, während sie sich auf ihr bewegte. »Ich nehme dich… gefällt es dir?«

»O ja«, stöhnte Joanna. »Nimm mich.« Und zu ihrem Erstaunen kam sie noch einmal.

13

Ein beschämendes Geheimnis wird enthüllt

Mitten im Dezember, eine Woche vor dem Ende des Schulhalbjahres, lud die Direktorin Joanna überraschend ein, die Weihnachtstage bei ihr in ihrem Haus in Gloucester zu verbringen. Joanna war bereits von ihrer verheirateten Freundin Mary Utterley nach Guildford eingeladen worden, und sie freute sich auf die Nachmittage, die sie nackt mit Mary im Bett verbringen konnte, während Mr. Utterley im Büro war.

Andererseits war die Aussicht, ein paar intime Tage mit Nesta Rees-Morgan zu verbringen, zu aufregend, als dass sie die Einladung ablehnen konnte. Also schrieb Joanna Mary, sie habe für die erste Hälfte der Ferien leider berufliche Verpflichtungen, komme aber rechtzeitig zu Neujahr zu ihr und Arthur nach Guildford.

Mit ein wenig Glück, sagte sie sich grinsend, hätte Arthur ja vielleicht einen Kater nach der Silvesterfeier, so dass sie den ganzen Tag mit Mary für sich hätte. Es würde erregend sein, Mary ihr Nachthemd auszuziehen und sie zum Höhepunkt zu bringen, während ihr Mann im Nebenzimmer im Bett lag und nichts mitbekam.

Am ersten Ferientag, als die jungen Damen bereits

alle nach Hause abgereist waren, übergaben Nesta und Joanna Thomas, dem Kutscher, ihr Reisegepäck und verließen das ungewöhnlich stille Gebäude. Sie wollten mit dem Neun-Uhr-Zug von High Huffam nach Gloucester fahren – und während der Fahrt achtete Joanna darauf, dass die kleine Klappe im Kutschendach fest geschlossen blieb.

Allerdings erwartete sie keine Vertraulichkeiten zwischen Nesta und sich so früh am Tag. Damen benahmen sich nicht so grob und ungeduldig, nur Männer wachten morgens schon mit dem Gedanken an ihre Befriedigung auf und rissen ihre armen Frauen aus dem Schlaf.

Thomas war ein Mann, und daher war er von Natur aus ständig lüstern, sagte sich Joanna. Wenn er Gelegenheit dazu hatte, würde er sich auf dem Weg zum Bahnhof selbst befriedigen, aber dieses Mal sollte es zumindest ohne den Anblick ihrer entblößten Brüste und Muschis geschehen.

Sie hätte sich keine Gedanken machen brauchen – Nesta war ein Muster an Schicklichkeit. Sie legte Joanna lediglich unter ihrem aufgeknöpften Mantel den Arm um die Taille. Als ein plötzlicher Sonnenstrahl die beiden Frauen darauf hinwies, dass die Klappe im Kutschendach geöffnet worden war, stieß Joanna heftig mit der Spitze ihres Regenschirms dagegen.

Als die Kutsche vor dem Bahnhof hielt, war Thomas völlig frustriert. Mit hochrotem Kopf half er den Damen aus der Kutsche, wobei die Ausbuchtung in seiner Hose deutlich zu sehen war. Auch Nesta nahm sie wahr, und mit schneidender Stimme sagte sie zu dem Kutscher: »Sie haben sich offenbar nicht in der Gewalt, Thomas. Das steht einem Dienstboten nicht zu. Ich warne Sie, wenn sich das bis zu meiner Rückkehr nach St. Winifrith nicht gebessert hat, werde ich zu anderen Maßnahmen greifen müssen.«

»Ja, Miss Rees-Morgan«, murmelte er. Er tippte sich an die Hutkrempe und blickte verlegen zu Boden.

Es waren nur wenige Reisende unterwegs, und so genossen die beiden Damen den Komfort eines Erste-Klasse-Abteils für sich ganz alleine. Es roch zwar ein wenig muffig, war aber gut geheizt und sauber, und vor allem konnte niemand herein, wenn der Zug nicht gerade an einem Bahnhof hielt. Joanna und Nesta zogen ihre Handschuhe, Hüte und Mäntel aus und legten sie in die Gepäckablage, wo Thomas auch ihre Koffer untergebracht hatte.

»Mir ist schon häufiger aufgefallen, dass der Kutscher sich respektlos benimmt«, sagte Joanna vorsichtig.

Respektlos war ein schwacher Ausdruck dafür, dass Thomas sein *Ding* herausholte und es ihr präsentierte. Und dass er ihr duftendes Taschentuch beschmutzt hatte, war barbarisch. Aber wenn Nesta davon erfuhr, würde sie vielleicht fragen, womit Joanna ein solches Verhalten herausgefordert hätte. Außerdem hatte es sich nicht wiederholt, seitdem Mrs. Gorley die Dinge in die Hand genommen hatte.

»Thomas hat uns absichtlich mit seiner riesigen Ausbuchtung in der Hose beleidigt«, erwiderte Nesta. »Seine Bestrafung ist mal wieder überfällig. Ein paar Hiebe werden ihm wieder Manieren beibringen – ich werde mich sofort darum kümmern, wenn wir wieder in St. Winifrith sind.«

»Wie können Sie ihn denn verprügeln?«, rief Joanna

aus und zog überrascht die Augenbrauen hoch. »Das ist doch nicht das Gleiche wie bei einem Mädchen, dem man nur das Höschen herunterziehen muss, um ihm den Hintern zu versohlen. Thomas ist stark und wahrscheinlich auch gewalttätig. Wir könnten ihn selbst zu mehreren Frauen nicht festhalten.«

»Ich habe meine Methoden«, erwiderte Nesta mit einem harten Lächeln. »Ich miete mir für eine Stunde zwei kräftige Farmarbeiter von Mr. Gilliver. Sie bringen Thomas in den Stall und ziehen ihm die Hose herunter.«

»O ja«, sagte Joanna mit glänzenden Augen.

»Die beiden drücken ihn auf alle viere, während Mrs. Gorley die Bestrafung vornimmt«, fuhr Nesta fort. »Sie bearbeitet sein bloßes Hinterteil mit einem Stock, bis er zusammenbricht. In den Wochen danach benimmt er sich immer mustergültig. Unverschämt wird er erst wieder, wenn er die Schmerzen der letzten Bestrafung vergessen hat.«

»Wie wundervoll brutal«, murmelte Joanna. »Ich hoffe, Mrs. Gorley besorgt es ihm anständig. Sie ist kräftig gebaut für eine Frau.«

»Sie hasst Männer«, sagte Nesta. »Ihr Mann war ein Wilder, und in den wenigen Jahren ihrer Ehe hat er sie entsetzlich schlecht behandelt. Schließlich hat er sie verlassen und ist zur Armee gegangen. Sie können sich vorstellen, dass sie Männer nur zu gerne verprügelt.«

Was für außergewöhnliche Dinge ich hier erfahre, dachte Joanna. *Und ich glaubte schon, es sei etwas Besonderes, Mr. Pennythwaite den Hintern zu versohlen, dabei geht Nesta viel weiter, um Ordnung zu schaffen. Es überrascht mich nicht, dass Ida Männer verabscheut. Wahrscheinlich hat sie die raue Art, mit ihren Freundinnen umzuspringen, von ihrem Mann gelernt – ich habe so etwas Aufregendes jedenfalls noch nie erlebt.*

»Aber genug von Männern und ihrem verabscheuungswürdigen Verhalten«, sagte Nesta und streichelte liebevoll über Joannas Titten. »Wir beide sind in kürzester Zeit gute Freundinnen geworden.«

»Ich hoffe, wir werden uns in den Ferien noch besser kennen lernen«, erwiderte Joanna liebenswürdig. »Ich bewundere Sie sehr, Nesta.«

»Ich glaubte immer, Imogen Ethridge hätte die elegantesten Brüste von allen Lehrerinnen in St. Winifrith«, fuhr Nesta fort, »aber seit Sie da sind, musste ich meine Meinung revidieren – ihre Titten sind sogar noch perfekter als Imogens.«

»Ich habe ihre noch nicht gesehen, deshalb muss ich Ihnen wohl Glauben schenken«, sagte Joanna.

Sie sagte die Wahrheit. Imogen hatte, abgesehen von ihrem Höschen, die Kleider anbehalten, als sie und Joanna sich eines Nachmittags gestreichelt hatten. Joanna hatte das Spielzeug, das nie genug bekommen konnte, unter ihren Händen gespürt – und sie hatte gestaunt, wie leise Imogens Orgasmen vor sich gingen. Vier oder fünf sanfte Schauer und ein schwaches Seufzen waren die einzigen Anzeichen für Imogens Höhepunkt.

Nesta knöpfte Joannas hochgeschlossene Bluse auf und ließ ihre Hand unter das Hemdchen gleiten, um Joannas Brüste zu streicheln. Einen Moment lang überlegte Joanna, ob sie ihr von ihrem Zusammensein mit Imogen erzählen sollte, aber dann schwieg sie doch lieber. Die Hand auf ihrer Brust fühlte sich zu besitzergreifend und beherrschend an.

»Ich muss Ihnen etwas sagen«, erklärte Nesta. »Es muss jedoch ein Geheimnis bleiben – geben Sie mir Ihr Wort darauf, dass Sie es nie einer Menschenseele verraten.«

»Ich verspreche es«, gelobte Joanna.

Sie brannte darauf, die Geheimnisse in Nestas Leben zu erfahren.

»Als ich jung war, verlobte ich mich«, sagte Nesta zu Joannas Erstaunen. »Ich war unschuldig und unerfahren und wusste es nicht besser.«

»Wie schrecklich für Sie«, rief Joanna aus. »Ihr Verlobter hat vermutlich Ihre Unschuld ausgenutzt – ist das Ihr dunkles Geheimnis, dass ein Mann sein *Ding* in Sie gezwungen hat?«

»Mein Verlobter hat nichts dergleichen getan«, erwiderte Nesta mit fester Stimme, »ein oder zwei kleine Küsse und ein leichter Klaps auf mein Hinterteil, wenn niemand hinsah, waren die einzigen Vertraulichkeiten, die er sich jemals erlaubt hat. Mehr habe ich nie zugelassen. Nach einer Verlobungszeit von sechs Monaten heirateten wir.«

»Sie heirateten?«, sagte Joanna erstaunt. »Dann haben Sie also das schlimmste Schicksal erlitten, das eine Frau sich vorstellen kann – wie lange mussten Sie denn den sexuellen Missbrauch ertragen, bevor Sie sich von Ihrem Gatten befreien konnten?«

»Wir sind immer noch verheiratet«, erwiderte Nesta. »Wir leben allerdings nur in den Ferien zusammen, und wenn ich sage, *wir leben zusammen,* so müssen Sie wissen, dass ich meinem Mann nicht gestatte, mich körperlich als seine Frau zu sehen.«

»Dem Himmel sei Dank«, keuchte Joanna erleichtert.

»Wird Ihr Gatte denn zu Hause sein, wenn wir ankommen?«

»Sie werden ihn beim Mittagessen kennen lernen, meine Liebe.«

»Warum haben Sie ihn überhaupt geheiratet?«, fragte Joanna stirnrunzelnd. »Und warum geben Sie vor, eine allein stehende Frau zu sein?«

»Ich war jung und unschuldig, und meine Kenntnisse von den grässlichen Dingen, die Männer mit hilflosen Frauen machen, waren nur vage. Die Tante, bei der ich aufwuchs, war unverheiratet, und sie war so religiös, dass sie es nie über sich brachte, mit mir über sexuelle Dinge zu sprechen. Ich wusste zwar, dass zwischen Mann und Frau eine Form von körperlichem Kontakt stattfindet, hatte jedoch nicht die leiseste Ahnung, dass dabei jede Nacht ein nackter Mann auf einem liegt.«

»Jede Nacht – eine entsetzliche Vorstellung!«, murmelte Joanna.

»In den meisten Nächten sogar zweimal«, sagte Nesta, »und manchmal auch dreimal – mein Mann ist unermesslich kräftig, und abgesehen von den nächtlichen Akten bestand er auch jeden Samstag- und Sonntagnachmittag darauf. Als ich mich um die Stelle der Direktorin in St. Winifrith bewarb, hielt ich es für besser, meine Vergangenheit zu verheimlichen, um meine Aussichten zu verbessern.«

»Natürlich«, erwiderte Joanna. »Die Schulbehörde stellt ungern verheiratete Direktorinnen in einer Mädchenschule ein, weil der Ehemann die jungen Damen belästigen könnte.«

»Genau«, stimmte Nesta ihr zu. »Ich erhielt die Stelle nur, weil sie mich für unverheiratet hielten – und später konnte ich meinen wirklichen Status auch nicht enthüllen, aus Angst, meinen Posten wieder zu verlieren. So, jetzt wissen Sie, warum man mich in der Schule als Miss Rees-Morgan kennt. Ich habe Ihnen mein größtes Geheimnis anvertraut.«

»Ich werde Sie niemals verraten«, gelobte Joanna und küsste Nesta auf die Wange. »Sie können mir vertrauen.«

»Das wusste ich«, erwiderte Nesta, »und da ich weiß, dass der Zug in den nächsten vierzig Minuten nicht hält, ziehen Sie jetzt bitte Ihr Höschen aus.«

»Was? Hier?«, fragte Joanna erstaunt.

»Warum nicht?«

»Es ist gewagt«, erwiderte Joanna. Der Gedanke, ihre kostbare Muschi in einem fahrenden Zug zu entblößen, war ihr ungewohnt.

»Eben weil es gewagt ist, will ich es«, erklärte Nesta. »Wir dürfen uns niemals durch die Konventionen langweiliger Menschen hemmen und beeinträchtigen lassen. Ziehen Sie es aus, Joanna.«

Sie zog die widerstrebende Joanna hoch und zog ihr ohne weitere Umstände das Höschen herunter. Es war lila und mit winzigen Rosenknospen bestickt, ein Geschenk von Florence. Nesta stopfte es in ihre geräumige Handtasche, und Joanna verstand auf einmal, warum Florence es so befreiend fand, ohne Höschen in St. Winifrith herumzuspazieren. Sie erzählte es Nesta.

»Ich kenne Florences kleine Spielchen«, sagte Nesta, »und ich nutze sie aus, wann immer es möglich ist. Erst vor ein paar Tagen traf ich sie allein im Musikzimmer an und drückte sie gegen den Flügel, während ich ihr mit meiner Hand einen Orgasmus verschaffte, den sie so schnell nicht vergessen wird. Jeder, der sie gehört hat, muss gedacht haben, sie studiert eine Opernarie ein und singt das hohe C.«

»Ich komme mir so liederlich vor ohne Unterwäsche in der Öffentlichkeit«, seufzte Joanna. »Ab heute werde ich öfter so gehen.«

»Vielleicht gebe ich Ihnen Ihr Höschen später wieder«, sagte Nesta und rieb Joannas nackten Bauch, »aber erst, wenn wir bei mir zu Hause angekommen sind. In der Droschke vom Bahnhof werden Sie mit nacktem Hinterteil sitzen müssen. Heben Sie jetzt Ihren Rock und setzen Sie sich auf mich.«

Vor Lust erschauernd beugte Joanna sich der Autorität und setzte sich auf Nestas Schoß, wobei sie jedoch protestierte, dass diese Stellung entwürdigend und nicht damenhaft sei.

»Du tust genau das, was ich will«, erwiderte Nesta zufrieden lächelnd.

Mit einer Hand umfasste sie Joannas Hinterbacken und schob die andere zwischen ihre gespreizten Beine, um die blonde Muschi zu betasten. Joanna legte die Hände auf Nestas Schultern und beugte sich vor, um sie auf die Augen und die Stirn zu küssen.

»Du sollst wissen, dass du alles tun musst, was ich von dir verlange«, sagte Nesta, während ihre Finger in Joannas feuchte Möse glitten. »Du bist mein Besitz. Ich werde dich in den Ferien jeden Tag benutzen und beherrschen.«

Joanna bebte unter den Schauern der Lust, die die Finger ihr bereiteten. Eigentlich war es ihr natürlicher Instinkt, andere zu dominieren, aber Nestas Wille war so stark, dass jeder Widerspruch zwecklos war. Unter den Berührungen der erfahrenen Frau steuerte Joanna unaufhaltsam dem Höhepunkt entgegen, und als der Orgasmus sie überschwemmte, schrie sie laut auf. Wenn in den angrenzenden Abteilen andere Reisende saßen, so fragten sie sich sicher, welches schreckliche Verbrechen begangen wurde. Joannas Bauch bebte heftig, und sie warf den Kopf zurück.

Schließlich kam der Zug in Gloucester an. Vor dem Bahnhof bestiegen die Damen eine Kutsche, um zu Nestas Haus zu fahren. Joanna hatte ihr lilafarbenes Höschen noch nicht zurückbekommen, es war immer noch sicher in Nestas Handtasche verstaut. Eine seltsame Erregung stieg in ihr auf, als sie die kühle Luft an ihren Schenkeln spürte – ihre geliebte Muschi war nackt und verletzlich. Nesta bemerkte ihr leichtes Erröten und lächelte zufrieden, da sie den Grund sofort erriet.

Nestas Heim war ein großes, elegantes Haus, das ein wenig zurückgesetzt von der Straße hinter einer hohen Mauer stand. Nestas Mann hieß nicht Rees-Morgan, erklärte sie Joanna beim Eintreten, das war ihr eigener Mädchenname. Bertrams Name war Bancroft-Priddle, und er war der fünfte Sohn eines adeligen Landbesitzers. Selbstverständlich hatte Bertram noch nie arbeiten müssen, um sich seinen Lebensunterhalt zu verdienen. Er hatte zwar kein großes Erbe von seinem Vater zu erwarten, aber das bescheidene Einkommen, das ihm seine Großmutter hinterlassen hatte, reichte ihm völlig aus.

Bertram begrüßte Joanna herzlich, als sie einander vorgestellt wurden, und sagte, er freue sich, eine Kollegin von Nesta kennen zu lernen. Joanna bemerkte sofort, dass er bei der Begrüßung anerkennend auf ihre

Brüste starrte. Wieder errötete sie und fragte sich, ob Bertram wohl bewusst war, dass sie unter ihrem Rock kein Höschen trug.

Sein charmantes Lächeln verstärkte ihre Angst nur noch. Er war ein paar Jahre jünger als Nesta – Joanna rechnete rasch nach und stellte fest, dass Nesta keineswegs mehr so jung und unschuldig gewesen sein konnte, als sie geheiratet hatte, denn dann hätte Bertram noch ein Schuljunge sein müssen. Aber vielleicht war sie ja auch mit Mitte zwanzig noch so unwissend, dass sie keine Ahnung davon hatte, was Männer mit Frauen taten.

Bertram war ein distinguierter, gut erzogener Mann, allerdings besaß er nicht Nestas kraftvolle Persönlichkeit. Seine Haare, die ebenso wie seine Augen dunkelbraun waren, trug er in der Mitte gescheitelt, und sein gepflegter Schnurrbart war an den Ende nach oben gezwirbelt. Und doch hatte er Nesta in den ersten Jahren ihrer Ehe gnadenlos geschändet, obwohl er aussah wie ein Gentleman.

Joanna erschauerte bei dem Gedanken, dass er auf Nestas rundem Bauch lag und sein *Ding* in sie hineinstieß – und das zwei Mal in der Nacht. Sie fragte sich, wie es wohl an den Nachmittagen am Wochenende zugegangen war, von denen Nesta gesprochen hatte – war er mit ihr nach dem Mittagessen ins Schlafzimmer gegangen oder hatte er sie im Salon genommen? Mary Utterley hatte ihr einmal erzählt, dass Arthur es im Sommer manchmal im Wintergarten mit ihr tat – dann musste sie sich mit entblößten Brüsten und hochgeschobenem Rock in einen Schaukelstuhl setzen und die Beine spreizen.

Durch die Kraft seiner Stöße begann der Stuhl zu schaukeln, und das trug zu seiner Erregung bei, hatte Mary erzählt, so dass er ziemlich schnell kam. Die Geschichte hatte auch Joanna in Erregung versetzt, und sie hatte darauf bestanden, dass sie und Mary sich ebenfalls im Schaukelstuhl streichelten.

Nestas Mann trug ein elegantes Smokingjackett aus rotem Samt, dessen Aufschläge mit Gold eingefasst waren. Seine Fliege war aus taubengrauer Seide, und seine schwarze Hose war tadellos gebügelt. Die drei setzten sich zu einem späten Mittagessen hin, das von einem dünnen, jungen Dienstmädchen namens Mavis aufgetragen wurde. Joanna war erstaunt, wie respektvoll Bertram Nesta behandelte – er versuchte, ihr jeden Wunsch von den Augen abzulesen.

Nesta hat doch behauptet, er sei ein Vergewaltiger der schlimmsten Sorte, dachte sie verwirrt. *Kann er sich denn so geändert haben? Offenbar hat sie die Hosen in diesem Haus an – wenn man sich ein so unpassendes Kleidungsstück an Nesta überhaupt vorzustellen wagt.*

Im Zug hatte Nesta Joanna erzählt, dass sie Bertram nicht mehr gestatte, sie anzurühren, und Joanna glaubte ihr. Und doch spürte man eine starke Verbindung zwischen den Eheleuten. Joanna stieg die Röte in die Wangen, weil sie das Bild von Nesta in Männerhosen nicht aus dem Kopf bekam. Ihre kräftigen Schenkel würden sich deutlich darin abzeichnen. Es müsste erregend sein, die Hose aufzuknöpfen, um Nestas bloße Haut zu fühlen. Und der Gedanke an das männliche Kleidungsstück kam Joanna auf einmal gar nicht mehr so abstoßend vor, wenn statt des grässlichen *Dings* Nestas glänzende schwarze Löckchen darin steckten.

Wieder fiel Joanna ein, dass sie kein Höschen trug. Sie saß nur eine Armlänge von einem Mann entfernt, und ihr geliebtes Spielzeug war unbedeckt. Falls Bertram auf die Idee käme, ihr unter dem Tisch unter den Rock zu greifen, dann würde er ihre unbedeckte Muschi berühren! Die Vorstellung war so entsetzlich, dass Joanna sofort die Beine übereinander schlug. Natürlich würde Bertram das nicht tun, er plauderte und war ganz charmanter Gastgeber.

Nach dem Essen ging er in den Garten, um einen Stumpen zu rauchen, und Nesta ging mit Joanna nach oben, um ihr ihr Zimmer zu zeigen. Händchen haltend setzten sie sich aufs Bett und küssten sich. Joanna überlegte, ob Nesta sie wohl belästigen wollte. Sie hoffte es eigentlich – die Anwesenheit Bertrams unten im Haus würde es nur noch erregender machen.

»Ich bin froh, wieder zu Hause zu sein«, erklärte Nesta. »Wenn ich weg bin, besteht immer die Gefahr, dass Bertram mir entgleitet. Anzeichen dafür hat es bereits beim Mittagessen gegeben.«

»Wie meinst du das?«, fragte Joanna und fuhr rasch mit der Hand über Nestas schwellende Brüste.

»Du hast doch sicher gesehen, wie er das Mädchen angestarrt hat«, erwiderte Nesta. »Sein Blick wurde ganz lüstern, als er dachte, ich bemerke es nicht.«

»Dir gegenüber hat er sich äußerst höflich benommen«, erwiderte Joanna.

»Du kennst ihn nicht so gut wie ich«, sagte Nesta kopfschüttelnd. »Er wollte damit nur verbergen, dass er etwas getan hat, dessen er sich schämt, und er hat Angst, dass ich es herausfinde. Vermutlich hat er sich Mavis genähert.«

»Ein Gentleman wie Bertram wird sich doch gewiss nicht mit einem Dienstmädchen einlassen«, rief Joanna aus.

»Sei doch nicht so naiv, meine Liebe. Du weißt doch, wie widerlich Männer sind, und Bertram ist da keine Ausnahme. Er hatte das Mädchen im Bett und hat sich an ihrem dünnen, jungen Körper vergriffen.«

»Würde er das wirklich tun?«

»Ich kenne ihn«, versicherte Nesta Joanna und legte ihre Hand über die der Freundin. »Er hat es die ganze Zeit über mit Mavis getrieben. Nachts in seinem Bett und tagsüber auf seinem Schoß im Wohnzimmer.«

»Um Himmels willen – das ist ja unglaublich«, sagte Joanna.

»Ich muss ihm beibringen, wo seine Verantwortlichkeiten liegen«, erklärte Nesta stirnrunzelnd. »Das habe ich schon öfter gemacht, und ich weiß, wie ich mit ihm fertig werde. Ich gehe nach unten und hole ihn. Du bleibst noch zwanzig Minuten hier und dann kommst du in unser Schlafzimmer und hilfst mir.«

Mit entschlossenem Gesichtsausdruck sprang sie auf. Joanna nutzte die Zeit, um ihre dunkelblonden Haare vor dem Frisierspiegel zu bürsten und ein wenig Puder aufzulegen. Sie dachte daran, wie Nestas Ehemann ihr während des Mittagessens auf die Brüste gestarrt hatte – es war absolut Ekel erregend, die heißen Blicke eines Mannes auf dem Körper zu spüren. Fast so schlimm, als hätte er über den Tisch gegriffen und ihre Titten angefasst.

Als die zwanzig Minuten um waren, verließ sie ihr Zimmer und ging zum Schlafzimmer des Ehepaares, das im vorderen Teil des Hauses lag. Sie klopfte an die

Tür, wobei sie sich fragte, was sie wohl erwartete. Nach Nestas Bericht über die Bestrafung, die der Kutscher Thomas regelmäßig erhielt, hielt Joanna es durchaus für möglich, dass sie auch ihren Gatten Stockhiebe auf den nackten Hintern versetzte. Den Hilfsgeistlichen zu bestrafen hatte ihr gut gefallen, und so hoffte Joanna nun, Nesta dabei behilflich sein zu können, ihrem Ehemann die Hose herunterzuziehen und ihm den nackten Hintern zu versohlen.

Sie holte tief Luft, als Nesta sie hereinrief, und trat ein. Es war ein großes Zimmer mit einem Doppelbett aus Messing und einem offenen Kamin, in dem ein Feuer prasselte. Wie angewurzelt blieb sie stehen, als sie Bertram splitternackt auf dem Bett liegen sah.

Er war an Armen und Beinen an die Bettpfosten gefesselt. Offensichtlich hatte er sich freiwillig in sein Schicksal ergeben, weil es für eine Frau unmöglich gewesen wäre, ihn in diese Position zu zwingen. Außerdem lag er auf dem Rücken, und Joanna überlegte verwirrt, dass Nesta ihm so nicht den Hintern versohlen konnte.

Bertram drehte den Kopf und blickte Joanna an, als sie eintrat. Sein Gesicht war gerötet, und die Augen traten ihm aus den Höhlen. Entsetzt starrte Joanna auf sein *Ding*, das steif und zuckend emporragte. Im Geiste verglich sie es mit dem einzigen anderen männlichen Glied, das sie jemals gesehen hatte. Ganz sicher war sie sich nicht, aber Bertrams *Ding* wirkte viel größer als das von Thomas.

»Komm herein, Joanna«, forderte Nesta sie auf. »Setz dich.«

Auch Nesta war so gut wie nackt – sie hatte all ihre

Kleidungsstücke abgelegt, bis auf ihr schwarzes Satinhöschen. Sie bot einen beeindruckenden Anblick. Ihre Titten waren voll und schwer, und ihr runder Bauch wölbte sich vor.

»Ich freue mich, dass du Berties Bestrafung beiwohnen willst«, sagte sie. »Sieh mir gut zu, damit du lernst, wie man einen Mann unterwirft.«

Mit angehaltenem Atem beobachtete Joanna, wie Nesta sich auf Bertrams nacktem Körper niederließ. Sie rieb ihr glänzendes schwarzes Höschen über seinen Brustkorb und seinen Bauch, um ihn zu quälen – er ertrug es schweigend, zerrte jedoch an seinen Fesseln. Schließlich setzte sich Nesta auf seine Schenkel und nahm sein steifes *Ding* in die Hand.

Wie kann sie es nur ertragen, es zu berühren?, dachte Joanna entsetzt. *Wie kann sie dieses Ding nur anfassen, das in sie eingedrungen ist – es ist wirklich obszön, wie riesig es ist!*

Nesta rieb das rote Köpfchen des Gliedes an ihrem Höschen und sagte mit schneidendem Tonfall:

»Du hoffst wohl, ich ziehe mein Höschen aus, damit du in mich eindringen kannst, was?« Ihre Stimme triefte vor Verachtung. »Ich muss dich leider enttäuschen, ich habe nicht die Absicht, auch wenn du mich noch so sehr anflehst.«

Bertrams Brustkorb hob und senkte sich unter seinen keuchenden Atemzügen. Joanna starrte wie gebannt auf Nestas schwere Brüste, die bei jeder Bewegung wippten.

»Die Zeiten, in denen du mit mir machen konntest, was du wolltest, sind vorbei«, erklärte Nesta. »Ich war jung und dumm, und du hast meine Unwissenheit ausgenutzt, um meinen Körper zu schänden.«

»Ich habe dich nie geschändet«, protestierte er. »Ich habe dir leidenschaftliche Liebe geschenkt.«

»Du hast mir jede Nacht das Nachthemd vom Leib gerissen und meine Brüste angefasst«, beschuldigte sie ihn. »Du hast mit deinen lüsternen Fingern meine Muschi auseinander gezogen.«

»So jung und unschuldig warst du gar nicht«, entgegnete er. »Du hast zwar jedem erzählt, du seiest erst einundzwanzig, aber in Wirklichkeit warst du schon mindestens fünfundzwanzig. Bevor ich dich kennen lernte, warst du bereits achtzehn Monate mit einem anderen Mann verlobt. Frank Mauberley hat dich entjungfert – jeder wusste, dass er nicht die Finger von dir lassen konnte. Gib es doch zu, Nesta – du warst in der Hochzeitsnacht nicht mehr Jungfrau.«

»Du hast meinen jungfräulichen Körper genommen«, widersprach Nesta ihm, »du hast mir die Unschuld geraubt, nicht Frank – er war gar nicht stark genug, um ein junges Mädchen gegen dessen Willen zu bezwingen.«

»Du bist besessen davon, mich zu demütigen«, stöhnte Bertram.

Von ihrem Platz aus konnte Joanna deutlich sehen, dass Nesta die ganze Zeit über Bertrams *Ding* streichelte.

»Unterwirf mich nur«, keuchte er. »Ich werde mich nicht beklagen, ich bete dich an, Nesta.«

»Was für eine Lüge«, erwiderte sie. »Du willst doch nur dein brutales *Ding* in mich hineinstecken. Aber ich bin kein junges Mädchen mehr, ich bin nicht mehr das hilflose Opfer deiner Lust.«

»Ich habe nur das Natürliche getan«, wehrte er sich.

»Ich war ein Opfer, und du hast meinen Körper geschändet«, erwiderte Nesta. »Du hast dein *Ding* gegen meinen Willen Nacht für Nacht in meine Muschi gesteckt. In unserer Hochzeitsnacht hast du mich drei- oder viermal genommen – ich bin fast vor Angst gestorben.«

»Am nächsten Morgen warst du strahlend schön«, sagte Bertram.

»Woher willst du wissen, was ich empfunden habe? Du bist über mich hergefallen, während ich noch schlief. Dich hat doch nur interessiert, wie du dein *Ding* in mich hineinschieben konntest. In nur einem Jahr hast du meine arme Muschi fast ruiniert.«

»Ach ja?«, schnarrte Bertram in einer plötzlichen Stimmungsänderung. »Du hast doch Freundinnen gefunden, die deine Muschi anders behandeln, oder? Du hast das normale Eheleben gegen Laster und Verderbtheit eingetauscht, Nesta – wie willst du denn das entschuldigen?«

»Ich habe Freundinnen, die mich respektieren«, erwiderte sie. »Sie lieben meinen Körper und missbrauchen ihn nicht für ihre eigene Befriedigung. Ich brauche mich nicht zu entschuldigen.«

»Freundinnen wie diese hier, die du mit nach Hause gebracht hast?«, sagte Bertram verächtlich. »Miss Joanna Bartholomew, die sich unter den Rock fasst, während sie mein Gerät ansieht.«

»Spielst du mit dir, Joanna?«, fragte Nesta lächelnd und blickte sich um. »Aber ja, und warum auch nicht? Hör mir zu, Bertie, Joannas Kätzchen ist weich und warm, allerdings wirst du nie Gelegenheit haben, es zu berühren.«

»Ihr benehmt euch unnatürlich«, erklärte Bertram. »Ihr seid beide lasterhaft.«

»Wir bescheren einander köstliche Freuden«, erwiderte Nesta. »Lust, die du dir nicht einmal vorstellen kannst.«

»Du lässt dich von ihr berühren, als sei sie dein Liebhaber«, warf Bertie ihr vor. »Und du fasst sie auf die gleiche Art an.«

»Was sollte Joanna deiner Meinung nach tun, Bertie?«

»Sie sollte sich nackt ausziehen und mit gespreizten Beinen auf dem Rücken hier auf dem Bett liegen«, erwiderte er. »Und dann würde ich ihr zeigen, was Frauen wirklich wollen. Und du solltest neben ihr liegen, Nesta, und wenn ich mit ihr fertig wäre, würde ich dich nehmen.«

»Du lernst eine schöne Frau wie Joanna kennen, und dir fällt nichts anderes ein, als sie schänden zu wollen«, höhnte Nesta. »Sie besitzt einen Vorzug, den ich in ihrem Alter nicht hatte – sie versteht die niedere Natur der Männer, obwohl sie sich nie einem hingegeben hat.«

»Warum kommst du eigentlich in den Ferien immer hierher, um mich zu quälen?«, seufzte Bertram. Er zitterte am ganzen Körper.

»Weil ich es möchte«, erwiderte sie kalt lächelnd.

Ihre Hand glitt immer noch an seinem *Ding* auf und ab, und Joanna kam es so vor, als sei es noch größer geworden.

»Und ich quäle dich, weil du es so willst«, fuhr Nesta fort. »Du magst es ja leugnen, aber du liebst es, wenn ich deinen Körper missbrauche. Wenn ich fort bin, liegst du im Bett und träumst davon, gefesselt zu sein, während ich meine Muschi über deinen Mund reibe.«

Bertram war mittlerweile äußerst erregt – er stöhnte

auf, und seine weiße Flüssigkeit spritzte auf Nestas schwarzes Höschen.

»Was hast du getan?«, sagte sie wütend und starrte auf den nassen Fleck. »Was bist du nur für ein Schwächling.«

»Ich bete dich an, Nesta«, keuchte er.

»Du bist verachtenswert«, erwiderte sie und molk die letzten Tropfen aus ihm heraus.

»Hast du das gesehen, Joanna?«, fragte sie. »Er ist nur von einem einzigen Wunsch besessen – meinen Körper zu beschmutzen.«

»Ich bin schockiert«, murmelte Joanna, wobei sie sich die entblößte Muschi unter dem Rock streichelte.

»Ich bin schamlos«, erklärte Bertram, »aber das liegt nur daran, dass ich Nesta anbete wie eine Göttin.«

»Deine sogenannte Anbetung bedeutet nur, dass du meinen Körper für deine Befriedigung missbrauchst«, schnaubte Nesta. »Genauso, wie du Mavis während meiner Abwesenheit missbraucht hast. Du musst nicht glauben, dass du so leicht davonkommst.«

»Das stimmt nicht«, wehrte sich Bertram. »Ich habe das Mädchen nie angerührt.«

»Du lügst schon wieder«, erwiderte Nesta. »Du hattest das Mädchen jeden Tag und jede Nacht, seit ich weg war. Ich will dir zeigen, was wirkliche Anbetung heißt – Joanna betet mich an, nicht wahr, mein Liebling?«

»Ja«, seufzte Joanna.

»Zieh deine Kleider aus und zeig mir deinen wunderschönen Körper«, befahl Nesta.

»Ich soll mich vor einem Mann ausziehen?«, rief Joanna erschrocken aus. »Dann sieht er mich ja nackt!«

»Bertram soll begreifen, dass du alles für mich tun

würdest, weil du mich wirklich verehrst. Zieh dich aus, Joanna – tu es für mich!«

Joanna hatte das Gefühl, keine andere Wahl zu haben. Sie stand auf und legte langsam, mit zitternden Händen, ihre Kleider ab, bis sie schließlich nackt auf dem Teppich stand. Bertram starrte sie an – sein *Ding*, das schlaff geworden war, wuchs zusehends und reckte sein rotes Köpfchen.

»Sie hat kein Höschen angehabt, die Schlampe!«, sagte er erregt.

»Schweig, du wertlose Kreatur«, verwies Nesta ihn scharf und versetzte ihm mit der flachen Hand einen Schlag auf den Bauch.

Nesta trat auf Joanna zu, umarmte sie und gab ihr einen leidenschaftlichen Kuss. Eng aneinander gepresst standen sie da, und Joanna spürte die Feuchtigkeit auf Nestas Höschen an ihrem nackten Bauch. Ihr schauderte bei dem Gedanken, was den nassen Fleck hervorgerufen hatte.

»Das ist infam«, keuchte Bertram. »Ich hätte nie gedacht, dass ich einmal den Tag erleben würde, an dem ich so ein pervertiertes Verhalten zwischen zwei Frauen erleben muss …«

»Wir können uns gerne über dein perverses Verhalten gegenüber Mavis unterhalten«, sagte Nesta.

Zärtlich umschlungen boten die beiden Frauen sich Bertrams Blicken dar. Nestas Hand lag zwischen Joannas Beinen, und ihre Handfläche ruhte auf dem herzförmigen Pelz. Joanna lehnte den Kopf an Nestas Schulter und streichelte ihr über den Hintern.

»Ich habe Mavis nicht angefasst«, erwiderte Bertram, dem fast die Augen aus dem Kopf fielen.

»Versuch nicht, mich zu täuschen«, sagte Nesta. »Du hast sie ausgenutzt, obwohl sie kaum Titten hat und so dünn ist, dass du sie mit deinem Gewicht ersticken könntest – wahrscheinlich musste sie auf dir liegen.«

»Das ist Verleumdung«, protestierte Bertram.

»Das werden wir ja sehen, ich hole die Wahrheit schon aus ihr heraus«, entgegnete Nesta drohend.

Sie küsste Joanna ein letztes Mal und ließ sie dann los. Joanna zitterte, sie stand kurz vor dem Höhepunkt.

»Bleib hier«, befahl Nesta, »und pass auf Bertie auf, während ich Mavis aufsuche – es dauert nicht lange.«

Sie warf sich einen grünen Morgenmantel aus Seide über und verließ das Zimmer. Joanna blieb nackt und zitternd vor dem Bett stehen. Bertram war der erste Mann, der ihren unbedeckten Körper sah – und ihren herzförmigen Bären.

Schützend legte Joanna die Hand vor ihre Muschi. Bertram lächelte ihr zu, und auf einmal hatte sie das Gefühl, er wolle sie dazu bringen, sein *Ding* in die Hand zu nehmen. Es regte sich und wurde unter ihren Blicken immer größer und härter.

Nein, murmelte sie, *nein, nein, nein… niemals…*

14

Nackte Beherrschung

Joanna wusste nicht recht, wie sie sich angesichts des nackten, gefesselten Mannes auf dem Bett verhalten sollte. Sie errötete unter seinen lüsternen Blicken, erbebte jedoch gleichzeitig auch vor Erregung.

»Sie dürfen mich nicht so anschauen«, sagte sie zu Bertram und hielt die Hand schützend vor ihre Muschi. »Ich sehe Ihnen Ihr vulgäres Begehren an – wenden Sie sich ab.«

»Wenn Nesta noch eine halbe Minute länger mit Ihnen gespielt hätte, hätte ich Ihren Orgasmus erlebt«, erwiderte er spöttisch grinsend. »Sie hat mich darum betrogen – geht es Ihnen auch so?«

Joanna errötete noch tiefer und versuchte, auch ihre Brüste zu bedecken, damit Bertram sie nicht mehr so unverhohlen anstarren konnte.

»Es scheint Ihnen sehr unangenehm zu sein, dass Sie nackt sind«, sagte er grinsend, »warum eigentlich? Sie sehen meinen Körper und ich Ihren – das macht uns gleich.«

»Nein, das tut es nicht«, erwiderte Joanna aufgebracht. »Ich bin eine Frau mit einem wunderschönen Körper – Ihr Körper jedoch ist grotesk und unansehnlich wie der jedes Mannes. Das können Sie nicht vergleichen.«

»Wenn Sie den männlichen Körper so hässlich finden, warum sehen Sie sich ihn denn so genau an?«, fragte er unbeeindruckt.

»Aus reiner Neugier«, erklärte sie, »aber ich schäme mich dafür.«

»Neugier ist der Beginn für neue Erkenntnisse«, erwiderte Bertram. »Betrachten Sie mich aufmerksam, solange Sie Gelegenheit dazu haben – einen besser gebauten männlichen Körper werden Sie nie mehr zu Gesicht bekommen.«

Joanna musste zugeben, dass er Recht hatte. Es war die ideale Gelegenheit, einen nackten männlichen Körper zu inspizieren. Und er war in der Tat gut gebaut. Sein Bauch war flach, er hatte schmale Hüften und lange Beine. Der Teil seiner Anatomie, der ihre Aufmerksamkeit am längsten in Anspruch nahm, war sein *Ding*. Kühn ragte es aus dem Dickicht brauner Löckchen hervor.

Sie hatte zugeschaut, wie Nesta es gestreichelt hatte, und war erstaunt darüber gewesen, zu welchem Umfang es angeschwollen war. Außerdem hatte sie das erste Mal erlebt, wie ein Mann abspritzte – bis dahin hatte sie nur verstohlen in medizinischen Büchern darüber gelesen, die sie jedoch nicht auf die Menge der Flüssigkeit vorbereitet hatten, die in cremigen Tropfen an Nestas schwarzem Satinhöschen herunterperlte.

Die Tatsache, dass Bertram gefesselt und somit hilflos war, empfand Joanna als tröstlich. Er konnte ihr nichts tun, aber sie konnte ihn berühren, wenn sie wollte. Sie konnte ihn sogar auf den Bauch schlagen, falls er sie beleidigte. Sie konnte seinen ganzen Körper erforschen, von seinem braunen Schnurrbart bis hin zu seinem braunen Busch, und er konnte nichts dagegen unternehmen.

Ein schockierender Gedanke kam ihr, und wieder errötete sie – sie konnte ihn sogar erregen, wenn sie wollte.

Das war eine einzigartige Gelegenheit, ihre Neugier zu befriedigen. Entschlossen kletterte Joanna aufs Bett und setzte sich auf Bertrams Brustkorb, genau wie Nesta es gemacht hatte. Es war ein seltsames Gefühl, einen Männerkörper unter sich zu spüren, aber ihr Unbehagen darüber, nackt zu sein, ließ nach, wenn es auch nicht gänzlich verschwand. Ihrer Meinung nach war kein Mann auf der Welt es wert, ihren wunderschönen Körper zu sehen. Aber Bertram hatte ja schließlich zugeschaut, als sie sich Nesta zuliebe nackt ausgezogen hatte, und deshalb machte es keinen Sinn, jetzt das Höschen wieder anzuziehen. Sie blickte auf Bertram herunter. Ihr herzförmiger Pelz war dicht vor seinem Mund.

»Bertram«, begann sie, wobei sie ihn einfach respektlos mit dem Vornamen anredete, »ich habe Ihre Meinung über mich gehört – Sie haben mich als Schlampe bezeichnet. Das war von einem brutalen, lüsternen Mann nicht anders zu erwarten. Sie haben mich beleidigt, indem Sie sagten, ich sollte mit gespreizten Beinen auf dem Rücken liegen, damit Sie mir zeigen können, was Frauen wirklich wollen. Das waren Ihre Worte.«

»Sie würden es lieben, wenn ich es mit Ihnen täte«, versicherte er ihr. »Eine Frau, die es noch nie getan hat, weiß nicht, wie schön es ist, wenn ein steifer Schaft in ihrer Muschi steckt. Die meisten Frauen können gar nicht mehr genug davon kriegen, wenn sie es erst einmal erlebt haben.«

»Was für ein Unsinn«, erwiderte Joanna. »Nesta weiß alles darüber. Sie hasst es, wenn Sie ihr Ihr *Ding* hineinstoßen, und sie verachtet Sie für Ihr Verlangen.«

»Sie irren sich«, sagte Bertram ernst. »Nesta hat Ihnen nicht die ganze Wahrheit erzählt.«

»Meiner Meinung nach«, erklärte Joanna, »wird eine Frau, die sich für einen Mann auf den Rücken legt, zum reinen Objekt. Sie hört auf, eine Person zu sein und wird zum Gegenstand, der in der gemeinsten Weise missbraucht und geschändet wird.«

»Sie befinden sich völlig im Irrtum«, erwiderte Bertram. »Es wird Ihnen gefallen, wenn ich auf Ihnen liege, und mein Gerät in Ihre Muschi gleitet.«

»Ihre Eitelkeit macht Sie blind«, sagte Joanna. »Gefällt es Ihnen denn, von Nesta manipuliert und missbraucht zu werden?«

Bertrams Gesichtsausdruck war unergründlich.

»Sie waren Nesta völlig ausgeliefert«, erinnerte Joanna ihn. »Sie hat Sie gedemütigt und beschämt.«

Bertram lächelte nur, und Joanna fiel ein, wie Phyllis Talbot-Stacey ihr einmal erzählt hatte, sie habe auf Imogen Ethridges Mund gesessen und ihre Muschi daran gerieben.

Imogens Mund stand offen und sie keuchte, hatte Phyllis Joanna berichtet. *Ich spürte ihren heißen Atem an meiner Muschi und befahl ihr, mich zu lecken.*

Jetzt hatte Joanna Gelegenheit, einen Mann zu erniedrigen und sich für die Demütigungen zu rächen, die sie in der Londoner Untergrundbahn erdulden musste. Sie schob sich auf Bertrams Gesicht und rieb sich an seinem Mund. Sein Schnurrbart kitzelte auf den weichen Lippen ihres Spielzeugs.

»Sie haben Nestas Satinhöschen mit ihrer Lust beschmutzt«, sagte sie verächtlich und drückte ihre Pussy noch ein wenig fester gegen Bertrams Mund. »Sie haben ihre Herzensgüte ausgenutzt, um sich Befriedigung zu verschaffen. Was Sie getan haben, war entwürdigend – kein Gentleman würde sich je so benehmen.«

Bertram reagierte nicht auf ihre Vorwürfe. Stattdessen blies er seinen warmen Atem in ihre Muschi, und dann begann er, sie zu lecken.

»Hören Sie sofort auf«, befahl sie. »Sie glauben wohl, Frauen seien Spielzeuge, aber bei mir haben Sie damit kein Glück, Mr. Bancroft-Priddle. Meinen Körper hat noch nie eine männliche Hand berührt, und das wird auch nie geschehen.«

Er schien ihre Erklärung nicht ernst zu nehmen, denn er leckte sie immer weiter, bis ihre Muschi ganz heiß und nass war. Wenn er nicht gleich aufhörte, würde sie einen Orgasmus bekommen – und das durfte nicht sein. Damit würde sie vollends gegen ihre Prinzipien verstoßen. Dieses Entzücken war ihren liebsten Freundinnen vorbehalten.

Bevor seine Zunge weitere Vorstöße unternehmen konnte, glitt sie rasch über seinen Brustkorb bis zu seinen Schenkeln herunter, wobei ihre Pussy eine feuchte Spur hinterließ. Seine Blicke folgten ihr verlangend.

Sein *Ding* ragte steif und pochend empor. *Soll ich es mal berühren?*, überlegte Joanna und betrachtete den Furcht erregenden Schaft.

Bebend griff sie danach. Es fühlte sich heiß und hart an, und sie keuchte leise auf, als sie spürte, wie es gegen ihre Handfläche pochte.

»Das ist also das monströse *Ding*, das Sie in mich hineinstoßen möchten«, verspottete sie Bertram. »Das wird nie geschehen.«

Heißes Verlangen brannte in seinen Augen, aber er schwieg. Joanna betrachtete sein riesiges Ding, das sie gleichzeitig erschreckte und faszinierte, dann ließ sie ihre Hand, wie sie es bei Nesta gesehen hatte, daran auf und ab gleiten.

»Stimmt es, was Nesta gesagt hat?«, fragte sie. »Träumen Sie jede Nacht davon, von ihr gefesselt und manipuliert zu werden? Sind Sie ein Perverser?«

»Warum wollen Sie das wissen?«, seufzte er. »Sie würden es ja doch nicht verstehen – Sie sind doch noch Jungfrau, jedenfalls haben Sie das behauptet.«

»Ich weiß, dass Männer lüstern und triebhaft sind«, antwortete sie, während sie sein langes, dickes *Ding* streichelte, »aber trotzdem hat mich Nestas Anschuldigung überrascht, weil sie mir eigentlich den Eindruck vermittelt hatte, Sie seien ein wildes, aggressives Tier, das ihren Körper schändet. Ich möchte gerne die Wahrheit wissen.«

»Das verstehen Sie nicht«, erwiderte Bertram lächelnd. »Sie haben eben noch nie für einen Mann auf dem Rücken gelegen, und wissen nicht, wie gut sich ein dicker Schaft in Ihrer Pussy anfühlt. Wie wollen Sie mich dann verstehen?«

»Sie sind kein Gentleman«, sagte Joanna mürrisch. »Sie denken nur daran, Frauen mit Ihrem schrecklichen Gerät zu durchbohren. Sie sind ein Ungeheuer.«

»Und Ihr einziges Vergnügen besteht darin, sich auszuziehen und für Frauen wie Nesta die Beine breit zu machen«, gab er zurück. »Was für eine armselige Veranstaltung, sich gegenseitig die Muschi zu reiben. Sagen Sie mir, hat Nesta Sie ausgepeitscht? Oder sitzt sie nackt auf einem Stuhl, und Sie müssen sich hinknien und ihr die Möse lecken?«

»Ach, Sie kennen also das Spiel von der Königin auf ihrem Thron mit dem nackten Sklaven zu ihren Füßen?«, sagte Joanna. »Dann hat sie es also auch mit Ihnen gespielt.«

»Ich war unzählige Male ihr Sklave und sie meine nackte Königin«, seufzte Bertram glücklich. »Ich habe ihr die Beine gespreizt und sie so lange geleckt, bis sie einen Orgasmus nach dem anderen bekam und besinnungslos zurücksank. So weit sind Sie mit ihr sicher noch nie gekommen, kleine Miss Joanna.«

»Noch nicht«, erwiderte Joanna, verärgert über seinen herablassenden Tonfall, »aber das wird schon noch passieren.«

»Und selbst, wenn es Ihnen gelingt, dass ihr die Sinne schwinden«, prahlte Bertram, »können Sie die Situation trotzdem nicht so ausnutzen wie ich.«

»Wie meinen Sie das?«, fragte Joanna.

»Wenn Nesta ohnmächtig daliegt«, sagte er, »schiebe ich mein Gerät direkt in ihre Muschi, die nass und schlüpfrig von den Orgasmen ist. Ich packe ihre Brüste, stoße sie und spritze dann direkt in ihren Bauch.«

»Sie Unhold«, rief Joanna aus, »es ist tierisch, ihren Körper zu missbrauchen, wenn sie hilflos ist. Ich hoffe, sie rächt sich an Ihnen, wenn sie wieder zu sich kommt.«

»Ich ziehe mich natürlich zurück, bevor sie wieder zur Besinnung kommt«, erklärte Bertram, »und hocke mich wie ein gehorsamer Sklave wieder zu ihren Füßen hin.

Sie wird nie erfahren, was ich mit ihr gemacht habe – oh, es ist so wunderbar, sie ohne ihr Wissen zu nehmen!«

»Sie sind ein Ungeheuer«, beschuldigte Joanna ihn, »Sie sind böse und pervers!«

Sie stellte sich Nesta nackt und bewusstlos in einem Lehnstuhl vor, die Beine weit gespreizt, während Bertram ihre Lage schamlos ausnutzte und sie vergewaltigte. Unter der Wirkung dieser Gedanken schlug Joanna die Fingernägel in sein zuckendes Glied – er bäumte sich auf und zerrte an seinen Fesseln, und während er laut stöhnte, schoss sein Sperma aus ihm heraus. Entsetzt wich Joanna zurück, als sie auf einmal die warme Flüssigkeit an ihrer Hand spürte, aber sie tropfte dennoch auf ihren Schenkel.

»Nein«, rief sie aus, »lassen Sie das!«

»Das waren Sie«, keuchte er, immer noch am ganzen Körper bebend. »Ich konnte nichts dafür – Sie haben mich kommen lassen, Joanna.«

»Sie sind durch und durch verdorben«, sagte sie, als sie sah, dass das Sperma langsam in ihren herzförmigen Busch sickerte.

»Und Sie sind wunderschön«, erwiderte er glücklich. »Wenn Sie so auf mir sitzen, mit Ihren nackten Titten und meinem Gerät in Ihrer Hand, dann sind Sie fast so schön wie Nesta.«

»Soll das etwa ein Kompliment sein?«

»Der Beweis dafür liegt in Ihrer Hand – und auf Ihrem Schenkel«, sagte er. »Ich glaube, ich habe mich in Sie verliebt, Joanna.«

Bevor dieses unpassende Gespräch fortgeführt werden konnte, ging die Tür auf und Nesta trat ein. Sie zerrte die widerstrebende Mavis am Handgelenk hinter sich her. Nesta warf einen Blick aufs Bett, wo Bertram nackt mit gespreizten Beinen lag, während Joanna immer noch sein *Ding* in der Hand hielt. Auch Mavis starrte auf Joannas nackten Körper, auf ihre runden Brüste, ihre Schenkel und das herzförmige Vlies. Das Mädchen wurde scharlachrot, und Joanna hatte das Gefühl, sie sei in plötzlicher Leidenschaft für sie entbrannt.

Sie überlegte sich, ob sie der Angelegenheit später wohl noch einmal nachgehen sollte. Sie war dünn und hatte winzige Titten, ihr Bauch war wahrscheinlich flach und auch ihre Schenkel nicht besonders fleischig, aber sie war möglicherweise im Bett doch gut zu gebrauchen. Sie lächelte Mavis an, als Nesta sie zum Bett zerrte.

»Heb deinen Rock, Mavis«, befahl sie.

Mavis blickte Joanna an, als ob sie sie bitten wollte, sie vor dieser Strafe zu bewahren. Joanna erwiderte ihren Blick, machte aber unmissverständlich deutlich, dass von ihrer Seite aus keine Hilfe zu erwarten war – sie wollte, dass das Mädchen gedemütigt wurde. Mavis schloss die Augen und hob ihren billigen, schwarzen Rock bis zu den Schenkeln hoch.

»Höher«, sagte Nesta. »Ich möchte, dass Mr. Bancroft-Priddle alles sehen kann, und Miss Bartholomew ist Zeugin. Wiederhole alles, was du mir unten gestanden hast.«

Mavis hielt die Augen fest geschlossen, während sie den Rock bis über ihre Hüften hochschob, so dass alle sehen konnten, dass sie kein Höschen trug. Unter ihrem Strumpfgürtel war sie nackt – Joanna betrachtete die schlanken Schenkel und die flaumigen Löckchen auf ihren langen, dünnen Schamlippen. Mavis war nicht älter als die jungen Damen in St. Winifrith, aber sie stammte aus einer anderen Gesellschaftsschicht. Es würde sicher amüsant sein, sie zum Orgasmus zu bringen.

»Heraus mit der Wahrheit, Mädchen«, forderte Nesta sie auf.

Mavis Stimme klang gepresst vor Verlegenheit.

»Mr. Bertram hat mir keine andere Wahl gelassen«, sagte sie. »Ich konnte ihn nicht aufhalten. Er hat mich genommen, während Sie weg waren. Er konnte die Hände nicht von mir lassen – er hat mich jede Nacht auf den Rücken gelegt, und ich musste auch schändliche Dinge mit ihm machen.«

»Ich wusste, dass du lügst«, sagte Nesta zu Bertram mit kalter Stimme. »Du sagtest, du habest sie nicht angerührt, und sie behauptet das Gegenteil. Was hältst du jetzt von diesem vornehmen Gentleman, Joanna?«

»Ich sollte eigentlich schockiert sein«, erwiderte Joanna, »aber das ist nicht der Fall. Männer sind verachtenswert, alle, auch Bertram.«

Joanna merkte selbst, dass ihre Antwort heuchlerisch klang, schließlich saß sie gerade rittlings auf einem Mann und hielt sein klebriges *Ding* in der Hand. Bis jetzt hatte Nesta noch nichts dazu gesagt, aber sie würde sich sicher bald dazu äußern, und das würde unangenehm werden.

»Kann ich jetzt gehen?«, fragte Mavis mit bebender Stimme.

»Erst, wenn ich es dir sage«, erklärte Nesta. »Du hast genauso viel Schuld auf dich geladen wie Mr. Bancroft-Priddle. Du bist schließlich kein unschuldiges Mädchen mehr und weißt genau, was Männer im Sinn haben.

Halte deinen Rock hoch und lass ihn den Körperteil sehen, den er missbraucht hat – ich möchte, dass er vor Scham errötet.«

»Ach lass sie doch gehen«, warf Bertram achselzuckend ein. »Du kannst lange warten, ehe ich erröte, weil ich mit ihr gespielt habe. Eigentlich hatte ich schon längst genug von ihr – lieber hätte ich dich gehabt, Nesta.«

»Deine Wünsche sind unwichtig«, erwiderte Nesta hochmütig. »Du kannst jetzt gehen, Mavis, ich werde später noch einmal zu dir kommen.«

»Ja, Ma'am«, sagte Mavis erleichtert. Sie ließ den Rock sinken und eilte aus dem Zimmer.

Nesta schlüpfte aus ihrem seidenen Morgenmantel und zog auch ihr schwarzes Höschen aus. Sie warf es so aufs Bett, dass es auf Bertrams Gesicht landete. Er keuchte auf und zerrte an seinen Fesseln.

»Wie ist es dir gelungen, Mavis zum Sprechen zu bringen?«, fragte Joanna. »Sie sah ja schrecklich verlegen aus.«

»Wenn ich in den Ferien zu Hause bin, befingere ich sie fünf- oder sechsmal am Tag«, erwiderte Nesta gleichmütig. »Das ist die beste Methode, um Dienstboten in ihre Schranken zu verweisen. Mavis tut alles, was ich sage.«

Joanna saß immer noch auf Bertram und hielt sein *Ding* in der Hand – es war mittlerweile klein und schlaff geworden.

»Was hast du mit Bertram angestellt?« fragte Nesta und zog die dunklen Augenbrauen hoch. »Ich hoffe, du bist nicht auf die Idee gekommen, sein *Ding* in dir spüren zu wollen.«

»Natürlich nicht! Er hat mich gebeten, seine Fesseln zu lösen«, erwiderte Joanna errötend. Sie ließ ihn los und stieg von ihm herunter. »Ich bin eine unberührte Jungfrau, und das werde ich auch bleiben. Er wollte nur, dass ich sein *Ding* in die Hand nehme, um zu fühlen, wie hart es ist. Leider war ich dumm genug, seiner Bitte nachzukommen – und er hat sofort seinen ekligen Saft auf mich gespritzt.«

Das entsprach nicht ganz der Wahrheit, aber Joanna wollte ihre Neugier nicht zugeben. Nesta glaubte ihr jedoch und nickte ernst. Ihre prächtigen Titten wippten, als sie aufs Bett zutrat und Bertram finster anblickte. Sein *Ding* lag schlaff und klein auf seinem Bauch.

Anklagend tippte Nesta mit dem Finger darauf und betrachtete es voller Abscheu.

»Bevor ich im Herbst nach St. Winifrith zurückkehrte«, sagte sie zu ihm, »hast du mir geschworen, deinem Verlangen nach jungen Mädchen nicht nachzugeben. Oder hast du das etwa vergessen? Du hast mir gelobt, Mavis in Ruhe zu lassen.«

»Ich bin schwach geworden«, gab Bertram zu. Seine Stimme klang erstickt, weil das Satinhöschen über seinem Mund und seinen Augen lag. »Jede Nacht mit ihr im selben Haus zu sein, war zu viel für mich. Ich wollte mein Versprechen ja halten, aber du weißt doch, wie schwach ich bin.«

»Hast du es auch mit anderen Mädchen getrieben?«, fragte Nesta verächtlich. »Immerhin habe ich dich mit Joanna zwanzig Minuten lang alleine gelassen. Hast du sie auch belästigt?«

»Aber nein«, wehrte er sich. »Ich bin doch an Händen

und Füßen gefesselt, wie sollte ich sie denn da belästigen?«

»Widersprich nicht«, sagte Nesta scharf. »Du hast sie veranlasst, dir deine abartige Lust zu verschaffen.«

Joanna hielt es für das Beste, nichts zu sagen. Sie setzte sich auf die Bettkante und schlug die Beine übereinander, um ihren Bären zu bedecken.

»Nun gut, Bertie«, meinte Nesta verstimmt, »du denkst, du kannst mit deinen Lügen den Konsequenzen deiner Missetaten entgehen, aber es wird dir nicht gelingen. Du bekommst, was du verdienst.«

Der Koffer, den Nesta aus St. Winifrith mitgebracht hatte, stand noch unausgepackt in einer Ecke des Zimmers. Sie hockte sich davor, wodurch Bertram und Joanna einen wunderbaren Blick auf ihre runden Hinterbacken bekamen. Bertram seufzte auf, und das schwarze Satinhöschen, das Nesta in der Zwischenzeit auf sein *Ding* gelegt hatte, zuckte. Fasziniert beobachtete Joanna, wie es sich hob, als das Monster darunter sich aufrichtete und hart wurde.

Auf Bertrams Gesicht lag ein selbstzufriedenes Lächeln, das verriet, dass er sich den Frauen eigentlich überlegen fühlte. Joanna starrte auf sein *Ding*, das immer größer wurde, und ihr fiel ein, dass Nesta erzählt hatte, er habe ein ungeheures Durchhaltevermögen und ständig Appetit auf Frauen.

Plötzlich jedoch erlosch sein Lächeln, und ein Zittern durchlief seinen Körper – Nesta hatte eine schwarze Lederpeitsche aus dem Koffer geholt. Es war die Nilpferdpeitsche aus Afrika, mit der sie in St. Winifrith ihre Freundinnen neckte.

»Nimm das Höschen von seinem *Ding*«, sagte sie zu

Joanna. »Er muss für seine ständigen Übergriffe endlich bestraft werden.«

Bertram wurde aschfahl im Gesicht, als Joanna gehorsam sein *Ding* entblößte, und er zuckte zusammen, als Nesta die dicke Peitsche langsam über seinen Bauch zog.

»Das wagst du nicht«, keuchte er.

Nesta wand die Peitschenschnur um sein erigiertes Glied. »Ich bin zu dem Schluss gekommen, dass nur die strengste Bestrafung dich ein für alle Mal kurieren wird«, erklärte sie.

Sie lächelte grausam über seinen entsetzten Gesichtsausdruck und zog die Schnur fester. Bertram flehte sie an, ihn nicht zu quälen.

»Langsam begreifst du, in welcher Lage du bist, nicht wahr?«, sagte sie spöttisch.

Ein Ruck an der Peitsche, und sein *Ding* wippte auf und ab. Die Schnur schnitt erbarmungslos in die zarte Haut ein.

»Du glaubst wohl, du könntest mich mit deiner so genannten Männlichkeit beeindrucken«, sagte Nesta. »Oder hast du es auf Joanna abgesehen? Sie ist eine unberührte Jungfrau.«

»Ich finde dieses männliche Organ unappetitlich«, warf Joanna spröde ein, bevor Bertram etwas sagen konnte. »Wie ein Mann sich einbilden kann, damit einer Frau Lust zu schenken, geht über meine Vorstellungskraft.«

»Begehren macht Männer dumm«, erklärte Nesta. »Du und ich, wir kennen die wahren Quellen der Lust – wir brauchen das *Ding* eines Mannes nicht.«

»Bitte, nimm die Peitsche weg«, stöhnte Bertram. »Der Schmerz ist unerträglich.«

»Es wird noch schlimmer werden«, erwiderte Nesta drohend. »Du wirst für das bestraft, was du mit Mavis gemacht hast – und mit meiner Freundin Joanna.«

»Ich habe nichts mit Joanna gemacht«, protestierte er. »Sie wollte auf mir sitzen und mich reiben, bis ich gekommen bin.«

»Ich glaube dir nicht – so etwas würde sie nie tun«, erwiderte Nesta. »Du hast sie gebeten, dich loszubinden, weil du sie überwältigen und schänden wolltest. Leugnest du das etwa?«

Bertram schwieg.

»Joanna ist dreiundzwanzig Jahre alt und wunderschön«, fuhr Nesta fort. »Ihr Körper wurde noch von keinem Mann angerührt. Du hast gehofft, sie entjungfern zu können – leugne es nicht, die Spuren deiner schändlichen Lust sind ja noch auf ihrem Schenkel zu sehen.«

»Und was ist mit den Frauen, die ihren Körper berührt haben?« begehrte Bertram auf. »Du hast doch Joannas jungfräuliche Muschi bestimmt unzählige Male befingert.«

»Du Tier«, sagte Nesta zornig und zerrte an der Peitsche, so dass sein Glied schmerzvoll zusammengepresst wurde. Er schrie auf.

»Ich werde ohnmächtig«, seufzte er.

»So leicht kommst du mir nicht davon«, sagte Nesta. »Ich werde dir beibringen, welcher Unterschied zwischen der Lust besteht, die zwei Frauen einander schenken, und der brutalen Schändung durch einen Mann.«

Sie wickelte die Peitsche von seinem gequälten Schaft ab, und er stöhnte vor Erleichterung auf. Mit gespreizten Beinen setzte Nesta sich auf die Bettkante.

»Joanna«, murmelte sie, »komm her und küss mich. Wir werden Bertie eine Lektion erteilen, die er nicht so schnell vergisst.«

Das seltsame Spiel zwischen Nesta und ihrem Mann hatte Joanna aufs Äußerste erregt. Bei Nestas Worten kniete sie sich auf den Teppich und streichelte ihren herzförmigen Busch aus glänzenden schwarzen Löckchen.

»Ich habe gesagt, küss mich«, seufzte Nesta.

Joanna reagierte nicht darauf. Sie wollte kein Opfer mehr sein, jetzt wollte sie dominieren. Sie streichelte Nestas schlüpfrige Muschi, während sie mit der anderen Hand die Nilpferdpeitsche ergriff, die auf dem Bett lag. Sie fuhr damit um Nestas Hals und ließ sie zu ihren schweren Titten heruntergleiten, über den Bauch bis zu den geöffneten Schenkeln. Nesta schloss verwundert und ekstatisch die Augen.

»Ich habe dir doch erzählt, dass ich auf meiner Schweizer Schule die Mädchen ausgepeitscht habe«, flüsterte sie. »Ich habe auf ihre Kätzchen gezielt, bis sie schreiend kamen. Du hast die Beine gespreizt, Nesta – deine Muschi ist bereit für die Peitsche.«

»Oh, oh…«, stöhnte Nesta und ihr ganzer Körper bebte.

»Diese Peitsche wird dir Gefühle verschaffen, die du noch nie erlebt hast«, fuhr Joanna fort und zog den schwarzen Lederriemen zwischen Nestas Schamlippen hin und her.

»Peitsch sie aus«, drängte Bertram, der atemlos zusah, »peitsch sie aus, bis ihr die Sinne schwinden, Joanna – und dann nehme ich sie. Du kannst zuschauen.«

Nesta hatte die Augen geschlossen, und ihr Atem

kam stoßweise – sie war fast auf dem Höhepunkt angelangt. Sie merkte nicht, dass Bertram und Joanna einen Blick des Einverständnisses tauschten. Joanna hatte den Lederriemen an Bertrams Handgelenk gelöst. Rasch band er auch sein anderes Handgelenk los, dann setzte er sich auf und löste die Fesseln an seinen Knöcheln.

Jetzt war er frei und hockte hinter Nesta. Auf ein Nicken von ihm ergriffen sie sie an Armen und Beinen und drückten sie aufs Bett. Sie kreischte auf und wehrte sich, aber es war zu spät – sie hatten sie bereits gefesselt.

»Ja!«, schrie Bertram triumphierend, als seine Frau nackt und hilflos, mit gespreizten Beinen, dalag.

»Du hast gesagt, du zeigst mir, wie du sie bumst«, sagte Joanna zu Bertram. »Leg dich auf ihren Bauch – ich möchte ihren Gesichtsausdruck sehen, wenn dein monströses *Ding* in sie hineingleitet.«

»Lass es nicht zu«, stöhnte Nesta und warf Joanna einen flehenden Blick zu. »Leck du mich – er kann zuschauen, wie du mich zum Höhepunkt bringst.«

»Das liegt nicht in deiner Hand, Nesta«, sagte Joanna sanft. »Ich treffe hier die Entscheidungen – und ich habe noch nie gesehen, wie ein Mann eine Frau bumst. Also musst du die Zähne zusammenbeißen und dich Bertram hingeben, damit ich zuschauen kann.«

Entsetzt ergab sich Nesta in ihr Schicksal. Bertram legte sich breit grinsend auf ihren Bauch und zwang sein langes, pochendes *Ding* zwischen ihre Schenkel.

»Tu es nicht, Bertie«, stöhnte sie, »nicht so ... bind mich los und lass mich auf dir sitzen ...«

Joanna setzte sich im Schneidersitz aufs Bett, um zuzuschauen, wie Bertie mit langen Stößen aus Nesta heraus- und wieder in sie hineinglitt.

»Jetzt habe ich dich«, keuchte er glücklich, »jetzt liegst du auf dem Rücken – und ich werde es dir ordentlich besorgen!«

Nesta wand sich unter ihm, während Bertie immer wieder in sie eindrang. Joannas Hand lag zwischen ihren Beinen, und ihre Finger spielten mit ihrer feuchten Knospe, während sie den beiden zuschaute.

»Ich werde erst dich nehmen und dann deine Freundin«, prahlte Bertram. »Wenn ich mit dir fertig bin, lege ich Joanna auf den Rücken und bumse sie. Und du bleibst gefesselt und musst uns zuschauen.«

»Nein«, rief Joanna aus, »das lasse ich niemals zu …«

Sie war in einem Zustand äußerster Erregung – so aufregend hatte sie sich den verderbten Akt nicht vorgestellt. Bei jedem Stoß, mit dem Bertram in Nestas nasse, weit offene Pussy eindrang, bebte ihr ganzer üppiger Körper.

Bertram packte Nestas Titten, während sein Hintern sich gleichmäßig auf und ab bewegte. Joannas Hand bewegte sich immer heftiger – sie verlor die Kontrolle über sich. Mit der freien Hand griff sie nach Bertrams Hintern, und er warf ihr einen Blick über die Schulter zu.

»Du bist als Nächste dran, Joanna«, keuchte er. »Sobald ich mit Nesta fertig bin, kommst du an die Reihe …«

»Niemals«, stöhnte Joanna, »ich würde eher sterben …«

Noch bevor sie den Satz zu Ende gesprochen hatte, schrie Bertram auf und spritzte seine Lust in Nestas Bauch. Sie bäumte sich unter ihm auf, während er in einem heftigen Orgasmus über ihr zusammenbrach – und Joanna fiel in Ohnmacht. Sie sank neben Bertram und Nesta aufs Bett und blieb dort besinnungslos liegen. Ihre Beine waren weit geöffnet, und schutzlos bot sich ihre Muschi den Blicken dar.